大家小书

汉魏六朝诗简说

王运熙 著
董伯韬 编

北京出版集团公司
北 京 出 版 社

图书在版编目（CIP）数据

汉魏六朝诗简说 / 王运熙著；董伯韬编 .— 北京：北京出版社，2019.4

（大家小书）

ISBN 978-7-200-14491-8

Ⅰ. ①汉… Ⅱ. ①王… ②董… Ⅲ. ①古典诗歌—诗歌评论—中国—汉代 ②古典诗歌—诗歌评论—中国—魏晋南北朝时代 Ⅳ. ① I207.22

中国版本图书馆 CIP 数据核字（2018）第 260169 号

总 策 划：安　东　高立志　　责任编辑：王铁英　高立志

·大家小书·

汉魏六朝诗简说

HAN-WEI LIUCHAO SHI JIANSHUO

王运熙　著　董伯韬　编

出　　版　北京出版集团公司
　　　　　北京出版社
地　　址　北京北三环中路 6 号
邮　　编　100120
网　　址　www.bph.com.cn
总 发 行　北京出版集团公司
印　　刷　北京华联印刷有限公司
经　　销　新华书店
开　　本　880 毫米 ×1230 毫米　1/32
印　　张　11.875
字　　数　390 千字
版　　次　2019 年 4 月第 1 版
印　　次　2019 年 12 月第 2 次印刷
书　　号　ISBN 978-7-200-14491-8
定　　价　45.00 元

序　言

袁行霈

“大家小书”，是一个很俏皮的名称。此所谓“大家”，包括两方面的含义：一、书的作者是大家；二、书是写给大家看的，是大家的读物。所谓“小书”者，只是就其篇幅而言，篇幅显得小一些罢了。若论学术性则不但不轻，有些倒是相当重。其实，篇幅大小也是相对的，一部书十万字，在今天的印刷条件下，似乎算小书，若在老子、孔子的时代，又何尝就小呢？

编辑这套丛书，有一个用意就是节省读者的时间，让读者在较短的时间内获得较多的知识。在信息爆炸的时代，人们要学的东西太多了。补习，遂成为经常的需要。如果不善于补习，东抓一把，西抓一把，今天补这，明天补那，效果未必很好。如果把读书当成吃补药，还会失去读书时应有的那份从容和快乐。这套丛书每本的篇幅都小，读者即使细细地阅读慢慢地体味，也花不了多少时间，可以充分享受读书的乐趣。如果把它们当成补药来吃也行，剂量小，吃起来方便，消化起来也容易。

我们还有一个用意，就是想做一点文化积累的工作。把那些经过时间考验的、读者认同的著作，搜集到一起印刷出版，使之不至于泯没。有些书曾经畅销一时，但现在已经不容易得到；有些书当时或许没有引起很多人注意，但时间证明它们价值不菲。这两类书都需要挖掘出来，让它们重现光芒。科技类的图书偏重实用，一过时就不会有太多读者了，除了研究科技史的人还要用到之外。人文科学则不然，有许多书是常读常新的。然而，这套丛书也不都是旧书的重版，我们也想请一些著名的学者新写一些学术性和普及性兼备的小书，以满足读者日益增长的需求。

“大家小书”的开本不大，读者可以揣进衣兜里，随时随地掏出来读上几页。在路边等人的时候，在排队买戏票的时候，在车上、在公园里，都可以读。这样的读者多了，会为社会增添一些文化的色彩和学习的气氛，岂不是一件好事吗?

“大家小书”出版在即，出版社同志命我撰序说明原委。既然这套丛书标示书之小，序言当然也应以短小为宜。该说的都说了，就此搁笔吧。

王运熙先生的学术品格和他的汉魏六朝诗歌研究

杨明（复旦大学中文系教授）

王运熙先生（1926—2014），上海市金山区（原江苏省金山县）人，著名中国古典文学研究专家。1947年毕业于复旦大学中文系，而后留校任教。王先生一辈子教书育人，视学术研究为生命。他的文章，读起来很平和，不作惊人之语，无剑拔弩张之势，但却新见迭出，富于独创性。他不是什么叱咤风云的风头人物，但他很了不起。了不起就在于忠于学术，坚守学者的良心。古人说，文章乃“不朽之盛事”。先生的成果经得起时间的考验，先生的学术品格所具有的典范意义，更将如日月之悬，光景常新。

王先生的研究领域以汉魏六朝唐代文学、中国古代文学理论批评为重点，创获甚多，在古典文学研究领域占有重要地位，许多著述成为该领域的经典性著作。这些研究成果，基本上集结于五卷本的《王运熙文集》。王先生与顾易生教授共同主编并亲自参与撰写的《中国文学批评史》三卷本、《中国文学批评通史》七卷本都是丰碑似的著作，滋养了中国古代文学和文学批评领域无数的学生和专业学者；王先生还曾参与《辞海》编写，任中国古代文学分科主编；参与《中国大百科全书》的编写，任中国文学卷编委、隋唐五代文学分支副主编。

对于汉魏六朝诗歌的研究，是王先生数十年研究工作中的一个重要部分。其中乐府诗研究尤其显示出深湛的功力。在王先生的学术生涯中，首先就是以这方面的成果而蜚声学界的。产生于东晋、南朝的吴声、西曲曲调动人，歌辞内容多为男女情爱的歌唱，在当时属于所谓新声变曲。这些歌曲原起于民间，在民间广为传唱，而不少贵族人士也颇为喜好，于是加以改编，甚至利用其哀婉动人的曲调来创作新歌，在官家的音乐机构里也采纳保留了不少乐曲和歌辞。但是历代那些保守、正统的人们是轻视它们的。沈约的《宋书·乐志》既记述了部分吴声、西曲的名称和“本事”（歌曲产生、创作的缘由），又批评其歌辞“多淫哇不典正”，就反映了这种矛盾的状况。“五四”以后，学者们重视民间通俗文学，吴声、西曲因此而受到了很高的评价。但是，人们往往视之为纯粹的民歌，忽略了贵族喜爱、创作的事实，因此也就不重视《宋书·乐志》、《古今乐录》等史料中关于歌曲“本事”的记载。这些记载往往说某歌曲是贵族人士所作，而所述的制作缘由，与流传下来的歌辞并不一致，甚至毫不相干。还有些记载存在混乱和矛盾之处，有些则语杂神怪，只能视为传说，不能看作史实。因此，研究者便以无须深究的态度对待它们，至多看作有趣的故事而已。王先生却不是这样。他广泛而深入地研读史籍，证明了那些记载常常包含可信的史实。比如吴声歌曲中的《丁督护歌》，今天我们见到的南朝人所作歌辞，都是女子送情人出征的口气，其中有“督护北征去”、“督护初征时”的句子（“督护”是官名）。但是《宋书·乐志》关于其“本事”的记载，却完全是另一回事。说是东晋末年权臣刘裕的女婿徐逵之被杀，刘裕派一位叫丁旿的督护去处理丧事，徐妻亦即刘裕长女向丁旿询问，每一问就哀哀切切地叹息道：“丁督护呀！”于是人们便将这悲叹声演化成歌曲。这记载与今天看到的歌辞毫不相干，似乎很不可信。但王先生细读《宋书》，发现徐逵之在战场上被杀确有其事，丁旿也实有其人，甚至刘裕长女好哭，也见诸记载。因此王先生认为《宋书·乐志》所记载的“本事”未可轻易否定。那么流传下来的歌辞内容为何与此不相干呢？王先生解释道：人们利用刘裕之女的哀声制作歌曲，只是利用其声调，其内容原可以不相关的，这是乐府诗的通例。魏晋人利用汉代乐府曲调作新辞，便常常是内容与原作无关，南朝乐府歌曲也正如此。后世唐宋的词、元明的曲，也都是这样。这样的解释，对于读者来说，是非常具有启发性的。

这样的研究充满了创造性，填补了乐府诗研究领域的空白，而且体现了王先生研究工作的显著特点，即注意文史结合，诗史互证；对于古代典籍中的记载，既不盲目崇信，也不轻易否定，而是通过缜密的调查研究，作出合理的解释。这就是王先生一贯主张的“释古”的态度。

除了吴声、西曲，王先生对于汉魏六朝乐府的研究还有许多贡献。例如关于历朝官府音乐机构的建构、演变，关于乐曲的分类等问题，都作了深入的研究，提出了具有独创性的合理的见解。

王先生对于汉魏六朝诗人的研究，我们可以举陶渊明研究作为例子。大家一向对陶渊明评价很高，认为他的田园诗作表现了厌恶恶浊官场、热爱朴素农村生活的情操，又认为陶诗的艺术语言质朴真率，与当时文坛注重骈俪雕饰的文风相对立。总之，认为陶渊明作诗不随波逐流，傲然独往。王先生则通过细致的观察，特别是认真分析了陶渊明所处时代的诗歌写作风气，得出了新的结论：陶诗既有很大的创造性，应该在诗歌史上占有崇高的地位，但又具有和时代风气相一致的一面。陶渊明的田园诗在思想内容上明显地受到当时统治诗坛的文人创作风气的限制，不注重反映下层人民的生活；在语言风格上则显然与当时流行的玄言诗有相似之处。这样的结论，更加符合历史的真相。这里体现了王先生研究的又一重要特点，即研究文学现象时，不是孤立地进行研究，而是将对象放在广阔的时代背景上，作多方面的联系、比较和对照，而且这种联系不是笼统的、抽象的，而是深入、具体地进行的。

陶渊明的诗歌在梁朝钟嵘所著《诗品》中列于中品，被认为源出于曹魏时的诗人应璩。这使得后人大惑不解。王先生作出了很好的解释。王先生分析钟嵘所谓某人源出于某人的义例，乃是从诗歌的总体风貌着眼；所谓陶诗源出于应璩，也正是如此，而并非就题材、主题立论。这就抓住了问题的关键所在。王先生又将应璩、陶潜诗作对照参读，指出他们的作品尽管题材、主题并不相同，但是语言都比较通俗、口语化，时或显得诙谐风趣，而且都喜欢用通俗的语言说理发议论，在语言风格上确实具有相通之处。于是王先生对《诗品》中这一难解的问题作出了令人信服的说明，在学术界发生了较大的影响。这一研究同样体现了“释古”的态度、立场，同时也体现了王先生一贯的主张：研究文学理论、文学批评史必须与文学史相结合，必须建立在具体的作家作品研究基础之上，绝不可罔顾具体作品、脱离作品实际而进行空泛的所谓“研究”。

王运熙先生的汉魏六朝诗研究，与他其他方面的研究一样，都是为发现问题、解决问题而作，都体现了鲜明的学术风格：坚持实事求是，务实而严谨，平易而富于新创。

这本“大家小书”所选篇目主要依据《王运熙文集》，同时增补了文集未收的六篇赏析文字，基本涵盖了王运熙先生汉魏六朝诗研究的内容。它割舍了先生一些重要的考证性文字，因为考虑到那些论述不适合选入主要面向广大读者的普及读物中，而且其考证结论，已经包含在所选篇目里了。

又：本书所选篇目发表时间跨度较长，其间语言、文字标准变化较大，为尊重王先生文章原貌并不按现今校对标准强行更改。“惟”、“唯”，“作”、“做”等字仍依发表时旧貌；一些引用文献的体例也按发表时旧貌，如《宋书·乐志》（一）、《宋书·乐志一》这样不同的写法因在不同文章中也并不强行统一。

2018年10月

目 录

简论篇

赏析篇

简论篇

汉魏六朝诗简论

汉、三国、两晋、南北朝、隋，前后经历共八百多年。这时期的诗歌，比起先秦时期来有许多变化发展，对唐代诗歌产生重大影响，是中国诗歌发展史上的一个重要时期。

学习和研究这段时期文学的人们，往往把汉、三国、两晋、南北朝简称为汉魏六朝。三国时曹魏文学昌盛，吴、蜀则颇冷落，因此以魏代称三国。六朝是指东吴（三国之一）、东晋、宋、齐、梁、陈六个建立于南方、以建康（今南京）为京城的朝代。从东晋到梁、陈，中国长期南北分裂，南朝的学术文化一直处于领先地位，文学也是这样，北朝很少杰出的作家。因此，人们往往以六朝即文化发达的南方来代表南北朝。隋代时间短促，文风基本上沿袭南朝，被人们作为这时期的尾声看待。

这时期的诗歌，在体裁样式上较之先秦时代有明显的更新。《诗经》的四言体、楚辞的骚体，这时不但写的人不多，佳作也少见。而五言诗则从产生走向繁荣，风靡社会。南朝梁代钟嵘撰《诗品》，品评一百多位诗人，其对象均为五言诗。七言诗也在这时产生并取得初步发展。南朝后期，由于作家们进一步重视声韵，注意区别四声，使五、七言古体诗向新的方向发展，产生了新体诗，为唐代近体诗的完成准备了条件。从汉迄清，五、七言古体诗、近体诗是诗歌史上历时最长、作家作品最多、成就最突出的诗体。五、七言古体诗的形成发展和近体诗的萌芽，足以见出这时期诗歌在诗史中的重要地位。

这时期的诗歌，大致上又可以分为三个阶段：一、两汉时代；二、曹魏、西晋时代；三、东晋、南北朝时代。下面分别对各阶段诗歌的发展、特色和主要作家作品作一点简略的介绍。

一

第一阶段是两汉时代，约四百馀年，其主要标志是五言诗的产生和初步发展。

两汉诗歌，现存数量不多，可以分为乐府诗和文人诗两个部分。乐府诗是乐府机关配制音乐演唱的诗歌（后人也简称为乐府）。汉魏六朝时，历代乐府机关都采集诗歌演唱，数量相当多。还有不少文人，仿照乐府诗的题目、体制写诗，并不配乐，也叫乐府诗。汉代设立乐府，除令文人写诗外，还广泛采集各地歌谣，在乐府诗史上有首创意义，因此特别受到后人的重视和效法。汉代的乐府诗有郊庙歌辞、鼓吹曲辞、相和歌辞、杂曲歌辞等。其中郊庙歌辞用以祭祀天地，鼓吹曲辞用于朝廷集会和帝王贵族的仪仗队，其内容大抵反映封建帝王的意愿和宫廷情状，价值不大（鼓吹曲辞中采用了少数生动的民歌）。相和歌辞、杂曲歌辞中则保存了不少民歌和文人学习模仿民歌的作品，最值得重视。

西汉时武帝设立乐府机关，负责采集全国各地歌谣配乐演唱。据《汉书·艺文志》记载，西汉末年保存在中央的各地歌诗，计有一百三十八篇，可惜它们绝大部分已经亡佚了。现存汉乐府民歌约五六十首，根据现代学者的研究，从诗歌涉及的名物和五言诗艺术的成熟程度等情况判断，大多数当产生于东汉后期。这几十首诗歌，有的来自民间，所谓“汉世街陌谣讴”（《宋书·乐志》）；有的则是文人（不能确知其名姓）模仿民歌之作，实际是民歌体的文人诗。后代把这几十首汉代无名氏作品，统称为“古辞”，现代一般称为汉乐府民歌。

汉乐府古辞在思想内容和艺术形式两方面都富有民歌特色。在思想内容方面，它们反映的社会生活面相当广阔，尤多反映下层人民生活和情绪的作品。它们有的写人民的贫困，如《东门行》、《妇病行》；有的写战争和兵役带给人民的苦难，如《战城南》、《十五从军征》；有的写封建家长对家庭中弱小者的迫害，如《孔雀东南飞》[①]、《孤儿行》；有的写妇女被遗弃的痛苦，如《白头吟》、《上山采蘼芜》。这些篇章从各个角度展示了封建社会中被压迫、被损害的中下层人民的辛酸血泪的图景。某些篇章歌咏男女间诚挚坚贞的爱情，如《有所思》、《上邪》、《公无渡河》和《孔雀东南飞》；有的则着重赞美妇女的机智和能干，如《陌上桑》、《陇西行》（《陌上桑》还讽刺了荒淫无耻的官僚）。还有一部分作品，以动植物为描写对象，如《江南》、《乌生》、《豫章行》、《艳歌何尝行》、《枯鱼过河泣》等等，常常采用拟人手法，有的实是借动植物写人事，比喻人的灾祸苦难和好景不长，间接表现了被损害、被蹂躏者的思想情绪。反映人民的各种苦难，同情被迫害的弱小者，鞭挞那些迫害弱小者的

① 作者原用“焦仲卿妻”这一诗名，本书所选其他文章中提到该诗也有诗名为“孔雀东南飞”的，本书统一使用更为大家熟知的“孔雀东南飞”，不再一一注明。

当权人物，歌颂人民的美好品德，构成了汉乐府民歌的主要方面，使它们上承《诗经·国风》，放出耀眼的光芒。《汉书·艺文志》说汉乐府所采集的各地歌谣，“皆感于哀乐，缘事而发”，指出了汉乐府民歌从群众生活中来、有真情实感的特色。

汉乐府民歌语言朴素自然，活泼生动，有的地方显得真率稚气，有如天真的孩子一样逗人喜爱。不少篇章具有丰富的想象，运用生动的比喻、夸张的手法。它们的语言和表现手法处处显示出浓厚的民歌风味。它们的句式是多样化的，有五言的，有杂言的，也有少数四言的。其中五言诗占有相当比重，艺术造诣也高，特别值得注意。五言诗起源于西汉民间，开始不受文人重视。五言乐府诗的流行，对文人产生了广泛的影响，推动了文人创作五言诗。这是中国诗歌史上民歌影响文人创作的一件彰明显著的大事。汉乐府古辞在描写方式上，有叙事的，有抒情的，也有说理的；叙事的分量较多，也最有特色和成就。与《诗经·国风》相比，汉乐府民歌同样反映了广阔的社会生活和人民的思想情绪，但它们在艺术上有较大的创新和发展。它们多数是五言体、杂言体，句式和节奏加长，容量较大，比起《诗经》的四言体来增强了表现力。《国风》大抵是抒情诗，汉乐府民歌则多叙事诗，它们描写具体生动，善于通过人物的话语行动来开展情节，不但富有故事性、戏剧性，而且塑造出鲜明的人物形象。汉乐府民歌的出现，标志着我国叙事诗趋向成熟。而长诗《孔雀东南飞》更是达到了高峰。以后历代文人在汉乐府民歌影响下，往往采用五言或杂言歌行的乐府体，反映各种社会生活和下层人民的痛苦，从汉末建安到明清时代，作者络绎不绝，形成了一个源远流长的传统。这在中国诗史上是很突出的现象。

汉诗的另一部分是不入乐府的文人诗。汉代文人致力于写辞赋，写诗的相对要少。在体式上，西汉时人们还喜欢写句式与楚辞相仿的楚歌，如汉高帝刘邦的《大风歌》、乌孙公主刘细君的《悲愁歌》都是其例。也有写四言诗的。到东汉时代，一部分文人在五言乐府诗影响下写作五言诗，著名文人班固、张衡、蔡邕、赵壹等都写了五言诗，逐步形成了文人写作五言新体的风尚。这其中，《古诗十九首》是艺术造诣很高的杰作。

汉代无名氏的古诗，原来数量颇多，南朝时代尚存约六十首。萧统编《文选》，选录了十九首，遂有《古诗十九首》之称。古诗不出自一人之手，也不出于一时一地，据现代学者研究，按照它们的思想倾向、表现内容、艺术造诣来看，其中大部分当出于东汉后期。《古诗十九首》在内容上较多地表现了夫妇、友朋间离别相思之情，士人失意飘零之感，感情深沉曲折，带有较浓厚的感伤色彩，有的篇章甚至表现了人生短促，应当及时行乐的消极情绪。凡此种种，在不同程度上反映出东汉后期政治混浊、社会不安定环境中知识分子的心理状态。《古诗十九首》不论抒情、状物，都显得真切生动，语言洗练明白，表现出深入浅出的艺术水平。南朝文人对古诗给予很高评价，刘勰誉为“五言之冠冕”（《文心雕龙·明诗》），钟嵘誉为“惊心动魄，可谓几乎一字千金”（《诗品》）。以后历代文人，经常把《古诗十九首》奉为五言抒情诗的典范。除《十九首》外，古诗尚存少数篇章，风格与《十九首》近似。还有相传为西汉苏武、李陵所作的五言诗七首，表现朋友、夫妇间离别之情，风格也与《十九首》接近。多数学者认为，这七首诗不可能是苏武、李陵的作品，而是出自后人的假托；其产生年代当与《十九首》相近。

二

第二阶段是曹魏、西晋时代，约一百年，其主要标志是文人五言诗趋于昌盛，确立了在诗坛的统治地位。

汉末建安（东汉献帝年号）年间，曹操秉政，许多文人都归附曹氏门下，因此文学史研究者习惯上把建安文学归入曹魏文学来论述。建安文学和曹魏后期的正始文学，是曹魏文学的两个重点。

建安时代，文人五言诗繁兴。曹操及其子曹丕、曹植都爱好写诗，此外，建安七子中的王粲、刘桢、徐幹、陈琳、阮瑀等人，都擅长写诗，样式多数是五言诗。钟嵘《诗品》说当时曹氏门下能写诗的文士有百来人，带来了文人五言诗的繁荣。

东汉末年，战乱频繁，社会各方面遭到严重破坏，人民大量死亡。建安文人通过亲身体验，能学习乐府民歌体来反映国家的丧乱和人民的苦难，具有强烈的现实性。他们的不少诗篇，还表现了企求乘时建功立业、有所作为的奋发精神。建安文人聚集在曹氏门下时，写了许多互相酬答的诗，这类诗篇的内容，除掉欢庆宴会、恭维曹氏以外，也往往流露出互相勖勉的积极情绪。他们的诗，大多情怀慷慨，意气风发，才调纵横，反映出动乱时代知识分子昂扬奋发的情绪。他们的诗，深受民歌影响，语言疏朗明白，不尚雕琢，具有清新刚健的特色。建安诗歌这种建筑在情怀慷慨基础上的爽朗刚健的风貌，深受后人重视，称为建安风骨，或者扩大一些称为汉魏风骨。唐代诗人曾经把追求建安风骨当作革新诗风的一个有力口号。

曹植在建安文人中年龄较小，成就却最为突出。曹操死后，他备受曹丕、曹叡的防范、迫害，不但政治上的雄心无法实现，而且屡徙封地，生活不安定，还经常担心遭杀身之祸，陷入苦闷与惶恐。他的诗除表现了建功立业的慷慨情怀外，更多地表现他后期那种苦闷矛盾的心情。他才华横溢，写诗颇多（现存八十多首），通过各种题材，采用直写、比喻、象征等各种手法，多方面来抒发其内心世界的彷徨悒郁。他的五言诗歌，在内容的深邃和个性化方面，在艺术手法的丰富多彩方面，在五言诗领域内都是前无古人的。他的诗，一方面吸取了乐府民歌明朗刚健的特色；同时又很注意文采，重视对偶，重视字句的华美和警辟。后一方面的特色，在其一部分诗篇中表现得更为明显，开了后代诗人雕琢词句的风气。曹植在两晋南北朝时代评价极高，钟嵘《诗品》誉为“诗中之圣”，这固然由于他五言诗的杰出成就，同时也由于当时骈体文学盛行，重视对偶、辞藻等骈体文学语言之美，成为人们衡量作品的主要标准。

建安时代还产生了著名的女诗人蔡琰。蔡琰在战乱中为胡兵所掳掠，在南匈奴滞留了十馀年，嫁于胡人，生了两个孩子，后被曹操赎回。相传她写有五言和骚体的《悲愤诗》各一首，其中五言的一首比较可信，也写得好。五言《悲愤诗》是一首叙事长诗，它虽不及产生于同时代的乐府民歌《孔雀东南飞》来得细腻活泼，但艺术描写也相当具体动人。其中写胡兵虐待俘虏、蔡琰归汉时与孩子泣别两个片段，尤为深刻。

曹魏后期文学，以阮籍、嵇康为代表作家，人们往往把这时代的文学称为正始文学（正始为魏齐王芳的年号）。嵇康更擅长写散文，诗歌成就不及阮籍。

曹魏后期，司马懿父子当权，图谋篡魏自立，大力诛锄异己，统治阶级内部斗争激烈残酷，嵇康也因反对司马氏被杀。阮籍在政治上有雄心壮志，但他不满司马氏的所作所为，不愿依附司马氏；又怕遇祸而不敢公然反对。他崇尚老庄的自然无为，蔑弃礼法；对司马氏提倡儒家礼教的一套虚伪行径，深为反感。他有才能、有志向，但无法施展，所看见的是恐怖的屠杀和虚伪的礼法。哀伤、苦闷、恐惧、绝望包围了他。他写下了五言《咏怀诗》八十二首，充分表现了他那孤独苦闷的心情，同时隐隐约约地对时政和上流社会的丑恶现象进行了讽刺，忧生和愤世构成了他诗作的主题。他的诗语言比较质朴，不假雕饰；但因对许多丑恶现象不敢明言，隐约其辞，因此不少篇章的内容显得深晦难晓。他的诗在展示内心世界的丰富复杂性方面，在深入表现诗人的个性方面，堪与曹植的诗比美；虽然在语言风格方面颇不相同。曹魏历时不长，但产生了曹植、阮籍两位大诗人，先后辉映，这是很难得的。

三国时代，文学在北方的曹魏发达，南方的吴、蜀两国，没有产生比较像样的诗人。

司马氏统一中国，结束了三国鼎峙的局面，建立了西晋王朝。西晋前期太康（晋武帝年号）年间，文人辈出，文学昌盛，文学史上称为太康文学。当时著名诗人有陆机、潘岳、张协、张华、左思等。陆机的诗长于铺叙和拟古，他发展了曹植诗辞藻富丽、对偶工整的一面，使诗歌进一步骈体化，因此深得南朝文人的赞赏。但其诗显得繁冗板滞，不及曹植清新明朗，真挚动人。潘岳与陆机齐名，其诗富有文采，但较为清新。他长于表现哀怨之情，《悼亡诗》尤为著名。张协、张华诗都长于抒情状物，张协诗在描摹景物上尤为逼真细腻。左思诗风格与上述诸家异趣。其《咏史诗》八首，批判门阀制度的不合理，倾吐有才能的寒士的愤懑不平，富有社会意义，辞情慷慨，风格遒劲，在当时显示出独立不群的姿态。除左思外，太康时代的大多数诗人，大抵追求诗歌文采之美，使诗歌朝绮丽方向发展，缺少建安诗歌那种爽朗刚健的风骨。但其时诗歌在表现日常生活的情景方面，题材有所开拓，语言和手法更趋细致，为此后的抒情写景诗积累了有益的经验。

钟嵘《诗品》分三品品第五言诗人，列入上品的共十二家，其中曹魏四家，为曹植、刘桢、王粲、阮籍，西晋也是四家，为陆机、潘岳、张协、左思。这说明文人五言诗在曹魏、西晋时代，已经达到了繁荣昌盛、大家辈出的阶段。

三

第三阶段是东晋、南北朝、隋时代，约三百年，其主要标志是五言诗进一步发展，有不少更新变化，七言诗也有了初步发展。

西晋因少数民族的骚扰而覆灭。司马氏在南方重建了东晋王朝，北方则是所谓“五胡十六国”，政权纷立，并从此开始了长期南北分裂的局面。在南方，东晋之后有宋、齐（南齐）、梁、陈四个朝代。在北方，十六国后由北魏统一北方，之后又分裂为北齐、北周两个政权。最后由隋朝统一南北，建立新的大帝国。在这段时间内，文化学术的重点在南方。

先说一下乐府诗。西晋时文人写作乐府诗，大抵模仿汉魏，较少新意。这阶段由于乐府吸收了不少民间歌谣，面貌又焕然一新。南方乐府民歌保存在清商曲辞中，主要有吴声歌曲、西曲歌两大类。吴声歌曲大多产生于今江苏南部、浙江北部一带，以南朝京城建康（今南京）为中心，主要产生于东晋、刘宋两代。西曲歌产生于长江中游和汉水流域，以今湖北襄樊市、宜昌市、江陵市为中心地带，主要产生于刘宋、南齐两代。吴声、西曲的一部分原是民歌，后被采入乐府，谱为乐曲；另一部分则是贵族、文人仿效民歌之作。歌词现存数量颇多，约近五百首，但篇幅短小，绝大部分是五言四句体，是后代五言绝句的前驱。其内容绝大多数歌唱男女情爱，表现热烈大胆，有冲决封建礼教的气概，但夹杂了市民和文人的庸俗情趣。南方乐府民歌内容显得狭隘，其原因除产生于城市的市民歌谣本身多情歌外，也由于南朝的统治阶级生活荒淫，竭力追求声色享受，因而专门采集表现男女之情的歌谣，并仿制这种内容的作品。南方民歌语言天真活泼，风格婉转缠绵，多以女子口吻叙写，充分表现出南方少女的柔情。南朝民歌强烈的抒情成分和明朗自然的语言，对南朝和唐代文人的不少抒情小诗产生了明显影响。

这时北方也产生了一批优秀的乐府民歌。它们大致产生于十六国和北魏时代，后来传到南方，被梁朝采入军乐，保存在梁鼓角横吹曲中。现存歌辞虽不多，约六十馀首，但反映了广阔的社会生活。它们有的写紧张的战争，有的写征人行役的辛苦，有的写下层人民的贫寒，有的表现北方人民豪迈爽朗的性格和尚武精神。也有部分诗篇描写爱情、婚姻生活，也流露出直率粗犷的气息，不似南方民歌的婉转缠绵。它们篇幅大抵短小，多数为每首四句（短小的每首只有两句），因此不能像汉乐府民歌那样作出具体的描绘，而出之以概括性的抒写。其语言坦率自然，质朴刚健，充分表现出北方人民的性格特征。《木兰诗》是其中唯一的长篇，它塑造了一个光辉的女性形象，艺术性也很强，长期来获得广大读者的喜爱，与《孔雀东南飞》同为乐府民歌中的长篇叙事杰作。北方乐府民歌多出鲜卑族人之手，有一部分原用鲜卑语写成，后经汉译，它们是中国文学史上值得珍视的少数民族作品。

下面再说南朝文人诗。东晋约一百年的时间中，玄言诗长期在诗坛占据着统治地位。当时玄学流行，士人们喜欢高谈老庄的本体论和人生哲学，这种风气影响到诗坛，便是经常以诗歌形式来表现老庄哲理，形成许多人写作玄言诗的风尚。其代表作家是孙绰、许询。玄言诗成了老庄思想的传声筒，徒具诗歌形式，却缺乏诗的意趣；语言也枯燥平板，缺少文采。玄言诗在南朝即已受到不少文人的批评。由于大家不爱读，其作品流传下来的极少。在东晋时代，能超越玄言诗牢笼的杰出诗人，在初期有刘琨、郭璞两人。刘琨身历西晋末年丧乱，关心国家命运，诗作辞情慷慨，颇有建安诗的豪迈气概，可惜作品仅有三首。郭璞有《游仙诗》十四首，通过歌咏神仙题材来表现他不满现实、追求隐逸的情怀，富于文采，对后世颇有影响。到东晋末年，又产生了大诗人陶渊明。

陶渊明从事创作的年代，玄言诗仍然弥漫诗坛。陶渊明在思想上深受儒、道两家影响，其诗篇中往往流露出委运乘化、知足保和等道家的人生观；其诗语言朴素平淡，也与玄言诗风接近。但陶诗不像玄言诗那样赤裸裸地宣扬老庄哲学，而是着重表现诗人长期隐居农村的各种生活体验。陶诗中经常出现的题材是：农村、田园的风光，诗人饮酒、读书、友朋来往、参加农业劳动等日常生活和他在这种生活中产生的情绪，主要是悠闲自得，有时也有愤激和忧虑。陶渊明年轻时也有政治雄心，但未能实现，他对政治也颇关心。他的一部分诗篇表现出政治热情，对晋宋易代之际的时局表示不满，说明他并不因隐居而超脱政治。陶诗的最大特色是善于运用朴素平淡的语言，表现日常生活及其感受，不但描写外界景物十分真切，而且把他那真率的性格、他内心世界的种种活动，和盘托出，非常真实坦白，毫无矫揉做作之态，从而打动了千千万万的读者。他的诗朴素自然，没有浓郁的文采，但经得起咀嚼和回味。陶诗因为缺少骈体文采，在骈体文学昌盛的南朝，评价不高，钟嵘《诗品》列入中品。唐宋时古文运动开展，到北宋古文代替骈文占据文坛统治地位，古文家重视朴素自然之美，反对华辞丽采，从此陶诗声价陡增，被认为是汉魏六朝时期最杰出的大诗人。他的田园诗在唐宋元明清各代产生了深远的影响。

南朝宋代前期，出现了谢灵运、颜延之、鲍照等著名诗人。他们主要活动在宋文帝元嘉年间，所以被称为元嘉文学。谢灵运出身大贵族，生平爱好游山玩水，写了许多山水诗。它们刻画山水景色十分细致逼真，词句精工富丽，发展了曹植、陆机诗的传统。陶渊明诗在南朝影响不大，谢灵运山水诗的出现，满足了南朝许多贵族、文人赏玩自然风景、爱好雕琢辞采的需要，很快风靡于上流社会，从而取代了玄言诗在诗坛的统治地位，在诗歌发展史上起了进步作用。但其诗着重写景，夹杂一些说理，缺少真实生动的感情，形式上也存在过于讲求对偶、辞藻而流于堆砌、晦涩的弊病。颜延之在当时和谢灵运齐名，也注意雕章琢句，但好诗不多，成就不及谢灵运。他写诗特别喜用典故，南朝文人仿效者很多，产生不少流弊。

鲍照出身比较低微，在仕途上也不得意。他的诗重视向通俗的民间歌曲吸取营养，不像谢灵运、颜延之那样崇尚典雅。他深受乐府民歌影响，写了不少乐府诗。他的诗题材较为广泛，除结合自身体验，着重表现坎坷失意和对门阀制度的不满外，还涉及边塞战争、将士生涯和妇女的悲惨命运等等。他的诗往往意气豪迈，笔力劲健，但也富有文采。其《拟行路难》十八首，学习民间《行路难》歌曲（已失传），运用七言和杂言样式，写得尤为流转奔放。他的七言诗隔句用韵，改变了过去七言诗每句用韵的形式，而且常常换韵，加强了七言诗的节奏和变化，增进了表现力，因而对南朝后期和唐代的七言诗发生很大影响。

南朝齐代诗人，谢朓最为杰出。谢朓深受谢灵运影响，喜欢写山水风景诗。其诗在刻画景物、遣词造句上也颇为精细，但写得清新流丽，不像谢灵运诗那样繁冗板重，抒情成分也有所增强。他的若干五言小诗，语言精炼而又自然，情味隽永，成为唐代五绝的前驱。

南齐永明（齐武帝年号）年间，文士周颙、沈约、王融等提倡四声八病（后称永明声病说），主张作诗应区别平、上、去、入四声，避免平头、上尾等八种弊病。沈约、谢朓、王融等以这种理论写作一部分篇章，近世研究者称为新体诗。新体诗除保持西晋、刘宋诗对仗工整、辞藻美丽的特点外，进一步注意平仄协调、音韵和谐，追求诗的音律美。新体诗是中国格律诗的萌芽，它为以后梁、陈诗人所继承，到唐代进一步发展变化，便形成了近体诗（律诗和绝句）。

梁、陈两代，诗人众多，但缺少很杰出的高手。当时，抒情写景诗有进一步的发展，佳作颇多。江淹、沈约、吴均、何逊、阴铿等作者在这方面都留下好作品。谢朓以后，南朝的抒情写景诗进一步向清新流丽方向发展，不少篇章更用永明新体来写作，风格婉丽，声调和谐，何逊、阴铿的篇章表现尤为突出，成为唐代抒情写景近体诗的有力的前驱者。

梁、陈时代，宫体诗流行。所谓宫体诗，是梁代萧纲（简文帝）在东宫做太子时和他周围的一群文人所提倡写作的新变诗体，风格轻浅绮艳，内容常常写男女之情，着重描绘妇女的体态、容貌、装饰和日常生活。它接受了南朝民歌表现男女情爱、语言明朗自然的影响，但重点转移到刻画女性的外貌，语言也趋向浓艳。宫体诗在表现女性体态外貌之美方面颇为细腻，但少数篇章流露出不健康的色情成分。宫体诗流行时间颇长，一直到隋和初唐。梁代后期遭侯景之乱，萧纲被杀。陈后主、隋炀帝也都写宫体诗，后以荒淫亡国。后人往往把这三个朝代的覆灭和宫体诗联系起来，对宫体诗进行了过多的指责。

梁、陈时代，七言诗有了明显的发展。七言诗产生的时间颇早。汉代民间的七言谣谚相当多，文人们也写七言诗，但流传下来的很少。现存文人七言诗，以张衡《四愁诗》、曹丕《燕歌行》为最早。汉、魏、两晋时代，文人们大量写作五言诗，认为七言诗体通俗不雅，写得较少。直到鲍照写《拟行路难》后，文人们才打破这种偏见，较多地写作七言诗。梁代沈约、吴均、萧衍、萧纲、萧绎，陈代徐陵、陈叔宝（陈后主）、江总等都写七言诗，蔚成风气。他们不但运用《燕歌行》、《白纻歌》、《行路难》等旧题写七言或杂言诗，还创制了不少新题，像《乌栖曲》、《春别》、《玉树后庭花》等。在体式上则大抵继承了鲍照的传统，多隔句用韵。可以说，在这时候由于不少诗人的努力，七言诗、杂言诗在诗坛开始占据重要的地位，为唐代五言诗、七言诗并驾齐驱的局面奠定了基础。

在长期南北分裂时期，北方在经济、文化各方面一直落后于南方，文学也是如此。北朝后期，文化有所发展，出现了一些著名文人，如温子昇、邢劭、魏收等，但他们的作品大抵模仿南方文人，无甚特色。北朝文人中最有建树的是庾信。庾信原是梁代著名文人，遭侯景之乱，出使北朝不返，出仕北周。他早期的诗篇，多属宫体一类，后期由于生活环境的剧烈变化，诗风也大变。其诗以《拟咏怀》二十七首为代表作，着重表现自己羁留北方、怀念故国的哀怨，悔恨自身的失节，追悼梁朝的覆亡，情绪深沉曲折，风格苍凉沉郁，语言又锻炼得很精致，显示出把南方的工细技巧和北方的慷慨悲歌结合起来的倾向。但他喜欢大量用典，因此不免堆砌晦涩之病。他的一些短诗，写得更为清新自然，同时又讲究格律，成为唐代近体诗的先驱。同时由南入北的作家还有王褒，也写过若干好诗，但成就不及庾信。北朝乐府民歌虽然存诗不多，但颇有特色和成就，已见上述。

隋代统一南北，国祚短促（只有三十多年），较著名的诗人有卢思道、薛道衡、杨素等。隋代文学基本上沿袭南朝传统，宫体诗风也依然弥漫诗坛。但也有少数作品（特别是有关边塞题材的）写得较为刚健，与庾信的诗共同透露出诗风转变的端倪。

东晋南北朝诗歌，以南方诗歌为中心，在内容题材、体制风格上经历了玄言诗、田园诗、山水诗、永明新体诗、宫体诗等多种变化，除田园诗在当时影响不大外，其他各种诗体都一度在诗坛占有重要地位，产生不少诗人和诗作。这段时期，的确可说是五言古体诗由成熟趋向变化多姿的时代；同时，七言古体诗也由完成而获得初步发展，由于新体诗的产生，宣告了五、七言格律诗的萌芽。它是五、七言诗发展过程中的一个重要阶段。

汉魏六朝诗的主要样式特征是五、七言古体诗的产生和发展，五、七言近体诗的萌芽。它为此后一千多年五、七言诗的昌盛和流行奠定了坚实的基础。

除样式外，汉魏六朝诗在内容题材、语言风格、描写技巧等方面都卓有建树，对后代产生深远影响。这里不可能进行全面的论述，仅举一二显著的例子。如乐府诗中的部分曲调，像《从军行》、《燕歌行》、《行路难》、《长相思》、《子夜歌》、《读曲歌》等等，后代有许多诗人用这些题目写诗，在题材内容、语言风格等方面从此时期同题作品吸取营养。在不入乐的文人诗中，诸如咏怀、咏史、游仙、游览、赠答、宴集、送别、哀悼等等，提供了从多方面反映生活和情绪的好作品，积累了丰富的创作经验，为后代作者作出了榜样，使后人在学习、借鉴的基础上得以进一步深入发展。在中国诗歌史上，先秦时代的《诗经》、楚辞是两位老祖宗，对后代产生深远的影响。但《诗经》、楚辞的题材内容，毕竟不及汉魏六朝诗来得广泛，表现技巧也不及汉魏六朝诗更为丰富多彩；而且《诗经》为四言体，楚辞为骚体，都不是五、七言体。因此，对于唐宋以来长期流行的五、七言诗来说，不论在内容题材和样式技巧方面，汉魏六朝诗的影响，都是更为广泛和直接。可以毫不夸张地说，没有汉魏六朝诗的长期积累，就不会带来唐诗的繁荣。唐代殷璠编了一部《河岳英灵集》，专选盛唐诗人的篇章，他指出盛唐诗的艺术特色是风骨、声律兼备，即既有爽朗刚健的风骨，又有和谐流美的声律。他又分析了盛唐诗歌所以能具有这种艺术特色，除继承《诗经》、楚辞的传统外，特别得力于建安诗歌的风骨和六朝诗歌的语言美，因而能够做到“言气骨（即风骨）则建安为俦，论宫商则太康不逮”。殷璠的意见颇为中肯，由此也可以看出汉魏六朝诗对于唐诗的重大影响。

汉魏六朝诗在思想内容、艺术形式上都是丰富多彩，有多方面的创造和成就，同时又长期哺育、滋润了后代数量庞大的诗人，因此，它是中国诗歌发展史上的一个重要时期。

（本文原为上海辞书出版社1992年9月出版《汉魏六朝诗鉴赏辞典》卷首的序）

汉魏两晋南北朝乐府官署沿革考略

乐府诗原是乐府机关配合音乐而演唱的歌词，探讨历代乐府官署的沿革，将有助于乐府诗的研究。乐府歌诗始作于汉，至唐而长短句代兴，乐府诗的主要时代是汉魏两晋南北朝。本篇述乐府官署，也限于这段时期。清官修《历代职官表》卷十对历代乐官建置考订颇详，今剌取其文，再加补充阐发。

汉魏两晋南北朝音乐，一般可分为雅乐、俗乐两大部分。雅乐歌诗为郊庙、燕射等歌辞，俗乐歌辞则以清商曲为大宗。二者因性质用途不同，职掌的乐官也常区分开来。

从西汉讲起。西汉乐官有太乐、乐府二署，分掌雅乐、俗乐。雅乐主要的为沿自周代的乐章，俗乐则以武帝以后所采集的各地风谣为大宗。《汉书·百官公卿表》："奉常（即太常），掌宗庙礼仪，属官有太乐令丞。少府，掌山海池泽之税，以给供养，属官有乐府令丞。"（《续汉书·百官志》

曰：“少府，掌中服御诸物，衣服宝货珍膳之属。”）太乐官署汉初即已设置，乐府则始建于武帝之世。王应麟《汉书艺文志考证》（卷八）引吕氏曰：“太乐令丞所职，雅乐也；乐府所职，郑卫之乐也。”刘永济先生说：“二官判然不同。盖郊庙之乐，旧隶太乐。乐府所掌，不过供奉帝王之物，侪于衣服、宝货、珍膳之次而已。与武帝以俳优畜皋、朔之事，同出帝王奢侈荒淫之心。”（《十四朝文学要略》第二卷四章）这话正确地道出了封建君主对雅乐、俗乐二者不同的态度：一边是装模作样的礼仪，一边是赏心悦耳的娱乐[①]。

东汉乐府官署，也分为两部门。其一为太予乐署，相当西汉的太乐。《后汉书·明帝纪》：“永平三年秋八月戊辰，改

① 《汉书·礼乐志》：“哀帝即位，下诏罢乐府官。郊祭乐及古兵法武乐，在经非郑卫之声者，条奏别属他官。丞相孔光、大司空何武奏：可领属太常。奏可。”（节录）是乐府在西汉兼领非郑卫之声的郊祭乐及兵法武乐。故《历代职官表》卷一〇说：“谨按：西汉司乐者，分为二官：太乐令丞属太常，乐府令丞属少府。其古兵法武乐，其初与郊祭乐俱属于乐府；则自哀帝以前，太乐并不领朝庙乐章，其存肄者，惟制氏所传、河间所献之雅乐，仅于乡射一用之而已。”（原注：《礼乐志》载：平当议谓河间雅乐，立之太乐，春秋乡射，作于学官，希阔不讲，公卿大夫不晓其意是也。）这叙述很对，汉代的郊祭乐及武乐，从与先王雅乐对立而言，实际也是新声或郑卫之声，故开始仍由乐府管辖。郊祭乐章即现存的郊祀歌十九章，《汉书·礼乐志》云：“天子常御及郊庙，皆非雅声。”又云：“今汉郊庙诗歌，未有祖宗之事，八音调韵，又不协于钟律。”其非雅声甚明。但到后汉，此种郊祭乐就被升级作为雅乐，由太予乐令执掌了。所谓“古兵法武乐”，实际混杂汉代传自异域的新声，鼓吹曲（短箫铙歌）、横吹曲即是。它也是一种俗乐，故由乐府职掌。

太乐为太予乐。”《续汉书·百官志》云：“太常官属有太予乐令，掌伎乐。凡国祭祀，掌请奏乐；及大享用乐，掌其陈序。丞一人。”职守与前汉太乐同。其二为黄门鼓吹署。《后汉书·安帝纪》：“永初元年九月壬午，诏太仆少府减黄门鼓吹，以补羽林士。”章怀注引《汉官仪》曰：“黄门鼓吹有四十五人。”按黄门鼓吹，《续汉书·百官志》无记载。《唐六典》（卷一四）云：“后汉少府属官有承华令，典黄门鼓吹百三十五人（人数与《汉官仪》不同），百戏师二十七人。”承华令与前汉的乐府令同属少府，可知它即为乐府令的后身。

后汉蔡邕的《礼乐志》，分汉代的乐章为四类：“一曰太予乐，郊庙上陵之所用焉；二曰雅颂乐，辟雍飨射之所用焉；三曰黄门鼓吹乐，天子宴群臣之所用焉；四曰短箫铙歌乐，军中之所用焉。”（《隋书·音乐志》上，节录）一、二两项为雅乐，由太予乐令执掌；三、四两项为俗乐，由承华令管辖。

曹魏乐官，遵循东汉，也有太乐与黄门鼓吹的区分。《宋书·乐志》（一）说：“太乐，汉（前汉）旧名，后汉依谶改太予乐官，至是改复旧。”这是太乐。繁钦《与魏文帝笺》：“顷诸鼓吹，广求异妓。……及与黄门鼓吹温胡，迭唱迭和。”这是黄门鼓吹。但这时由于清商曲的特殊发展，而有清商专署的设立。《魏志·齐王芳纪》裴注引《魏书》：“（齐王芳）每见九亲妇女有美色，或留以付清商。”下面并提到清商令令狐景、清商丞庞熙，知当时清商署也有令、丞等职。《资治通鉴》卷一三四《宋纪》昇明二年，胡注：“魏太祖起铜爵台于邺，自作乐府，被于管弦。后遂置清商令以掌之，属光禄勋。”这样遂由汉代太乐、乐府（鼓吹）两乐官，递变为太乐、鼓吹、清商三个乐官。鼓吹（黄门鼓吹）乐本来包括鼓吹曲（短箫铙歌）、横吹曲、相和歌（清商三调等）及其他杂伎①，从这时起，清商曲开始从鼓吹署独立出来，因而后世的所谓“鼓吹曲辞”的名目，就为短箫铙歌、横吹曲所独擅了。

西晋乐官，沿袭曹魏的三分法。《晋书·职官志》：“太常有协律校尉，统太乐令、鼓吹令。”又云：“光禄勋属官有黄门、掖庭、清商、华林园、暴室等令。”这里有可以注意者两点：一，鼓吹署前代本为少府官属，此时改隶太常，这是鼓吹隶属太常的开始，也是太乐、鼓吹两署合并的先声。汉代的短箫铙歌，多采民间谣曲，曹魏以后的鼓吹曲，则都由文士撰述，成为歌功颂德的庙堂之作，鼓吹曲由俗乐趋向雅化，当是鼓吹署改隶太常的主要原因。二，《魏书》称齐王芳以九亲妇女付清商，《晋书·职官志》以清商令与掖庭令连称，又《晋

① 参看拙作《说黄门鼓吹乐》篇（收入《乐府诗述论》中编）。

武帝起居注》说："武帝出清商掖庭诏云：今出清商掖庭及诸署才人、妓女、保林以下，二百七十馀人还家。"（《太平御览》卷一四五引）可见清商为当时的女乐专署。六朝的清商曲辞，大都用女子口吻描述，即在便于女伎的演唱。这一点对于六朝清商曲辞的理解，实非常重要。

东晋偏安江左，初时因陋就简，"以无雅乐器及伶人，省太乐并鼓吹令，是后颇得登歌、食举之乐，犹有未备。……成帝咸和中，乃复置太乐官"（《宋书·乐志》一）。《唐六典》（卷一四）称："元帝省太乐并于鼓吹，哀帝又省鼓吹而存太乐，宋齐并无其官（指鼓吹令丞）。"是为鼓吹并于太乐之始。西晋光禄勋属的清商令，是否保存至东晋，史无明文。但《宋书·乐志》（一）说："鞞舞故二八，桓玄将即真，太乐遣众伎。"鞞舞在汉魏与相和歌同隶黄门鼓吹[1]，现在改隶太乐，由此推测，大约这时清商曲已由太乐兼掌了。这也开六朝太乐统辖清商的制度。

《宋书》、《南齐书》于二代乐官，记载简略。《宋书》（卷三九）《百官志》："太常官属有太乐令一人，丞一人，掌凡诸乐事。"《南齐书》（卷一六）《百官志》："太常官属有太乐令一人，丞一人。"据《唐六典》，两代并无鼓

① 参看拙作《说黄门鼓吹乐》篇。

吹令丞之职。又据《南齐书》（卷二八）《崔祖思传》：“太乐雅郑，（宋废帝）元徽时校试，千有馀人。”是宋代太乐兼辖郑声，故《宋书·百官志》说“太乐掌凡诸乐事”。《南齐书》（卷七）《东昏侯纪》：“下扬、南徐二州桥桁塘埭丁，计功为直，敛取现钱，供太乐主衣杂费。”东昏侯酷爱俗乐，太乐需要大量费用，即在满足他的嗜好。又《通典·乐典》称“齐武帝制《估客乐》，使太乐令刘瑶管弦被之”，《估客乐》是清商西曲之一。由上可推知宋齐两代，并无清商专署，清乐也由太乐统辖。

《隋书》（卷二六）《百官志》称“梁太常统太乐、鼓吹等令丞，又置协律校尉、总章校尉、监掌故乐正之属，以掌乐事。太乐又有清商署丞”，“陈承梁，皆承其制官”。梁代乐官，较宋齐详备。其一，太乐、鼓吹仍然分职。其二，清商乐有专署，但仍隶于太乐。

以上略述汉魏六朝乐官沿革。乐官职守，由汉代的二分法进到魏晋的三分法，说明清商曲的特殊发展，客观上需要专署的设立，来统辖这一项特出的俗乐。再由魏晋的三分法退缩到宋齐的一分法或梁陈的二分法，却并非表示清商乐的重趋没落。（清商旧乐相和歌固然渐趋消歇，清商新声吴声、西曲等继之而起。）东晋南迁以后，官制趋于简化，这是一因；南朝帝王，大抵崇尚享乐，忽视雅乐而提倡俗乐，结果混淆了雅、郑的界限，这是清商乐归太乐统辖的主要原因。

这里必须补充说明的，即历代又有专司乐舞的总章乐官。如《后汉书·献帝纪》：“建安八年，总章始复备八佾舞。”《晋书·乐志》：“荀勖以杜夔所制律吕，较太乐、总章、鼓吹，八音与律吕乖错，乃作新律吕，以调声韵，颁下太常，使太乐、总章、鼓吹、清商施用。”以及梁氏太常属官之“总章校尉”等都是。本篇以其专领舞人，并非另有与其他官署性质不同的乐章，故不与太乐、鼓吹及清商并立起来讲。

北魏乐官，初时也分设太乐、鼓吹等官。《魏书·乐志》说：“天兴（道武帝年号）六年冬，诏太乐、总章、鼓吹增修杂伎。”大约袭用西晋旧制。至孝文帝时，乐官简化，仅存太乐一署。《唐六典》（卷一四）云：“后魏太和十五年，置太乐官。”考《魏书·乐志》说：“太和十五年冬，高祖诏曰：乐者所以动天地……末俗陵迟，正声顿废，多悦郑卫之音，以悦耳目。故使乐章散缺，伶官失守。今方厘革时弊，稽古复礼，庶令乐正，雅颂各得其宜。今置乐官，实须任职，不得仍令滥吹也。遂简置焉。”可见孝文帝时乐官的简化是复古措施的一种表现。

《隋书·百官志》（中）说：“北齐太常寺属官有协律郎

二人，掌监调律吕音乐。统太乐署令丞，掌诸乐及行礼节奏等事。鼓吹署令丞，掌百戏鼓吹乐人等事。太乐兼领清商部丞，掌清商音乐等事。鼓吹兼领黄户局丞，掌供乐人衣服。”是则北齐乐官也分为太乐、鼓吹二署。《隋书·百官志》（中）又记齐制说：“中书省管司王言及司进御之音乐。监令各一人，侍郎四人。并司伶官西凉部直长、伶官西凉四部、伶官龟兹四部、伶官清商部直长、伶官清商四部。”中书省统领一部分乐人，这是比较特殊的官制。

周太祖恢复古制，依《周礼》建官（见《隋书·百官志》卷中及《周书·卢辩传》）。《通典》卷二五说：“后周有大司乐，掌成均之法。后改为乐部，有上士、中士。”又卷三九记其乐官品第云：“后周官品：正五命，春官：大司乐，中大夫。正四命，春官：小司乐，下大夫。正三命，春官：小司乐，上士。正二命，春官：乐师、乐胥、司歌、司钟磬、司鼓、司吹、司舞、籥章、掌散乐、典夷乐、典庸器，中士。正一命，春官：乐胥、司歌、司钟磬、司鼓、司吹、司舞、籥章、掌散乐、典夷乐、典庸器，下士。”其官职名称与汉魏以来大不相同。

隋代乐官，据《隋书·百官志》：“高祖既受命，太常寺有协律郎二人，统太乐、清商、鼓吹等署。……炀帝罢清商署。”是隋初有清商专署，其后罢于炀帝。但《唐六典》（卷一四）鼓吹署条却云：“隋太常寺统鼓吹、清商二令丞各二人，皇朝因省清商并于鼓吹。”《新唐书》（卷四八）《百官志》（三）鼓吹署条也说：“唐并清商、鼓吹为一署。”《历代职官表》（卷一〇）称：“《隋志》载隋罢清商，而《唐六典》注又称唐朝省清商并于鼓吹，二书皆唐代官撰，而彼此矛盾，必有一误也。”考《唐六典》（卷一四）有云：“隋太乐署有乐师八人，清商有乐师二人。至炀帝改曰正，加置十人。盖采古‘乐正子春’而名官，皇朝因之。”是炀帝不特不废清商署，且加置乐师。其所作《泛龙舟》曲，《通典》、《旧唐书》俱列入清乐。这样看来，《隋书·百官志》之说，恐不足据。唐代并省清商署这一事实，说明清商乐到这时已渐趋式微，不为贵族阶级所经常赏玩了。

汉代的俗乐和民歌

一

现存的汉代乐府诗中保存着数十首民歌（其中有些是民歌色彩很浓的文士作品），它们是一份珍贵的文学遗产，不仅本身具有很高的思想内容和艺术价值，而且给予后来的许多大诗人以深刻的启示和影响，帮助他们创造出许多优秀的诗篇。

乐府诗是配合音乐而歌唱的诗歌。民间的诗歌，由于配合了音乐供给上层阶级欣赏、消遣，才比较容易地流传于后世。汉乐府中的民歌就是这样。汉代，民间产生的音乐（它们被贵族文士们称为俗乐）非常昌盛，获得贵族文士们的爱好，广泛地流行于社会各阶层。中央政府有专门的机构采集民歌，配合着俗乐演唱。

在西汉，中央政府的乐官，主要有太乐、乐府二署，分掌雅乐、俗乐。《汉书·百官公卿表》："奉常（即太常），掌宗庙礼仪，属官有太乐令丞。少府，掌山海池泽之税，以给供养，属官有乐府令丞。"王应麟《汉书艺文志考证》（卷八）引吕氏曰："太乐令丞所职，雅乐也；乐府所职，郑卫之乐也。"所谓郑卫之乐，即是俗乐。

西汉末叶，哀帝裁撤了专掌俗乐的乐府官，但至东汉，仍然有专掌俗乐的官署。东汉乐官，主要也有二署。其一为太予乐署。《后汉书·明帝纪》："永平三年秋八月戊辰，改太乐为太予乐。"可知太予乐即太乐之异名，职守自与西汉太乐无异。其二为掌管黄门鼓吹乐的承华令。《唐六典》（卷一〇）云："后汉少府属官有承华令，典黄门鼓吹百三十五人[①]，百戏师二十七人。"《通典》（卷二五）云："汉有承华令，典黄门鼓吹，属少府。"承华令与西汉的乐府同属少府，可知即为西汉乐府的后身，其职守应与乐府相同。

东汉乐府歌诗，分为四类。《隋书·音乐志》（上）说：

> 汉明帝时，乐有四品。一曰太予乐，郊庙上陵之所用焉。二曰雅颂乐，辟雍飨射之所用焉。三曰黄门鼓吹乐，天子宴群臣之所用焉。四曰短箫铙歌，军中之所用焉。

---

① 《后汉书·安帝纪》注引《汉官仪》作"百四十五人"。

其中第一、二两品是雅乐，由太予乐令管辖；第三、四两品则是俗乐，由承华令管辖。

第三品黄门鼓吹乐的乐章，主要即为相和歌辞。《汉书·史丹传》说："元帝留好音乐，或置鼙鼓殿下，天子自临轩槛上，隤铜丸以擿鼓，声中严鼓之节。定陶王亦能之，上数称其材。丹进曰……若乃器人于丝竹鼓鼙之间，则是陈惠、李微，高于匡衡，可相国也？"服虔注云："陈、李皆黄门鼓吹。"案《宋书·乐志》："相和，汉旧歌也，丝竹更相和。"史丹称黄门鼓吹乐工陈惠、李微工于丝竹，足证相和歌属于黄门鼓吹乐。又应璩《百一诗注》说："马子侯为人颇痴，自谓晓音律。黄门乐人更往嗤诮，子侯不知。名《陌上桑》，反言《凤将雏》，辄摇头欣喜，多赐左右钱帛，无复惭色。"（张溥《汉魏六朝百三名家集·应休琏集》）《陌上桑》系相和曲调名，这一则记载更有力地证明了相和歌属于黄门鼓吹[1]。

第四品短箫铙歌，也由黄门鼓吹乐人演唱，但因为是军乐，与用于宴会的相和歌辞等性质不同，所以别为一类。《乐府诗集》（卷一六）引崔豹《古今注》说："汉乐有黄门鼓吹，天子所以宴乐群臣也。短箫铙歌，鼓吹之一章尔。"严格

① 参考拙作《说黄门鼓吹乐》篇。

地说，短箫铙歌是黄门鼓吹乐乐人演唱的一部分乐章。汉代短箫铙歌，现存十八曲。

第三品黄门鼓吹乐和第四品短箫铙歌乐，如上所述，在汉代都是俗乐，但其中又以黄门鼓吹乐为重要，它获得社会各阶层的爱好，乐章繁富，影响远大。上面说过，黄门鼓吹乐的乐章主要是相和歌辞。相和歌辞，《乐府诗集》分为十类：（1）相和六引，（2）相和曲，（3）吟叹曲，（4）四弦曲，（5）平调曲，（6）清调曲，（7）瑟调曲，（8）楚调曲，（9）侧调曲，（10）大曲。这些曲调大都是出自当时民间各地的新声。如楚调，循名责实，主要当为楚声。平、清、瑟、楚四调乐器中皆有筝，“筝，秦声也”（《宋书·乐志》一）。汉家起于西楚，其后建都关中，楚声、秦声，当为汉代新声的两种重要成分[①]。此外，当兼采赵、代、燕、齐、吴等地之声，据《汉书·艺文志·诗赋略》所载歌诗产地，可以推知。这些产生于民间的新声，主要使用管弦乐器，性质轻松活泼，故被宫廷采取，在宴会时用以娱乐嘉宾。

相和歌中的“平调、清调、瑟调，汉世谓之三调”（《旧

① 参考萧涤非先生《汉魏六朝乐府文学史》第二编第一章《论汉乐府之声调》。

唐书·音乐志》），简称清商三调。三调外加楚调、侧调，“与三调总谓之相和调，所谓清商正声、相和五调伎也”（《乐府诗集》卷二六《相和歌辞题解》）。因此，相和歌后世称为清商乐，简称清乐。汉代的清乐（主要是相和歌）和六朝的清乐（主要是吴声、西曲）是我国中古时代俗乐的主流。

汉代的民歌，相和歌辞中包含最多，其次则为杂曲歌辞。汉代的杂曲歌辞，风格跟相和歌辞相同，因其歌辞未被中央乐府机构采习或年代久远等原因，后世不详它们属于何调，故被列为杂曲。论其性质，自应属于清乐这一系统。

现存汉短箫铙歌十八曲中，包含若干首民歌，数量虽少，但也新颖可喜。短箫铙歌乐，一名鼓吹乐，相传起源很早。蔡邕《礼乐志》说：“短箫铙歌，军乐也。其传曰：黄帝岐伯所作。”（《续汉书·礼仪志注补》引）但在汉代，西域音乐传入中国，短箫铙歌乐曾受这种新声的影响[①]，且它又由掌俗乐的黄门鼓吹乐人演唱，故与俗乐容易发生联系。因为与俗乐联系，民歌就有机会跟它配合。汉代以后，作为军乐的鼓吹曲，不再与俗乐联系，成为纯粹的雅乐，鼓吹曲辞中也就不再有

① 参考萧涤非先生《汉魏六朝乐府文学史》第二编第一章《论汉乐府之声调》。

民歌。

除掉中央的乐府机关外，一些私家特别是《汉书·礼乐志》所说的“豪富吏民”，也为了自己的娱乐，采集了一部分的俗乐和民歌。现存汉乐府中有些未被正史乐志著录的歌辞，或许就是私家所采录的。

二

两汉的俗乐是很昌盛的。君主、贵族、文士、百姓都爱好俗乐，俗乐风靡于整个社会。

西汉自武帝立乐府采集各地风谣，以后的诸帝往往嗜好俗乐，故桓谭《新论》称“汉之三主，内置黄门工倡”（《文选》马融《长笛赋》李善注引）。所谓“黄门倡”，就是演唱俗乐的黄门鼓吹乐人。又如元帝，《汉书》称他“多材艺，鼓琴瑟，吹洞箫，自度曲被歌声，分刌节度，穷极幼眇”（《元帝纪赞》）。琴瑟洞箫，就是丝竹相和的乐器。《汉书·礼乐志》载哀帝罢乐府时，乐府人员达八百二十九人，其盛况可以想见。

哀帝虽罢乐府，但俗乐势力在西汉末叶未见衰退。《汉书·礼乐志》有一段话详述西汉俗乐之盛，摘录如下：

内有掖庭材人，外有上林乐府，皆以郑声施于朝廷。……成帝时郑声尤盛，黄门名倡丙强、景武之属，富显于世。贵戚五侯、定陵、富平外戚之家，淫侈过度，至与人主争女乐。……哀帝既罢乐府，然百姓渐渍日久，又不制雅乐有以相变，豪富吏民，湛沔自若。

东汉俗乐，亦极发达。东汉君主，如西汉一样嗜爱俗乐。史称“桓帝好音乐，善琴笙”（《北堂书钞》卷一一〇引《东观汉记》）；“灵帝善鼓琴，吹洞箫”（《太平御览》卷五八一引谢承《后汉书》）：两位昏君都是俗乐的热爱者。据曹植《鼙舞歌序》，灵帝收受天下财贿的所在地西园，设有鼓吹乐队。东汉专掌俗乐的承华令，手下有黄门鼓吹乐人一百多人。

应劭《风俗通》称当时“京师宾婚嘉会，皆作魁櫑，酒酣之后，续以挽歌”（《续汉书·五行志》一引）。所谓挽歌，即相和歌中的《薤露》、《蒿里》两曲。马融《长笛赋序》记“融为督邮，卧郿平阳坞中。有雒客舍逆旅，吹笛为《气出》，《精列》相和。”《气出》（即《气出唱》）、《精列》也是相和歌的两个曲子。由这种记载，可以窥知相和歌如何为东汉社会广大阶层人士所爱好。

东汉文人作品中，往往提到相和歌或清商曲的演奏。如：

张衡《西京赋》：“嚼清商而却转，增婵娟以此豸。”

张衡《南都赋》：“结九秋之增伤，怨西荆之折盘。弹筝吹笙，更为新声：寡妇悲吟，《鹍鸡》哀伤。坐者凄欷，荡魂伤精。”（李善注云：“古乐府有《历九秋篇》、《妾薄相行》，古相和歌有《鹍鸡》之曲。”）

仲长统《乐志诗序》：“弹南风之雅操，发清商之妙曲。”

《古诗》：“清商随风发，中曲正徘徊。”（《十九首》之一）

《古诗》：“欲展清商曲，念子不能归。”（旧题苏武诗）

《古歌》：“主人前进酒，弹瑟为清商。”

东汉文人，不但在作品中记载清商曲的演奏，其本人也往往喜欢俗乐。据《后汉书》，桓谭“好音律，善鼓琴”（本传）；马融“性好音，能鼓琴吹笛”（本传）；蔡邕“妙操音律，善鼓琴”（本传）。三人都擅长丝竹之乐。桓谭曾被扬雄、宋弘讥其好郑声（见《新论》及《后汉书·宋弘传》）；马融《长笛赋序》记他听雒客吹笛为《气出》、《精列》两支相和歌，“甚悲而乐之”；蔡邕相传是古辞《饮马长城窟行》（相和歌瑟调曲）的作者。文人们嗜好俗乐，在东汉显然已经形成风气。配合俗乐的民歌，就在这样的情况下，影响了文人的创作。东汉文人渐多乐府歌辞的制作，五言诗在东汉逐渐成长，此中消息，不难窥知。

由于俗乐在上层社会的流行，配合俗乐的“街陌谣讴”，就被乐府所采撷传习，被文人、乐工所修改润色，获得了写录、流传的机会。

三

《汉书·礼乐志》和《艺文志》都记载西汉武帝开始建立乐府机构，采集赵、代、秦、楚各地的风谣。据《艺文志》，当时采录的民歌有“吴、楚、汝南歌诗”等共计一百三十八篇。东汉的承华府，是否继续搜采民歌，《后汉书》虽无记载，但我们推想它必定采诗，因为现存汉乐府中的民歌，事实上绝大部分是东汉的作品。

说现存汉乐府中的民歌绝大部分产生于东汉，这可以从这些歌辞的思想内容、表现形式以及诗中提到的名物来证明。

先从思想内容方面来谈。我们且把《古诗十九首》的思想内容来跟乐府民歌作比较，现在大家承认《十九首》是东汉后期的作品，这种比较是足以说明问题的。沈德潜《古诗源》说：“《十九首》大率逐臣弃妻、朋友阔绝、死生新故之感。”这几句很好地概括了《十九首》思想内容的话，也适用于一部分乐府民歌。

东汉后期，政治黑暗，社会动荡，战祸延及各处，人民过着颠沛流离的生活，故诗歌中多“逐臣”与“朋友阔绝”之感。在乐府民歌中，如《悲歌》、《古歌》（“秋风萧萧愁杀人”篇）、《高田种小麦》、《古八变歌》等作，都写游子客处异乡、不能返家的悲凉情感，呈现出动乱时代的人们的精神面貌。又因社会动乱，当时人们（特别是知识分子）都痛切地感到生命无常，一般地趋向消极悲观，贪图目前的物质享受。这充分表现在《西门行》、《怨诗行》（古辞“天德悠且长”篇）和《驱车上东门行》等诗作中。

汉代出妻的情事很普遍，故汉诗中表现弃妇的悲哀作品也较多。在乐府，则有《白头吟》、《怨歌行》、《塘上行》、《上山采蘼芜》诸篇。《白头吟》，《宋书·乐志》说它是汉世“街陌谣讴”之一，有人说它系西汉卓文君所作，不足信。《怨歌行》相传为西汉班婕妤所作，近人已考订其不可信[1]。《塘上行》的作者传说很纷歧，或云古辞，“或云甄皇后造，或云魏文帝，或云武帝”（《文选》李善注引《歌录》），当是建安时代的产品。总之，以上诸篇应当都是东汉的产品，一方面因为如上所述，“西汉说”不足信，一方面则因为“弃妇的悲哀”这一社会问题，到汉魏之际才蔚为风气，被广泛地反映于文学作品中间。除乐府和“古诗”外，这方面的文士作品，现在我们能看到的还有曹丕的《出妇赋》、《代刘勋出妻王氏作》，曹植的《出妇赋》、《弃妇诗》和王粲的《出妇赋》等等，这种现象是值得注意的。

次从表现形式来说。大家承认，西汉是五言诗的产生时期，东汉是五言诗的成长时期。五言诗文辞在产生期比较质朴，在成长期则比较圆熟。现存汉乐府民歌，大部分是五言句，其文辞都比较成熟，富有文采，应当是五言诗成长时期的产品。中如《陌上桑》、《孤儿行》，排偶句子均达半数光景，更是东汉文体日趋骈偶化风气的一种反映。

再从诗中提到的名物来谈。《文选》李善注《古诗十九首》题注说：“古诗，盖不知作者，或云枚乘，疑不能明也。诗云：驱车上东门。又云：游戏宛与洛。此则辞兼东都，非尽

---

① 参考逯钦立先生《汉诗别录》，载《中央研究院历史语言研究所集刊》第十三本。

是乘明矣。昭明以失其姓氏，故编在李陵之上。”李善从古诗的“辞兼东都”来证明其中一部分诗篇不出于西汉，这方法可以用来考订乐府歌辞的时代。现存乐府歌辞也有若干处“辞兼东都”，条举如下：

（1）《王子乔》词云：“上建逋阴广里践近高。”朱乾《乐府正义》卷六引王隐《晋书》曰：“永嘉中，洛城东北角广里中地陷。”

（2）《长歌行》（“岧岧山上亭”篇）词云：“驱车出北门，遥观洛阳城。”

（3）《长安有狭邪行》词云：“小子无官职，衣冠仕洛阳。”案此诗首句有“长安有狭邪”之句，但既云“衣冠仕洛阳”，以仕于洛阳为荣，洛阳必为当时京都，而此诗也应为东汉作品。

（4）《步出夏门行》案夏门为洛阳十二门之一，见《续汉书·百官志》（四）注补。这一曲调当产生于东汉。

（5）《西门行》词云：“出西门，步念之。”又云：“自非仙人王子乔，计会寿命难与期。”案西门当即是上西门，系洛阳十二城门之一。《风俗通义》卷二《叶令祠》条说：“《周书》称灵王太子晋，幼有盛德。……后世以其自豫知其死，传称王子乔仙。……国家畏天之威，思求谴告，故于上西门城上候望。”应劭记的是东汉的事。今《西门行》提到西门和仙人王子乔，必为东汉作品无疑。

（6）《艳歌行》（“南山石嵬嵬”篇）词云：“洛阳发中梁，松树窃自悲。……持作四轮车，载至洛阳宫。”

由上可知东汉乐府歌辞颇多产生于都城洛阳一带，这跟六朝乐府吴声歌曲多起于建业一带，情形正相仿佛。乐府采录的歌谣，固不限于京城左近；但京城左近的歌辞，采录起来比较方便，因而搜采较多，也是很自然的事。

总上内容、形式、名物三事，我们有理由可以肯定：现存汉乐府中的民歌，绝大部分是东汉的产品。

四

汉乐府中的民歌，反映了广阔的社会现实，暴露了封建社会内部的矛盾和冲突，具有丰富的思想内容。

在封建社会中，一般人民是没有学习掌握文字的机会的，他们往往只能凭借口头的歌唱来表达他们的生活、思想、情感，表达他们对压迫者的憎恨和反抗。在两汉的谣谚中，我们可以看到许多辛辣的短诗，强烈地讽刺着统治阶级。如顺帝末年《京都童谣》云：“直如弦，死道边；曲如钩，反封侯。”

讽刺当时不辨贤佞的昏君。桓帝时《童谣》云："大麦青青小麦枯，谁当获者妇与姑。丈夫何在西击胡。吏买马，君具车，请为诸君鼓咙胡（咙胡即喉咙）。"讽刺侵略战争的祸害。丈夫出外打仗，抛下妇女们在田里耕作；政府忙于配置战具，老百姓不敢公然反对，只能私相耳语。这类直接指斥了统治者的歌谣，虽然损伤了统治者的尊严，但由于对后起的统治者有鉴诫之用，往往被写历史的人记录下来。乐府是专门为帝王的娱乐服务的音乐机构，当然不会采取像上述这类的作品，然而乐府中的民歌，毕竟是人民自己的创作，不管它们如何地经过了统治阶级的选择，如何地为文人、乐工们所修改润色，它们毕竟在一定程度上反映了人民的意见和愿望。

这里就从著名的《陌上桑》（《艳歌罗敷行》）说起吧。它描写一位美貌的青年女子罗敷在城南采桑，碰到一位显赫的使君来向她求婚。她告诉使君自己已有丈夫，而且夸称他也是一位显赫的官僚，不能答应他的要求。这故事诗表面上是一出拒婚的喜剧，颂扬了女子的"贞节"，然而却本质地反映了当时上流社会的荒淫与无耻。在封建社会中，一个上流社会的男性，平日拥有不少姬妾，一旦遇到美貌妇女，又往往要设法占为己有，如像《陌上桑》以及秋胡戏妻故事中反映的那样。在两汉，一些豪家势族，更常用暴力掠取民间妇女，据《后汉书》，东汉的外戚窦氏和梁氏，都有此种暴行。东汉的一位诗人辛延年，受了《陌上桑》的影响，写了一篇主题相同的诗作——《羽林郎》，描写西汉外戚霍光的家奴冯子都在市上调笑一位酒铺中的胡姬，她也以已有丈夫为理由来谢绝。清朱乾的《乐府正义》推测《羽林郎》实际是诗人影射当时窦氏兄弟骄纵，“托往事以讽今”的作品。我们认为《羽林郎》不一定是影射窦氏兄弟，但托古讽今乃是可信的。由此可见，《陌上桑》的故事，在那个时代实在具有普遍的现实基础，它揭露了统治阶级腐朽生活的一面。

“使君一何愚！使君自有妇，罗敷自有夫。”在《陌上桑》的末尾，罗敷严正地拒绝了使君的要求。民歌作者以夸张的笔调歌颂了罗敷义正辞严的态度，同时谴责了使君的无耻行为。人民通过罗敷的嘴巴，表现了对这件事情的公正的看法和判断。

除《陌上桑》外，反映上流社会罪恶生活的诗歌，尚有《鸡鸣》、《相逢行》、《长安有狭邪行》等三篇题材大同小异的诗作。

……君家诚易知，易知复难忘。黄金为君门，白玉为君堂。堂上置樽酒，作使邯郸倡。中庭生桂树，华灯何煌煌。兄弟两三人，中子为侍郎。五日一来归，道上自生光。黄

金络马头，观者盈道傍。入门时左顾，但见双鸳鸯。鸳鸯七十二，罗列自成行。音声何噰噰，鹤鸣东西厢。……（《相逢行》）

这里充分地暴露了贵族阶级日常生活的奢华与淫佚。贵族们对住宅装饰、声乐演奏等等物质方面的享受，总是非常之讲究的。《后汉书·仲长统传》说：“豪人之室，连栋数百，膏田满野，奴婢千群，徒附万计。……妖童美妾，填乎绮室，倡讴妓乐，列乎深堂。”《相逢行》等诗篇所反映的正是此种豪奢情况。汉代外戚常常掌握国家大权，一门富贵，生活更是奢侈。如《后汉书·马防传》说：“防兄弟贵盛，奴婢各千人以上。又大起第观，连阁临道，弥亘街路。多聚声乐，曲度比诸郊庙。”其他如西汉的王氏，东汉的窦氏、梁氏，情形都相仿佛。《相逢行》等诗篇描写兄弟数人都致富贵，有人认为反映的即是兄弟常常同时封侯的汉代外戚的生活，这种推测是相当合理的。

《东门行》为我们展开了当时城市生活的另一面，它描绘了一个城市贫民为衣食所迫准备铤而走险的情景：

出东门，不顾归。来入门，怅欲悲。盎中无斗米储，还视架上无悬衣。拔剑东门去，舍中儿母牵衣啼："他家但愿富贵，贱妾与君共餔糜。上用仓浪天故，下当用此黄口儿。今非！""咄！行！吾去为迟！白发时下难久居！"

"盎中无斗米储，还视架上无悬衣"，跟《相逢行》的"华灯何煌煌"是多么强烈的对照！在饥寒胁迫之下，《东门行》中的主角，终于没有听从妻子的劝告，出去干犯法的事了。诗中的东门当是东汉京都洛阳的一座城门[①]。两汉时代，不特各地常有民变，京城的盗贼也是很多的[②]，《东门行》深刻地暴露了统治阶级在这方面的"治绩"。晋代乐府演唱的《东门行》歌词，在"下当用此黄口儿"句下，增加了这么几句："今时清廉，难犯教言，君复自爱莫为非！"而且被重复了一遍。很显然，这是按照统治阶级的意思给添上去的，想通过妻子的劝告来教训那准备"犯上作乱"的人。统治阶级就是这样无耻地改变着民歌的原来面目！

人民的苦难，以及他们对统治阶级的怨恨，常常表现在他

① 本文第三节证明，汉乐府《西门行》中的西门，《步出夏门行》中的夏门，都是洛阳的城门；比类以推，《东门行》中的东门，当即是洛阳的上东门或中东门。

② 西汉京城长安多盗贼，见《汉书·酷吏传》和《游侠传》，东汉洛阳治安情况，可以类推。

们对战争的控诉中。在这方面，《战城南》和《十五从军征》都是杰出的作品。《战城南》有这样的句子："战城南，死郭北，野死不葬乌可食。""禾黍不获君何食？愿为忠臣安可得？"战争，它使战士暴骨在疆场上，庄稼荒废在田野里，其祸害多么严重。《十五从军征》描写一个无家可归的老战士的悲惨情景，充分暴露了那使民不得休息的兵役制度的弊害：

> 十五从军征，八十始得归。道逢乡里人，"家中有阿谁？""遥望是君家，松柏冢累累。"兔从狗窦入，雉从梁上飞。中庭生旅谷，井上生旅葵。舂谷持作饭，采葵持作羹。羹饭一时熟，不知贻阿谁。出门东向望，泪落沾我衣。

《战城南》一般认为是西汉的作品①。西汉武帝以后，为了扩展边境，获致国外财货，往往发动对外战争。人民参加这种战争是不愿意的，一定要怨恨。《战城南》反映的正是这种怨恨情绪。《十五从军征》文字比较圆熟，产生时代应当较迟。余冠英先生《乐府诗选》说它"原来许是汉魏间大动乱时代的民歌"，颇为合理。诗中写兵士长期服役，不得休假，年老回乡，家园已成废墟。这种惨况在大动乱时代是比较习见的，蔡

① 《战城南》是铙歌十八首之一，铙歌大抵都是西汉之作。

琰《悲愤诗》写自己还家所见荒废景象一段，跟《十五从军征》很相像。

这种反战的民歌，对后来的影响是很大的。建安时代一些贵族文人所写的富有现实主义精神的诗篇，如曹操的《却东西门行》、陈琳的《饮马长城窟行》、左延年的《从军行》等，都采用乐府民歌的体裁，来反映汉末战祸的惨酷。直至唐代，像李白的《战城南》，杜甫的《兵车行》、《无家别》等歌咏战争的名篇，在选题寓意上，在遣辞措语上，都深刻地承受了汉乐府民歌的启迪和沾溉。

五

我国过去的民歌中，以妇女生活为题材的作品往往占着很庞大的数量。在封建社会中，妇女的地位最低下，她们所受的压迫也最多。许多优秀的民歌，往往能够很好表达她们的痛苦和希望。汉乐府在这方面也有着杰出的作品。

著名的长诗《孔雀东南飞》是应当首先被提出的[①]。诗中的

① 《孔雀东南飞》的写定，当在汉代以后，很可能是东晋或刘宋。但汉魏之际，民间当已有歌咏仲卿夫妇的故事诗流传，而且现在《孔雀东南飞》歌辞风格，跟其他的汉乐府民歌相同；因此，我们不妨把它当作汉乐府看待。

故事发生在东汉末叶的建安年间。庐江府小吏焦仲卿的妻刘兰芝，不能忍受仲卿母亲的虐待，自请回娘家。她跟仲卿的爱情是很坚固的，彼此相约不再嫁娶，等待日后重圆。谁知兰芝的哥哥逼迫她一定要再嫁给一位太守的郎君，她不愿顺从哥哥的意旨，投水自杀，焦仲卿也挂树自缢，演成一出情死的悲剧。

《孔雀东南飞》很鲜明地告诉读者，罪恶的封建礼教制度怎样迫害着年轻一代，特别是年青妇女。在诗中，焦母、刘兄两人是封建制度的化身，两人是一家之长，封建制度规定了他们在家庭内的绝对统治权；而兰芝和仲卿，则是他们屠刀下的牺牲者。从诗中，我们知道兰芝是一个具有相当反抗性的女子，因此蛮横的焦母认为“此妇无礼节，举动自专由”，虽然兰芝织布的成绩很好，还是以此为借口来责骂她。封建礼教规定了压迫妇女的“七出”条文：“妇有七去（即七出）：不顺父母去，无子去，淫去，妒去，有恶疾去，多言去，窃盗去。”（《大戴礼记·本命》）兰芝的“不顺父母”是很显然的。《礼记·内则》又说：“子甚宜其妻，父母不悦，出。”这规定了仲卿即使很爱兰芝，但不能不让她离去。兰芝回娘家，本可以不死，但势利吝啬的刘兄，为了攀援高门和减轻自己的经济负担，强迫她再嫁，因而促成了悲剧。在当时的情况下，摆在仲卿夫妇面前的道路只有两条：死亡，或者是投降。

长诗一方面无情地揭露了焦母和刘兄的罪恶，一方面则通过细致生动的描绘，热烈地赞美着主人公兰芝的聪明、善良、美丽、爱劳动，不向权威和富贵投降等等各种优美的品德。最后，更以美丽的浪漫主义手法来结束这个故事：

> 两家求合葬，合葬华山傍。东西植松柏，左右种梧桐，枝枝相覆盖，叶叶相交通。中有双飞鸟，自名为鸳鸯，仰头相向鸣，夜夜达五更。……

这正像梁山伯、祝英台故事的“化蝶”传说一样，表现了广大人民对争取婚姻自由的一种积极的理想：尽管有各式各种的压迫，但不能阻止这种坚持到底的爱情达到胜利。

必须指出，从封建道德标准看来，兰芝、仲卿的行为是不对的。陈祚明《采菽堂古诗选》卷二有这样一段话：

> 以理论之，此女情深矣，而礼义未至。妇之于姑，义无可绝，不以相遇之厚薄动也。观此母非不爱子，岂故嫌妇。承顺之间，必有未当者，织作之勤，乃粗迹耳。先意承志，事姑自有方，何可便以劳苦为足，母不先遣而悍然请去，过矣。吾甚悲女之贞烈，有此至情，而未闻孝道也。……

府吏良谨愿，然不能谕妇以事姑，而但求母以留妇；不能慰母之心，而但知徇妇之爱。

这可以说是代表着卫道者们的一般见解。卫道者们的见解跟我们的看法刚刚相反：在刘兰芝身上，卫道者们所看到的是“礼义未至”，是“未闻孝道”；我们所看到的却是人格的尊严和不可侮，是对封建权威的蔑视和反抗！但在另一方面，陈祚明也毕竟承认兰芝“情深”，而且赞美她“贞烈”。特别是后者（“贞烈”），是符合于封建伦理观念的。这对卫道者们来说，是起了掩护诗中的叛逆精神的作用的；它可能是使这篇诗歌得以在上流社会中长久流传的一个重要原因。

封建婚姻制度既然规定了“七出”等等压迫妇女的条文，妇女们就常常遭受男子的遗弃。乐府民歌中《白头吟》、《怨歌行》、《塘上行》、《上山采蘼芜》等篇，都是描写弃妇哀怨的优秀诗作，堪与国风的《氓》和《谷风》媲美。《白头吟》、《怨歌行》、《塘上行》诸篇，都以弃妇的口吻，抒发她们的哀怨，辞情非常悱恻动人。她们一方面感叹着自己的命运有如团扇：“弃捐箧笥中，恩情中道绝。”（《怨歌行》）一方面表现着自己的愿望和要求：“愿得一心人，白头不相离。”（《白头吟》）这在封建社会中的妇女，是一种非常典型的情绪。《上山采蘼芜》则通过对那弃妇的能干的描绘，讥讽了男子的遗弃行为的愚蠢和不正当。

汉代，出妻的风气很普遍。周寿昌《两汉书注补正》说："汉法，以无子出妻为常法，若在后世，骇人听闻矣。又汉时颇多夫妇之狱，如冯衍两出其妻；黄允附贵出妻；范升为出妻所控，被系，几困于狱。殆一时风气使然。"（王先谦《后汉书集解》卷二七《桓荣传》引）社会风气如此，乐府中多这方面题材的作品，是无怪其然的。

在乐府歌辞的影响之下，魏晋文人也写了若干反映弃妇哀怨的诗作。曹魏的作品上面第三节已经提到；到晋代，还有傅玄的《豫章行·苦相篇》、《董逃行·历九秋篇》。曹丕的《代刘勋出妻王氏作》诗的序上说："王宋者，平虏将军刘勋妻也。入门二十馀年，后勋悦山阳司马氏女，以宋无子，出之。"从这里我们可以看到男子们的丑恶面目，凭借法律条文来遗弃年老色衰的妻子。

《艳歌行》（"翩翩堂前燕"篇）写几个流荡他乡的客子，衣服破了，请居停女主人绽补，因而招致了男主人的猜忌。作者原来的企图大约在表现客子的苦况，然而我们却可以看到，在封建社会中，一般的女子是多么不自由，她不能将一点点同情和帮助给予陌生男子。

翩翩堂前燕，冬藏夏来见。兄弟两三人，流宕在他县。故衣谁当补？新衣谁当绽？赖得贤主人，览取为吾组。夫婿从门来，斜柯（一作“倚”）西北眄。“语卿且勿眄，水清石自见。”石见何累累，远行不如归！

与《艳歌行》不同，《陇西行》大胆地歌颂了一位接待男宾的妇女：

……好妇出迎客，颜色正敷愉。伸腰再拜跪，问客平安否。请客北堂上，坐客氍毹毹。清白各异樽，酒上正华疏。……废礼送客出，盈盈府中趋。送客亦不远，足不过门枢。取妇得如此，齐姜亦不如。健妇持门户，亦胜一丈夫。

这位女主人行为之不合封建礼节，由诗中“废礼”两字可以看出，然而民歌的作者却称她为“好妇”，为“亦胜一丈夫”，这是何等蔑视封建秩序的气概！

六

受封建家长压迫的，除掉妇女以外，还有家庭的其他成员。《孤儿行》便是描绘宗法制弊害的一首杰出作品。诗篇对兄嫂的残忍苛刻，孤儿的孤苦伶仃，刻画得淋漓尽致。孤儿跟《孔雀东南飞》中的刘兰芝一样，都是兄长魔掌下的牺牲者。从作为封建家长的嫡长子们看来，兄弟的威胁要比姊妹大得多，因为他们不但要长期地消费着家产，而且有提出分析家产的权利。汉乐府还有一篇《上留田行》，也是讽刺哥哥虐待弟弟的，其歌词云：

里中有啼儿，似类亲父子，回车问啼儿，慷慨不可止。

崔豹《古今注》说："上留田，地名也。人有父母死不字其孤弟者，邻人为其弟作悲歌以讽其兄。"从这些民歌，可以知道，哥哥虐待弟弟，一定是那时社会上普遍的事情。

《妇病行》叙述一位妇人临终，嘱托丈夫好好照顾孩子，不要责打；她死了，丈夫照顾不周，孩子们啼哭着要母亲偎抱。诗篇对母亲爱子的心理以及孩子失母的痛苦，刻画得非常细腻。后母虐待前妻的子女，在旧社会中也是一种非常普遍的事情。《妇病行》写那位妇人临死时殷勤叮咛她的丈夫不要虐待孤儿，显然她心中有着更大的顾虑——担心她的子女将受后母的虐待，故朱乾《乐府正义》卷八评它说：“诗中并无一语及后母，使人想见于言外。”后来阮瑀的乐府诗《驾出北郭门行》，就对这种惨酷的社会现象作了正面的写照。

我国古代的民歌中，情歌往往占着庞大的数量，但在汉乐府中，以纯粹描写男女情爱为主题的民歌却很少。《有所思》、《上邪》和《艳歌何尝行》（“双白鹄”篇），是比较突出的几篇。《有所思》和《上邪》充分表现了妇女对爱情的热烈大胆的精神。《艳歌何尝行》以一对白鹄的爱情来象征夫妇的眷恋，设想异常新颖。

上邪！我欲与君相知，长命无绝衰。山无陵，江水为竭，冬雷震震夏雨雪，天地合，乃敢与君绝！（《上邪》）

飞来双白鹄，乃从西北来。十十五五，罗列成行。妻卒被病，行不能相随。五里一反顾，六里一徘徊。吾欲衔汝去，口噤不能开；吾欲负汝去，毛羽何摧颓。乐哉新相知，忧来生别离，踌躇顾群侣，泪下不自知。……（《艳歌何尝行》）

很显然，民歌作者所歌颂赞美的就是这种真挚坚贞的爱情，而所鄙视指责的则是那种朝秦暮楚、“不重意气”的行径，如像《白头吟》、《塘上行》等篇中所反映的。

乐府民歌中有不少篇以游子思念家乡为主题的作品，如《巫山高》、《猛虎行》、《艳歌行》（“翩翩堂前燕”篇）、《悲歌》、《古歌》、《高田种小麦》、《古八变歌》等都是。这些诗篇如上面所说，多数当是东汉末期的产品，它们反映了社会大动荡时期人民颠沛流离的生活。从这些诗篇中，我们更可看到封建社会世态人情的凉薄，一个出门的游子，无法找到他在家庭中所能得到的温暖和帮助，因而悲怆的情绪，经常盘踞在心田。“在家千日好，出门一日难”，这是旧社会游子心理的典型写照。

悲歌可以当泣，远望可以当归。思念故乡，郁郁累累。欲归家无人，欲渡河无船。心思不能言，肠中车轮转。（《悲歌》）

高田种小麦，终久不成穗。男儿在他乡，焉得不憔悴。（《高田种小麦》）

《枯鱼过河泣》和《咄唶歌》是两首短小精警的寓言诗，

它们蕴藏着人民丰富的人生经验和智慧。

> 枯鱼过河泣，何时悔复及，作书与鲂鱮，相教慎出入。（《枯鱼过河泣》）

乐府中有一部分显然是知识分子的作品，如《西门行》、《驱车上东门行》，主题都是悲叹人生的短促无常，情调悲凉，充分呈现出知识分子在大动乱时代的颓废没落的心理。此外尚有一部分叙述神仙故事的作品，如《董逃行》、《王子乔》等，大约是文士或乐工的作品，用来迎合君主信仰神仙的心理的。但其中也有民歌，如《步出夏门行》想象丰富，词句古朴天真，显现出民间文学的特色。

> 邪径过空庐，好人常独居。卒得神仙道，上与天相扶。过谒王父母，乃在太山隅。离天四五里，道逢赤松俱，揽辔为我御，将吾上天游。天上何所有？历历种白榆，桂树夹道生，青龙对伏趺。

陈祚明《采菽堂古诗选》评它说："与天相扶语奇。东公西母，乃在太山，荒唐可笑。天何可里计，乃言四五里，见极近。最荒唐语写若最真确，故佳。”这意见是很对的。这种天真有趣的笔调，对后来李白的乐府诗篇，起着一定的影响。

七

根据上面粗略的叙述，可以看出，汉乐府中的民歌，正像《诗经》中的国风一样，它们所反映的生活面是非常广阔的。从它们，我们看到了一巨幅描绘两汉社会现实的图画，里面记录了统治阶级的荒淫与无耻，封建宗法制度的罪恶，人民的生活、苦难和愿望。民歌的作者不是无病呻吟，抽象地说教，而是“感于哀乐，缘事而发”（《汉书·艺文志》），真实地反映了封建社会内部的矛盾和冲突，使我们能够深刻地认识到两汉时代的历史、社会的风貌。不用说，民歌作者的立场也是很明确的，他们所同情爱护的是被压迫被蹂躏的战士、孤儿和弃妇；而憎恨的矛头，则指向着吮人膏血的封建统治阶级以及一切封建权威的代表人。

汉乐府民歌的艺术手法也是很卓越的，这首先表现在叙事的细致和生动上面。我国古代，叙事诗是不发展的，《诗经》中的国风几乎全部是抒情诗，仅在大雅中有几篇记录周族祖先开创事业的小型史诗。《楚辞》也是抒情之作。汉乐府中的民歌，却以叙事诗占多数，而且也最精彩。它里面的许多叙事诗，如《陌上桑》、《东门行》、《十五从军征》、《上山采蘼芜》、《陇西行》、《妇病行》、《艳歌行》（“翩翩堂前燕”篇）等都有这样的特点，就是对所要表现的事件并不作全面的有头有尾的叙述，而能够恰当地挑选足以充分显示出生活的矛盾和斗争的一个侧面，来集中地加以描绘；因此篇幅虽然短小，给读者的印象却异常鲜明深刻。在描绘人物方面，一般能避免用第三者的口吻来作平板的枯燥的叙述，而往往通过话语和行动，让人物自身出现来发展故事，这样就使得形象显得非常生动活泼。正像许多民间文艺作品一样，民歌作者有时候能够恰当地运用夸张的手法，例如《陌上桑》中描绘罗敷的美貌，《孤儿行》中刻画孤儿的苦痛。这种夸张的写法在完成主题思想上起着很大的作用。它一方面充分赞美了罗敷，同情了孤儿，一方面则无情地嘲笑了愚蠢的使君，鞭挞了凶狠的兄嫂。

汉乐府民歌的语言也是很优秀而值得学习的。它的第一个特点是朴素生动。明胡应麟《诗薮》称它为“质而不俚，浅而能深，近而能远，天下至文，靡以过之”（内编卷一）；“矢口成言，绝无文饰，故浑朴真至，独擅古今”（内编卷二）。这是很能道出它的优秀特点的。第二个特点是精炼。语言的精炼几乎是一切优秀的民间文学的一个特点，它往往能以少许的笔墨生动有力地表现生活的形象。试看《艳歌行》（“翩翩堂前燕”篇），仅仅这么二十个字：“夫婿从门来，斜柯西北眄。语卿且勿眄，水清石自见。”就将男主人和客子双方的神情深刻地描绘出来了，这是多么简洁生动的语言！高尔基在致初学写作的女诗人雅尔采娃的信里忠告她说：“接近民间语言吧，寻求朴素、简洁、健康的力量，这力量用两三个字就造成一个形象。”汉乐府民歌的语言，正有着这种魅人的特点。

长诗《孔雀东南飞》的艺术成就，达到了汉乐府的顶峰。它不但结构宏伟，剪裁具有匠心，更重要的是人物个性化的成功。诗中几个主要的人物，都具有鲜明的个性特征，如刘兰芝的坚强，焦仲卿的忠厚，焦母的蛮横，刘兄的势利。诗篇通过话语和行动，把他们描绘得栩栩如生，活现在读者眼前。诗篇的语言也是很成功的，人物所讲的话都能够切合他们的身份和性格。清代沈德潜曾在《古诗源》中公正地指出它的优点：“淋淋漓漓，反反复复，杂述十数人口中语，而各肖其声音面目，岂非化工之笔！”

汉乐府民歌对我国后世诗歌的影响是巨大而良好的。余冠英先生《乐府诗选序》对这问题有很好的论述，这里节录一段：

中国诗史上有两个突出的时代，一是建安到黄初，二是天宝到元和。也就是曹植、王粲的时代和杜甫、白居易的时代。董卓之乱和安史之乱使这两个时代的人饱经忧患。在文学上这两个时代有各自的特色，也有共同的特色。一个主要的共同特色就是“为时而著，为事而作”的现实主义精神。“为时为事”是白居易提出的口号。他把自己为时为事而作的诗题做“新乐府”，而将作诗的标准推源于《诗经》。现在我们应该指出，中国文学的现实主义精神虽然早就表现在《诗经》，但是发展成为一个延续不断的，更丰富、更有力的现实主义传统，却不能不归功于汉乐府。

忠实地反映当前的社会现实，这是汉乐府民歌内容的最大特色。汉代的史家班固，虽然讥斥当时的俗乐为郑声，但也不能不承认这些歌谣具有“感于哀乐，缘事而发”（《汉书·艺文志》）的现实性，具有“足以观风俗，知厚薄”（同上）的社会意义。曹操父子和建安七子等诗人，承接汉乐府民歌的流风馀韵，所写诗歌，能够反映东汉末叶时代的动乱和人民的苦难。可惜下迨六朝，许多贵族文人的拟古乐府，内容则陈陈相因，文字则恹恹无生气，把创作变成了文字游戏。到了唐代，杜甫亲身体验安史之乱所带来的苦难，创作新乐府，能够“词不虚发，必因事而设”（黄生《杜诗说》），方始恢复了汉乐府民歌的真精神。故沈德潜称“三吏”、“三别”诸作说：“咏身所见闻事，运以古乐府神理。”（《唐诗别裁集》）元稹、白居易非常佩服杜甫的歌行“率皆即事名篇，无复依傍”（元稹《乐府古题序》），也创作了不少“不复拟赋古题”（同上）的新乐府，来反映当前的社会现实。在与形式主义的斗争中，他们发展了汉乐府民歌的优良的现实主义传统。

在形式方面，也可看出这两个时代的诗人所受汉乐府民歌的深刻影响。他们的社会诗作，绝大部分用乐府歌行体，用叙事的方法，用浅显通俗的语言。只要把双方比较参看，即可了然，这里不再多说了。

（原载《复旦学报》1955年第2期）

论建安文学的新面貌

建安原是东汉献帝的年号（196—220）。文学史上所谓建安文学，时间范围稍广，指曹操、曹丕、曹叡（所谓曹魏三祖）当政的一段时期，即汉末魏初。东汉末年，黄巾大起义和党锢之祸，沉重地打击了提倡儒学的豪门世族。后来曹操尚法术，曹丕慕通达，都不重儒学。曹操、曹丕、曹植、曹叡等都爱好文学，不但自己大量创作，而且手下招集了许多文士，形成了一个邺下文人集团，经常互相以诗文酬答。这段时间内，儒学相对衰落，文学兴盛。文学较多地摆脱了儒家思想的束缚，呈现出新颖的面貌。《宋书·臧焘传论》说："自魏氏膺命，主爱雕虫，家弃章句，人重异术。"这里雕虫是指诗赋，章句是指儒家经典的注释。这几句话概括地说明了曹操、曹丕当政后，儒学衰落、文学兴盛的局面。本文不拟对建安文学进行全面的分析和评价，而是从诗歌、辞赋、散文、小说等几个方面，着重论述其不同于过去时代的新面貌。

一

建安诗歌的显著特色，是文人五言诗的成熟与繁荣。

五言诗在汉代是一种新兴的诗歌样式。它最初产生于民间。现存时代较早的五言民间歌谣，有相传为秦时民谣的“生男慎莫举”篇、西汉成帝时的《尹赏歌》（“安所求子死”篇）和童谣“邪径败良田”篇等。汉武帝时代，乐府官吏开始注意搜集各地歌谣，配乐演唱，以供帝王和贵族消遣娱乐；民间的五言新体诗以及少数乐工、文人模仿民歌体所作的五言诗，从此大量进入乐府。现存收民歌较多的汉乐府“相和歌辞”，其中以五言诗为最多，也最精彩。

“相和歌辞”，汉代属于“黄门鼓吹乐”，由黄门乐人或黄门倡优演唱[①]。汉代的帝王和许多贵族，都很爱好这种出自民间的歌曲，因为它们新鲜活泼，悦耳动听。《汉书·礼乐志》载：成帝时“郑声尤甚，黄门名倡丙强、景武之属，富显于世”。说明演唱这类乐曲的著名演员，很有钱势。但尽管如此，统治者毕竟把这类乐曲仅供消遣娱乐之用，其地位不

① 参考拙作《说黄门鼓吹乐》，收入拙著《乐府诗论丛》。

高。《汉书·史丹传》记载，元帝爱好俗乐，器重善于演唱俗曲的人，史丹进谏曰："若乃器人于丝竹鼓鼙之间，则是陈惠、李微，高于匡衡，可相国也？"（服虔注："二人皆黄门鼓吹也。"）意思是说陈惠、李微虽是演唱俗曲的名手，但同熟悉儒学、善说《诗经》、位至宰相的匡衡是无法比拟的。同俗乐相配合的五言诗，在汉代的命运也是如此。一方面它们新鲜活泼，受到统治阶层的爱好；一方面又被正统派目为鄙俗，加以轻视。所以终汉之世，文人写作五言诗的不多。相传为李陵、苏武作的五言诗，还有《玉台新咏》著录的枚乘的五言古诗，根据后人的研究，都不可靠。直到东汉后期，写作五言诗的文人才稍微有几个；但他们写五言诗，也只是偶一为之，不像写辞赋那样作为一种专门事业。

这种轻视通俗乐曲和五言诗的传统观念，到了建安时代，在曹操、曹丕等的倡导下，有了彻底的转变。曹操、曹丕、曹叡都非常爱好通俗的"相和歌辞"。史称曹操"好音乐，倡优在侧，常以日达夕"（《三国志·武帝纪》注引《曹瞒传》）。繁钦发现都尉薛访车子善于歌唱俗曲，"潜气内转，哀音外激"（《与魏文帝笺》），马上写信报告曹丕，得到曹丕重视。《宋书·乐志三》说："相和，本一部，魏明帝曹叡分为二，更递夜宿。"曹魏三祖不但酷爱通俗音乐，而且亲自制作了不少歌辞配合音乐演唱。《宋书·乐志三》所著录的相和三调歌辞，除“汉世街陌谣讴”的古辞外，大抵都是他们三人的作品，其中以五言诗为多。他们还倡导手下文人共同作诗（多数为五言）。如《初学记》卷十引魏文帝《叙诗》云：“为太子时，北园及东阁讲堂并赋诗，命王粲、刘桢、阮瑀、应玚等同作。”《文选》诗“公宴”类中，曹植、王粲、刘桢各有《公宴》诗一首，应玚有《侍五官中郎将建章台集诗》一首，都是应曹丕之命而作的。“咏史”类中有王粲《咏史》一首、曹植《三良诗》一首，均咏三良为秦穆公殉葬事，当亦为同时互相唱和之作（阮瑀也有咏三良的《咏史诗》一首，《文选》未选录）。这样，围绕着曹氏父子，邺下文人纷纷写作五言诗，文人五言诗数量大增，臻于繁荣。《文心雕龙·明诗》说：“暨建安之初，五言腾踊。文帝陈思，纵辔以骋节；王徐应刘，望路而争驱。”《诗品序》说：“降及建安，曹公父子，笃好斯文；平原兄弟，郁为文栋；刘桢、王粲，为其羽翼。次有攀龙托凤、自致于属车者，盖将百计。彬彬之盛，大备于时矣！”都论述了建安时代文人五言诗蓬勃发展的情景。从此，五言诗成为诗歌创作的一种重要样式，在诗坛占据了主要地位，而且在以后一千多年中一直影响深远，源远流长。这是中国诗歌发展史上的一件大事。

汉乐府民歌中的一部分篇什，长于叙事，生动地描绘了下层人民的痛苦生活，具有丰富的人民性和现实主义精神。建安文人诗歌继承了这个优秀传统，一部分作品反映了社会的动乱和人民的苦难，像曹操的《薤露》、《蒿里》，曹植的《送应氏》（“步登北邙阪”篇）、《泰山梁甫行》，王粲的《七哀诗》（“西京乱无象”篇），陈琳的《饮马长城窟行》，阮瑀的《驾出北郭门行》等都是其例。长诗《孔雀东南飞》（无名氏作）和《悲愤诗》（蔡琰作）也产生在建安时期，由于篇幅加长，人物性格和心理刻画更为细腻，情节更为曲折，标志着汉乐府民歌中的优秀叙事诗，到这时由于文人的努力学习和提高，有了新的发展。上述这些叙事篇章可分为两种情况。一种情况是像汉乐府民歌那样，比较纯粹地叙事，描写比较具体生动，陈琳的《饮马长城窟行》、阮瑀的《驾出北郭门行》、无名氏的《孔雀东南飞》属于这一类。其他篇章属于另一种情况，其特点是：虽以叙事为主，但结合着抒情；叙事比较简括，抒情气氛较浓。王粲、曹植过去常常被视为建安诗人的代表。王粲的《七哀诗》三首、《从军诗》五首，曹植的《箜篌引》、《野田黄雀行》、《七哀诗》等，都是叙事结合着抒情。曹植的《美女篇》、《白马篇》、《名都篇》，也是叙事诗，但骈句络绎，辞藻缤纷，与汉乐府民歌以朴素语言、白描手法叙事者，呈现出迥然不同的风格。我们今天看来，汉乐府民歌中的叙事诗以及风格逼近汉乐府民歌的文人之作（像陈琳、阮瑀的作品），不但思想内容好，艺术上也非常生动突出。但在建安以后的魏晋南北朝时代（特别是南朝时代），创作风气重视语言华美，轻视朴素的白描，所以对这类诗估价不高。对这类诗，《文选》一首也不选，《文心雕龙》、《诗品》或者评价不高，或者根本置而不论。他们重视的是王粲、曹植那种叙事不尚白描、语言华美或较为华美的篇章。

比较起来，建安诗歌中，数量更多，代表性更大的还是抒情诗。这类诗，以《文选》所选录的来说，像"公宴"类中曹植的《公宴诗》，应玚的《侍五官中郎将建章台集诗》，"咏史"类中王粲的《咏史》，"游览"类中曹丕的《芙蓉池作》，"赠答"类中刘桢的《赠五官中郎将》（四首）、《赠徐幹》、《赠从弟》（三首），曹植的《赠徐幹》、《赠丁仪》、《赠王粲》、《赠白马王彪》，"乐府"类中曹操的《短歌行》、《苦寒行》，曹丕的《燕歌行》，"杂诗"类中曹丕的《杂诗》（二首），曹植的《杂诗》（六首）、《情诗》等等，都写得较好。《文心雕龙·明诗》评建安诗有云："并怜风月，狎池苑，述恩荣，叙酣宴，慷慨以任气，磊落以使才。"指的正是"公宴"、"游览"、"赠答"、"杂诗”各类上述这些诗篇的重要内容，它们反映了当时曹氏兄弟和建安七子（孔融除外）等文人聚会在一起互相酬赠的风气，也反映了他们经历社会动乱，希冀乘时建功立业的慷慨情怀。此外，《文选》未选的抒情诗佳作，像孔融的《杂诗》，曹操的《步出夏门行》，曹植的《吁嗟篇》、《鰕䱇篇》，徐幹的《室思》等等，还可以举出一些。上述诗篇，除少数篇章（曹操的《短歌行》、《步出夏门行》、曹丕《燕歌行》）外，都是五言诗。建安诗人中，曹操、曹植、王粲、刘桢诸人的成就最高。他们都长于抒情。特别是曹植，不但作品数量最多，而且表现思想感情细致深入，诗人的个性最为鲜明突出，语言也最为富美，他不愧为建安诗人中的大家。

建安作家的乐府诗，固然直接学习乐府民歌；其他五言诗，亦深受乐府民歌影响，具有清新刚健的特色。黄侃《诗品讲疏》评建安诗歌说：“文采缤纷，而不能离闾里歌谣之质。故其称景物则不尚雕镂，叙胸情则唯求诚恳，而又缘以雅词，振其英响。”（范文澜《文心雕龙注》引）中肯地指出了建安诗歌虽有“文采缤纷”的“雅词”，但不讲求雕镂，还保持着乐府民歌质朴的特色。曹植诗在建安作家中语言最华美，骈偶句也最多，但仍然具有这种特色。建安诗歌这种清新刚健的特色，后来被称为建安风骨。对于风骨一词的涵义，目前学术界还有不同意见。按《文心雕龙·风骨》说：“练于骨者，析辞必精；深乎风者，述情必显。”又说：“文明以健，则风清骨峻。”风骨是指作品的思想感情表现得鲜明爽朗、语言遒劲有力，是指作品具有明朗刚健的风格。《文心雕龙·明诗》评建安诗歌说：“造怀指事，不求纤密之巧；驱辞逐貌，唯取昭晰之能。”指出了建安诗歌具有明朗刚健的特色。昭晰的反面是纤密，作品辞藻富丽纤密，容易损伤明朗刚健的风格；建安诗歌“不求纤密之巧”，所以风骨突出。有的同志认为风骨涵义首先是指作品思想内容的充实健康，这种看法不对。我另有专文详论，这里不赘。

建安诗歌一方面保持民歌清新刚健的特色，一方面又缘以雅词，颇有文采，达到文质彬彬的境界。《诗品》赞美曹植诗“体被文质”，就是说其作品文质结合得好。从西晋太康年间开始，特别到了南朝，许多文人作品竭力追求文辞富艳，丽藻满篇，结果思想感情表现得晦昧不明朗，语言柔靡不振，缺乏风骨。因此刘勰、钟嵘针对当时不良文风，提倡风骨。到盛唐时代，诗人们为了改革南朝的淫靡诗风，更大力提倡建安风骨。

二

建安时代，辞赋受到重视，地位比过去大为提高；在创作上，则表现为抒情状物小赋的发展。

汉代辞赋很发达，作者众多，但当时不少人士对辞赋的地位和作用估价一直不高。汉代帝王往往豢养一批赋家，以倡优畜之，视为弄臣。西汉的扬雄，晚年对辞赋很轻视，自悔过去写了许多辞赋，把辞赋斥为“童子雕虫篆刻”、“壮夫不为”（见《法言·吾子》）。同时他很重视学术著作，晚年专心撰述，模拟《论语》作《法言》，模拟《周易》作《太玄》，以求立言不朽。东汉的大思想家王充非常重视学术著作，认为它是鸿儒的事业（见《论衡·超奇》）；而对辞赋则颇轻视，曾批评赋颂“不能处定是非、辨然否之实，虽文如锦绣，深如河汉，民不觉知是非之分，无益于弥为崇实之化”（《论衡·定贤》）。他们都重视学术，轻视辞赋，认为辞赋是文丽用寡之物。这种见解在汉代是有代表性的。

这种轻视辞赋的观念到建安时代有了很大的转变，特别鲜明地反映在曹丕的文章中。他的《典论·论文》评论建安七子，首先赞美王粲、徐幹两人的辞赋，说：“王粲长于辞赋，徐幹时有齐气，然粲之匹也。如粲之《初征》、《登楼》、《槐赋》、《征思》，幹之《玄猿》、《漏卮》、《圆扇》、《橘赋》，虽张、蔡不过也。”后面又强调指出文章是“经国之大业，不朽之盛事”，一个人的年寿有限，而文章却可传之无穷。他的所谓文章，包括辞赋、奏议、书论、铭诔等单篇文章和徐幹《中论》一类学术著作。曹丕在《与王朗书》中也说：“惟立德扬名，可以不朽。其次莫如著篇籍。疫疠数起，士人雕落；余独何人，能全其寿？故论撰所著《典论》诗赋，盖百馀篇。”文意可与《典论·论文》互相发明。所谓垂之不朽的篇籍，也包括了学术著作（《典论》）和诗赋等单篇文章两类。这种把诗赋与学术著作相提并论，认为可以同样垂之不朽的观念，是一种新现象，反映了诗赋（特别是辞赋）的价值与地位是空前地提高了。当时曹植在《与杨德祖书》中说：“辞赋小道，固未足以揄扬大义，彰示来世也。”并表示自己同意扬雄“壮夫不为”的看法，不愿“以翰墨为勋绩，辞赋为君子”。这些话似乎同曹丕唱反调，实际曹植只是一时说大话，并不真的轻视辞赋。曹植一生爱作辞赋，他自称“少而好赋，所著繁多，删定别撰为前录七十八篇”（《前录自序》），他的赋现存的还有四十多篇，数量为建安各家之冠。他在写《与杨德祖书》以后，并不像扬雄那样停止写赋，著名的《洛神赋》就是此后写的。曹植的辞赋写得好，但他不满足于已有的成就，而要求在政治、学术上有更大的建树，所以说“辞赋”是小道。同时，他写信给杨修时，把自己的辞赋一通寄给对方，说辞赋是小道，也带有自谦之意。在这里，诚如鲁迅先生所说，“子建大概是违心之论”（《魏晋风度及文章与药及酒之关系》）。当时杨修回信反驳说：“今之赋颂，古诗之流。……修家子云，老不晓事，强著一书，悔其少作。”同曹丕一样表现了建安文人对辞赋的重视。杨修的话表面驳斥曹植，实际肯定辞赋，也就是肯定曹植积极写作辞赋的活动。所以曹植读后不但不会恼火，却会感到高兴。

像对待诗歌一样，曹丕也提倡写辞赋，自己写，并命臣僚同写。他的《寡妇赋序》云：“陈留阮元瑜与余有旧，薄命早亡。每感存其遗孤，未尝不怆然伤心。故作斯赋，以叙其妻子悲苦之情。命王粲并作之。”他的《玛瑙勒赋序》云：“玛瑙，玉属也。出自西域。文理交错，有似马脑，故其方人因以名之。或以系颈，或以饰勒。余有斯勒，美而赋之。命陈琳、王粲并作。”这样，邺下文人遂纷纷写作辞赋。我们读曹操、曹丕、曹植与建安七子（孔融除外）的集子，发现其中同题之作颇多，除上述《寡妇赋》、《玛瑙勒赋》外，还有《愁霖赋》、《大暑赋》、《出妇赋》、《神女赋》、《止欲赋》、《车渠碗赋》、《迷迭赋》、《槐赋》、《柳赋》、《鹦鹉赋》等等，都有两人甚至两人以上同作的现象，说明这些抒情咏物赋是邺下文人互相应和之作。当时辞赋数量繁多，同这点也有密切关系。

建安文人的辞赋，内容多数为抒情，也有一些咏物，篇幅一般都很短小。抒情赋的发展是这时期辞赋的一个突出现象。两汉时代，抒情赋也时时产生，以《文选》所选者而论，自贾谊的《鹏鸟赋》、司马相如的《长门赋》以至班彪的《北征赋》、张衡的《归田赋》等，抒情小赋也是绵延不断，而且不乏佳作。但两汉占主要地位的辞赋则是叙事状物的大赋，汉代著名赋家，一般称扬（雄）、马（司马相如）、班（固）、张（衡），其代表作品都是大赋，指司马相如的《子虚》、《上林》，扬雄的《甘泉》、《羽猎》、《长杨》，班固的《两都》，张衡的《两京》等作品，其题材或记帝都，或述郊祀畋猎，《文选》把这类大赋置于辞赋之首，也说明其地位的重要。其思想内容，或者对帝王歌功颂德，或者有所讽谕，都是直接为封建帝王服务的。到建安时代，情况便不同了。当时虽有步趋汉代大赋的作品，像徐幹的《齐都赋》、刘桢的《鲁都赋》、吴质的《魏都赋》等作（今均残缺，见严可均《全三国文》），看来是模仿班、张的《两都》、《两京》

的，但均未著称于世。曹丕赞美的王粲、徐幹的那几篇，都是抒情咏物的小赋。《文选》所选的是祢衡《鹦鹉》、王粲《登楼》、曹植《洛神》三篇，也都是抒情咏物的小赋。从此以后，著名的大赋（像左思《三都赋》）就很少，抒情咏物小赋代替大赋占据了赋坛的主要地位，两晋南朝在这方面陆续产生了不少优美作品（大致见于《文选》和《六朝文絜》）。这也是辞赋发展史上的一个重要现象。

建安作家中，据现存作品看，曹植作赋最多，其次曹丕、王粲、徐幹三家，大抵都是抒情咏物的小赋。徐幹的赋残缺者较多。《文选》选录的《登楼》、《洛神》、《鹦鹉》三首，还是比较长的。这三篇赋自是此期辞赋的突出作品，此外的赋，虽不及这三篇精彩，也不乏清新可诵之作。今举两篇示例：

> 阖门兮却扫，幽处兮高堂。提孤孩兮出户，与之步兮东厢。顾左右兮相怜，意凄怆兮摧伤。观草木以敷荣，感倾叶兮落时。人皆怀兮欢豫，我独感兮不怡。日掩暧兮不昏，明月皎兮扬晖。坐幽室兮无为，登空床兮下帏。涕流连兮交颈，心惨结兮增悲。（王粲《寡妇赋》）
>
> 彼凡人之相亲，小离别而怀恋。况中殇之爱子，乃千

秋而不见。入空室而独倚，对孤帏而切叹。痛人亡而物在，心何忍而复观。日晼晚而既没，月代照而舒光。仰列星以至晨，衣沾露而含霜。惟逝者之日远，怆伤心而绝肠。（曹植《慰子赋》）

这样的抒情小赋，在此期辞赋中占大多数，其题材风格，实际同五言抒情诗已差不多了。诚然，这类小赋有不少见于后世类书如《艺文类聚》等所引，文字已有删节；但其体制原本短小，也是事实。诗歌与辞赋，在内容、风格上这时期可说是进一步合流了，主要的区别只是句式的不同罢了。不过，此期辞赋题材较狭窄，不像诗歌那样较能反映社会动乱和人民痛苦，形式上也是承袭楚辞传统，不及五言诗的新颖动人，所以其成就和价值都不及五言诗，也较少受后人注意了。

三

建安散文，表现为文学性有所增强，其突出现象则是抒情散文的发展。

刘师培《中国中古文学史》论建安文学的特色时有云："献帝之初，诸方棋峙，乘时之士，颇慕纵横，骋词之风，肇端于此。”又说：“书檄之文，骋词以张势。”这类作品可以陈琳、阮瑀的书信、檄文等为代表。《中古文学史》引录了陈琳的《为曹洪与魏文帝书》（见《文选》），并加按语说：“孔璋之文，纯以骋词为主，故文体渐趋繁富。《文选》所载《檄豫州》、《檄吴将校部曲》二文，亦与此同。文之由简趋繁，盖自此始。”今引《为曹洪与魏文帝书》一段示例：

> 来命陈彼妖惑之罪，叙王师旷荡之德，岂不信然。是夏、殷所以丧，苗、扈所以毙，我之所以克，彼之所以败也。不然，商、周何以不敌哉！昔鬼方聋昧，崇虎谗凶，殷辛暴虐，三者皆下科也。然高宗有三年之征，文王有退修之军，孟津有再驾之役，然后殪戎胜殷，有此武功，焉有星流景集，飙夺霆击，长驱山河，朝至暮捷，若今者也。

此外，以《文选》所选者而论。像阮瑀的《为曹公作书与孙权》，曹植的《求自试表》、《求通亲亲表》，都可以说属于这一类。曹丕《与吴质书》评陈琳云：“孔璋章表殊健，微为繁富。”《文心雕龙·章表》评曹植为“体赡而律调”，所谓“繁富”、“体赡”，都指出了“骋词张势”的特色。这类作品的风格，承袭了战国纵横家说辞、西汉辞赋家散文的特色。鱼豢《魏略》说："鲁连、邹阳之徒，援譬引类，以解缔结，诚彼时文辩之俊也。今览王（粲）、繁（钦）、阮（瑀）、陈（琳）、路（粹）诸人前后文旨，亦何昔不若哉！"（《三国志·王粲传》注引）可说中肯地指出了这类文章风格接近于鲁仲连的说辞和邹阳的散文。

建安散文中更富有创造性的是一些抒情短文，大抵见于《文选》的笺、书两类。其内容多述朋友间的情谊，或叙离情别绪，或悼亡伤逝，或追述昔时游乐，或品评文艺，大致都是讲日常生活中的情景和感想。其思想内容并没有多大积极意义，但抒情气氛浓厚，文辞优美，娓娓而谈，颇能打动读者，具有抒情诗一样的风味、艺术感染力量。这方面比较突出的作品是曹丕的《与朝歌令吴质书》和《与吴质书》，今各节录一段以示例：

> 每念昔日南皮之游，诚不可忘。既妙思六经，逍遥百氏。弹棋间设，终以六博。高谈娱心，哀筝顺耳。驰骋北场，旅食南馆。浮甘瓜于清泉，沉朱李于寒水。白日既匿，继以朗月。同乘并载，以游后园。舆轮徐动，参从无声。清风夜起，悲笳微吟。乐往哀来，怆然伤怀。（《与朝歌令吴质书》）

昔年疾疫，亲故多离其灾。徐、陈、应、刘，一时俱逝，痛可言耶！昔日游处，行则连舆，止则接席，何曾须臾相失。每至觞酌流行，丝竹并奏，酒酣耳热，仰而赋诗。当此之时，忽然不自知乐也。谓百年已分，可长共相保。何图数年之间，零落略尽，言之伤心。顷撰其遗文，都为一集。观其姓名，已为鬼录。追思昔游，犹在心目，而此诸子，化为粪壤，可复道哉！（《与吴质书》）

其抒情写景，真挚生动，文笔也委婉动人。《三国志·王粲传》注据鱼豢《魏略》全录了这两篇文章，并加按语说："臣松之以本传虽略载太子（指曹丕）此书，美辞多被删落，今故悉取《魏略》所述，以备其文。"原来《三国志·王粲传》略引了一段《与吴质书》，自"昔年疾疫"句开始，到"自一时之俊也"句止，而把中间从"痛可言耶"到"可复道哉"一段精彩的抒情文字（见上引文）也删节了，只剩下评论徐幹、王粲六人文学成就的议论，所以裴松之认为"美辞多被删落"。

除曹丕这两篇外，这种抒情性的佳作，在建安散文中还可以找到一些，下面摘录若干片段：

而此孺子，遗声抑扬，不可胜穷；优游转化，馀弄未尽。

暨其清激悲吟，杂以怨慕，咏北狄之遐征，奏胡马之长思，凄入肝脾，哀感顽艳。是时日在西隅，凉风拂衽，背山临溪，流泉东逝。同坐仰叹，观者俯听，莫不泫泣陨涕，悲怀慷慨。（繁钦《与魏文帝笺》）

若乃近者之观，实荡鄙心。秦筝发徽，二八迭奏。埙箫激于华屋，灵鼓动于座右，耳嘈嘈于无闻，情踊跃于鞍马。谓可北慑肃慎，使贡其楛矢，南震百越，使献其白雉，又况权备，夫何足视乎！（吴质《答东阿王书》）

当此之时，仲孺不辞同产之服，孟公不顾尚书之期。徒恨宴乐始酣，白日倾夕，骊驹就驾，意不宣展。追惟耿介，迄于明发。适欲遣书，会承来命，知诸君子复有漳渠之会。夫漳渠西有伯阳之馆，北有旷野之望；高树翳朝云，文禽蔽绿水；沙场夷敞，清风肃穆，是京台之乐也，得无流而不反乎？（应璩《与满公琰书》）

间者北游，喜欢无量。登芒济河，旷若发蒙。风伯扫途，雨师洒道。按辔清路，周望山野；亦既至止，酌彼春酒。接武茅茨，凉过大厦；扶寸肴修，味逾方丈。逍遥陂塘之上，吟咏菀柳之下；结春芳以崇佩，折若华以翳日。弋下高云之鸟，饵出深渊之鱼。蒲且赞善，便嬛称妙：何其乐哉！（应璩《与从弟君苗君胄书》）

繁钦的《与魏文帝笺》，曹丕称为“其文甚丽”（《文选》李善注引《文帝集序》）。应璩以《百一诗》著称，但因文辞质朴，《文选》仅选一首；他的书信，《文选》却选录四首，看来是由于文辞美丽。这种内容着重抒情、文辞美丽的散文，在过去是罕见的。司马迁的《报任安书》，虽有抒情成分，但以叙事、议论为主，风格与此不同。杨恽的《报孙会宗书》，其中“田家作苦”一小段，通过写家庭日常生活来抒发感慨，风格比较接近，但毕竟只是个别片段，而且文辞较朴素。从散文的历史发展看，这类抒情散文确是建安散文的新面貌。

曹丕《典论·论文》论各体文章的不同风格云：“奏议宜雅，书论宜理，铭诔尚实，诗赋欲丽。”这看法大约是总结过去的大量创作现象而得出来的。现在，笺、书一类散文写得也像诗赋那样美丽，这说明诗赋的特征，移植到这类散文中来了，或者说这类散文诗歌化了。裴松之用“美辞”称赞曹丕的《与吴质书》，这使我们想到这时期人有称五言诗为“美文”的事例。《隋书·经籍志》集部总集类有云：“《古今五言诗美文》五卷，荀绰撰。亡。”钟嵘《诗品序》赞美五言诗道：“五言居文词之要，是众作之有滋味者也，故云会于流俗。岂不以指事造形，穷情写物，最为详切者耶！”这可以说在相当程度上说明了五言诗被称为“美文”的原因。建安时代的这类散文，具有同五言抒情诗一样的风格、艺术与感染力，所以被称为“美辞”了。

相传为李陵所作的《答苏武书》，前边部分着重抒情写景，语句整齐，文字精美，风格与上述的建安散文接近。特别“自从初降以至今日”到“陵独何心，能不悲哉”一小段，风格尤为逼近。这种文风，是从建安时代开始的，东汉还没有，遑论西汉。苏东坡说此文是齐梁小儿所为，固然不一定准确，但它比建安散文形式更精炼，应是建安以后的作品。

建安以后，在书、笺、启等文体中，这类抒情写景散文数量就更多了。像鲍照《登大雷岸与妹书》、吴均《与朱元思书》等等，仅从李兆洛《骈体文钞》下编笺牍一类选文看，就达数十篇。后来宋明的不少尺牍小品，虽然文体由骈体变为散体，但着重抒情写景，意境仍然相似。这是我国古代文学散文中的一份重要遗产。论其渊源，实滥觞于建安。

除笺、书外，建安其他散文，也偶有这样的文字，这里举两例：

> 使居有良田广宅，背山临流，沟池环匝，竹木周布。场圃筑前，果园树后。……良朋萃止，则陈酒肴以娱之；嘉时吉日，则烹羔豚以奉之。蹰躇畦苑，游戏平林，濯清水，

追凉风，钓游鲤，弋高鸿。讽于舞雩之下，咏归高堂之上。……弹《南风》之雅操，发清商之妙曲。逍遥一世之上，睥睨天地之间。（仲长统《乐志论》，见《后汉书·仲长统传》）

每四节之会，块然独处。左右惟仆隶，所对惟妻子。高谈无所与陈，发义无所与展，未尝不闻乐而拊心，临觞而叹息也。（曹植《求通亲亲表》）

总之，建安散文的抒情化，是特别值得我们重视的一种现象。它标志着一部分散文摆脱了过去以说理记事为主的传统，与“吟咏情性”、文辞欲丽的诗歌靠拢，文学性大大地增强了。

四

这时期的小说和小说一类的作品，也有所发展。

曹丕在这方面也起了带头作用。《隋书·经籍志》史部杂传有《列异传》三卷，题魏文帝撰。杂传类小序并云：“魏文帝又作《列异》以序鬼物奇怪之事，嵇康作《高士传》以叙圣贤之风，因其事类，相继而作者甚众，名目转广。”可见此书对后来影响颇大，为魏晋南北朝志怪小说的前驱。原本已佚，鲁迅《古小说钩沉》有辑本。此书《旧唐书·经籍志》、《新唐书·艺文志》均不题魏文帝，而云晋张华撰。清代侯康《补三国艺文志》曾考辨《三国志》裴注与《太平御览》所引《列异传》三条，所记均为魏文以后之事，其中最晚者在高贵乡公甘露年间，因而推测其书“后人又有增益”。清姚振宗《隋书经籍志考证》推测可能是“张华续文帝书而后人合之”。鲁迅《中国小说史略》说：“文中有甘露年间事，在文帝后，或后人有增益，或撰人是假托，皆不可知。两唐《志》皆云张华撰，亦别无佐证，殆后有悟其抵牾者，因改易之。”看来还是“后人有增益”或“张华续文帝书而后人合之”的推测比较近是，因为《隋书·经籍志》的记载比较原始，当有所据；而且曹丕还有其他小说一类作品。

《文心雕龙·谐谑》云：“魏文因俳说以著笑书。”其书今佚，当是笑话集一类的著作。按《隋书·经籍志》子部小说类有《笑林》三卷，题后汉给事中邯郸淳撰。邯郸淳是建安时著名文人之一。曹丕即帝位，以淳为博士，给事中。《笑林》原本已佚，有马国翰《玉函山房辑佚书》、鲁迅《古小说钩沉》辑本。姚振宗《隋书经籍志考证》怀疑所谓魏文笑书即邯郸淳的《笑林》，是淳奉魏文诏命而撰。这也有可能，因为魏文的笑书，除《文心雕龙·谐谑》外，他书均无称述或征引。

不管笑书和《笑林》是否一书，总之可以说明曹丕对笑话是很有兴趣的。鲁迅《中国小说史略》第七篇说：“记人间事者已甚古，列御寇、韩非皆有录载。惟其所以录载者，列在用以喻道，韩在储以论政。若为赏心而作，而实萌芽于魏而盛大于晋，虽不免追随俗尚，或供揣摩，然要为远实用而近娱乐矣。”所谓“萌芽于魏”，即指邯郸淳《笑林》（同篇后文对《笑林》有评价），并中肯地指出了这类作品“远实用而近娱乐”的特色。

曹植对小说也很有兴趣。《三国志·王粲传》注引鱼豢《魏略》载：“太祖（曹操）遣邯郸淳诣植。植初得淳，甚喜，延入坐，不先与谈。时天暑热，植因呼常从取水自澡讫，傅粉，遂科头拍袒，胡舞五椎锻，跳丸击剑，诵俳优小说数千言讫，谓淳曰：邯郸生何如耶？”这里俳优小说，大约不是《列异传》、《笑林》一类散体文，而是内容属于小说一类的韵文，这样始能音节铿锵，便于诵读。曹植诵毕后问邯郸淳怎么样，当是他自己的作品。按植有《鹞雀赋》一篇，或即此类作品。全文不长，录如下：

鹞欲取雀，雀自言：“微贱，身体些小，肌肉瘠瘦，所得盖少。君欲相啖，实不足饱。”鹞得雀言，初不敢语：

“顷来轗轲，资粮乏旅。三日不食，略思死鼠。今日相得，宁复置汝。”雀得鹞言，意甚怔营：“性命至重，雀鼠贪生。君得一食，我命陨倾。皇天降鉴，贤者是听。”鹞得雀言，意甚沮惋：“当死弊雀，头如果蒜。不早首服，捩颈大唤。”行人闻之，莫不往观。雀得鹞言，意甚不移。依一枣树，藜蒖多刺。目如擘椒，跳跃二翅：“我虽当死，略无可避。”鹞乃置雀，良久方去。二雀相逢，似是公妪。相将入草，共上一树。仍共木末，辛苦相语：“向者近出，为鹞所捕。赖我翻捷，体素便附。说我辨语，千条万句。欺恐舍长，令儿大怖。我之得免，复胜于兔。自今徙意，莫复相妒。”

（据严可均《全三国文》卷十四）

其内容诙谐，语言通俗。后来唐代敦煌俗文学中的《韩朋赋》、《晏子赋》、《燕子赋》、《茶酒论》等作，体制与之相类；它自当属于俳谐小说一类。曹植又有《诰咎文》、《释愁文》，文笔虽不及《鹞雀赋》通俗，内容亦涉诙谐，或许也可算这一类文章[①]。这类俳谐文字，到晋代、南朝有进一步的发展。《文心雕龙·谐讔》、刘师培《中国中古文学史》均有

① 王瑶同志《中古文学史论集》中的《拟古与作伪》篇有云：“浦江清先生以为所谓俳优小说就是《洛神赋》、《七启》之类文字，诚是确见。”浦先生的具体论证如何，我未见。

论述。

这时期的隐语或谜语创作也有发展。《文心雕龙·谐讔》云：“谜也者，回互其辞，使昏迷也。……荀卿《蚕赋》，已兆其体。至魏文、陈思，约而密之。高贵乡公，博举品物。”可惜曹丕、曹植、曹髦（高贵乡公）三人所作的谜语几乎都失传了。《世说新语·捷悟》载：曹操在相国门上题“活”字，表示嫌门太阔；又在一杯酪上题“合”字给臣下，表示要每人饮一口。还有曹操、杨修见《曹娥碑》背上题“黄绢幼妇，外孙齑臼”八字，意为“绝妙好辞”。这些也都是谜语，但还不是文学作品。按《太平广记》卷一七三“俊辩”类“曹植”条引《世说》云：

> 魏文帝尝与陈思王植同辇出游，逢见两牛在墙间斗，一牛不如，坠井而死。诏令赋死牛诗，不得道是牛，亦不得云是井，不得言其斗，不得言其死。走马百步，令成四十言。步尽不成，加斩刑。子建策马而驰，既揽笔赋曰：“两肉齐道行，头上戴横骨。行至凼土头，峍起相唐突。二敌不俱刚，一肉卧土窟。非是力不如，盛意不得泄。”赋成，步犹未竟，重作三十言《自愍诗》云：“煮豆持作羹，漉豉取作汁。其在釜下燃，豆向釜中泣。本自同根生，

相煎何太急！”

后者即著名的《七步诗》。这两首诗可说是隐语文学作品了。小说家言，虽未可尽信，但也反映了当时隐语文学流行的风气。

建安时代的小说、笑话等一类作品，尽管现在留存的较少，但从上面的介绍，可见当时曹丕、曹植等人，对它们也是颇为重视的。这类作品，发源于民间，比较通俗，曹丕等对它们的重视和写作，正像重视乐府民歌那样，表现出思想解放的特色。这类作品，如鲁迅所说，“为赏心而作”，“远实用而近娱乐”，实际也是文学摆脱儒学束缚，摆脱作为学术的附庸，趋向独立发展的一个重要标志。后代的小说、戏曲、讲唱文学，就是沿着这条路子发展起来的。这些通俗文学，都具有娱目赏心、远实用而近娱乐的特色。但人们在娱目赏心的过程中，也能够增长知识和智慧，获得启发和教育。建安文学在通俗文学（特别是小说）的发展上起了先驱作用，也是值得我们重视的一种现象。

由于文学创作的发展，建安时代的文学批评风气也开展起来。除曹丕《典论·论文》专篇外，在曹丕、曹植、吴质、杨修诸人的书信中都有所表现，此点过去已有人论及，这里就不去细说了。

五

《宋书·谢灵运传论》云："至于建安，曹氏基命，二祖陈王，咸蓄盛藻，甫乃以情纬文，以文被质。"这几句话可说扼要地指出了建安文学的艺术特征。

所谓"以情纬文"，是说以抒情为基干来组织文章。抒情性的确是建安文学的一个显著特征。如上文所介绍，建安时代的五言诗和辞赋，抒情诗赋都占据主导地位。一部分散文（主要是书、笺一类作品），也呈现出略同诗赋的抒情特色。这说明诗赋一类抒情作品比过去有了更大的发展，而且影响到散文。《文心雕龙·宗经》提出文的六义，其中涉及内容的有三项：情深而不诡，事信而不诞，义直而不回。一般说来，对史传、诸子等叙事说理作品要着重强调事信义直，抒情散文则要强调情深。刘勰把"情深而不诡"放在六义的第一位，他的《情采》专论作品内容与形式的关系，也是标举"情"字，篇中并着重以诗赋为例，说明他把诗赋一类抒情作品放在首要地位。萧子显的《南齐书·文学传论》也说："文章者，情性之风标，神明之律吕也。"这种强调文学表现情性的看法反映了建安时代开始贯穿魏晋南北朝的文学创作的实际情况。

所谓“以文被质”，是指在形式上以富有文采的辞藻（即盛藻）修饰朴素的语言，达到文质彬彬的境界。这里的“质”指质朴的语言，不是指思想内容①。钟嵘《诗品》赞美曹植诗“体被文质”，黄侃《诗品讲疏》称建安诗歌“文采缤纷，而不能离闾里歌谣之质”，含义与《宋书·谢灵运传论》略同，都指出了建安文学文质彬彬的特色。建安作品，一方面继承乐府民歌和西汉散文的传统，比较质朴刚健；另一方面又发展了辞赋和东汉散文追求辞藻和骈偶语句的风气，进一步讲究文采之美。这在辞赋、散文和曹植的部分诗歌中表现尤为显著。刘师培说：“建安之世，七子继兴，偶有撰著，悉以排偶易单行。即非有韵之文，亦用偶文之体，而华靡之作，遂开四六之先，而文体复殊于东汉。”“东汉之文，渐尚对偶。若魏代之体，则又以声色相矜，以藻绘相饰。”（均见《论文杂记》）指出了建安文学重视对偶、辞藻、声调等特色，从东汉开始的崇尚文采的骈俪文风，至此又跨进一步。

总的说来，内容着重抒情，语言讲究文采，使建安作品的文学性更加强了，使它与一般学术文、应用文的区别更明显

---

① 《文心雕龙》书中“质”字也常指质素的语言。如《书记》：“或全任质素，或杂用文绮。”《通变》：“黄唐淳而质，虞夏质而辩。”《情采》：“故知君子常言，未尝质也。”《养气》：“故淳言以比浇辞，文质悬乎千载。”《时序》：“时运交移，质文代变。”均是。

了。中国古代文学，从此进入更为自觉和独立发展的时代。

建安文学发展的原因，除文学本身的继承创新关系以外，大体上有以下三点：

第一，社会动乱，作家的生活体验比较丰富，情怀慷慨。《文心雕龙·时序》云："观其时文，雅好慷慨。良由世积乱离，风衰俗怨，并志深而笔长，故梗概而多气也。"就概括地揭示了这一特点。从具体作家讲，如曹操，经历北方军阀混战，看到社会残破，民生凋敝，故诗歌"颇有悲凉之句"（《诗品》）。王粲经董卓之乱，从长安南奔荆州，"遭乱流寓，自伤情多"（谢灵运《拟魏太子邺中集序》），因而写出了《七哀诗》、《登楼赋》等杰出作品。曹植不但目击北方残破景象，后期更受曹丕、曹叡的疑忌压迫，悲愤满腔，尽情地抒发于诗文。建安作家不但感时伤事，而且希望乘时立业，垂名不朽，处处表现出慷慨的情怀。这些是构成建安文学抒情性强烈的重要的生活和思想基础。

第二，较能摆脱儒家传统的束缚，在文学的内容和形式上都比较大胆，有所创新。例如诗歌，重视乐府中的民间诗歌，采用其样式，大量写作五言诗。从此，《诗经》的四言体和《楚辞》的骚体在诗坛退居次要位置。又如辞赋，在汉代，根据儒家诗教的要求，其内容应当"或以抒下情而通讽谕，或以宣上德而尽忠孝”（班固《两都赋序》），直接为巩固封建统治服务；而建安时代的抒情小赋，毫不重视这种原则，而以抒发作家日常生活中的思想感情为主。刘勰对于建安文学的成就，在《文心雕龙》的不少地方作了肯定，但他因儒家观念较浓厚，对建安文学背离传统的地方也予以指摘。如《乐府》批评曹操、曹丕等的乐府诗云：“志不出于淫荡，辞不离于哀思，虽三调之正声，实韶夏之郑曲。”就是不满他们的乐府诗抒发思想感情比较大胆解放，背离了温柔敦厚、哀而不伤的诗教。《谐讔》批评曹丕的笑书“虽抃推席，而无益时用”，批评曹丕、曹植、曹髦等人的谜语“虽有小巧，用乖远大”，只是“童稚之戏谑，搏髀而抃笑”。对于不能为政治教化服务的谐辞隐语加以排斥，表现了他重实用、轻娱乐的看法，反映了他对文学作品的特点和作用的认识不足。

第三，领导者（曹操、曹丕、曹植）的重视和提倡。此点《文心雕龙·时序》、《诗品序》均有具体论述。曹操召集了许多文人，并加以礼遇；自己还创作了不少乐府歌辞。曹丕、曹植，更在诗、赋、散文、小说等多方面进行创作，并鼓励臣僚共同写作。曹丕、曹植不像汉武帝那样对赋家以倡优畜之，要他们仅仅写歌功颂德或娱乐耳目的作品；而是尊重他们，把他们当朋友看待，一起宴饮游览，互相品评文艺，因而促进了直抒胸臆的抒情文学的发展。三曹重视通俗文学，提倡写乐府诗，向民歌学习；提倡俳谐小说，也促进了诗体的革新和小说的兴起。隋代李谔《上隋文帝请正文体书》说：“魏之三祖，更尚文词，忽君人之大道，好雕虫之小艺。下之从上，有同影响，竞骋文华，遂成风俗。”指出了曹魏领导者重视文学、影响巨大的事实；但他站在儒学立场攻击文学的言论，却表现出很大的片面性。

1979年8月

（原载《郑州大学学报》1979年第4期）

南北朝乐府中的民歌

汉魏两晋南北朝这一阶段诗歌中的重要部分是乐府诗，它不特本身包含许多优秀的作品，而且对后代的文学发生巨大的影响。特别值得注意的是它包含了许多优美的人民口头创作，显示了我国古代人民群众无比丰富的智慧和艺术创造力。

南北朝时代，也像汉代一样，中央政府设有专门的乐府机关，采集诗歌，配合音乐演唱。这些乐府诗中有民间歌谣，也有贵族文人的作品；其中民歌这部分更为新鲜活泼，富有现实性和艺术的魅惑力量。

南北朝民歌跟汉乐府民歌都是优美的民歌，但二者也有很显著的差别：汉乐府民歌的篇幅一般比较长，多叙事诗；南北朝民歌几乎都是篇幅短小的抒情诗。南朝和北朝的乐府民歌，又因南北两朝整个社会环境、人民风尚的不同，在风格上表现出很大的差别：南朝民歌比较温柔婉转，北朝民歌比较质朴刚健。

一

南朝乐府民歌绝大部分保存在清商曲辞中间。清商曲是我国中古时代主要的通俗乐曲，许多民歌都配合这种通俗音乐演唱。南朝的清商曲又分为若干类，其中最重要的是吴声歌曲和西曲歌两类，民歌大多属于这两类。吴声、西曲的名称，各自标志着它们的产生地点。吴声产生于江南吴地，以当时的首都建业（今南京）为中心地带，所以郭茂倩《乐府诗集》卷四四说："自永嘉渡江之后，下及梁陈，咸都建业，吴声歌曲，起于此也。"西曲产生于长江中流和汉水两岸地区，《乐府诗集》卷四七说："西曲歌出于荆（今湖北江陵县）、郢（今湖北钟祥县）、樊（今湖北襄樊市一带）、邓（今河南邓县）之间，而其声节送和，与吴歌亦异，故因其方俗而谓之西曲云。"在南朝，以建业为首府的扬州和西方的荆州是全国政治、经济、文化的两个重心，许多大贵族大官僚聚集在这两个地区；因此，这两个地区的民歌，就大量地被采集起来配合音乐。

吴声、西曲的歌词现存约近五百首，其中大部分是民歌。这些歌词在内容方面的特点是几乎全是表现男女的爱情生活。

它们生动地描写了少男少女彼此间的真诚的爱慕，会面时的天真愉快的神情和活动，别离以后的沉重而又痛苦的相思情绪。它们描写得真挚而又深刻，字里行间洋溢着生命的热情和力量，表现了广大人民在爱情生活方面的积极行动和美好愿望。在那个时代，在封建礼教强大的统治威力的笼罩下，男女的正当爱情经常不能得到满足，反而受到许多无理的折磨和迫害；热烈而又大胆地歌唱了男女爱情的这类诗歌，就具有很大的进步意义。《华山畿》歌曲的故事在这方面是更为富有代表性的。《华山畿》起源于一出民间的爱情悲剧：一位少男在华山附近邂逅一位少女，“悦之无因，感心疾而死”。葬时车经过华山少女家，驾车的牛停步不肯向前。少女出来唱了一曲悲歌，棺盖忽然应声打开，她跳进去殉情而死了（见《乐府诗集》卷四六引《古今乐录》）。这一个表面看来很神怪的故事，真实地反映了封建社会中男女间没有社交和恋爱的自由，相思的痛苦折磨着他们，甚至牺牲了生命。他们幻想着从死亡中获得解放，获得幸福的生活。它反映了封建社会的罪恶，反映了人民对于爱情的强烈愿望。

这些爱情诗歌在内容方面描写因失恋而形成的悲愁和痛苦特别多，这类诗篇往往通过女子的口吻描写她们的焦灼甚至绝望的情绪。像《子夜歌》：

夜长不得眠，明月何灼灼。想闻欢唤声，虚应空中诺。

这种悲惨情况的形成，一方面是由于封建家长的无理干涉，像《华山畿》所说的，“夜闻侬家论，不持侬与汝”；另一面则由于男的往往别有所欢，把女的抛弃不管，如：

郎为旁人取，负侬非一事。摛门不安横，无复相关意。（《子夜歌》）

我与欢相怜，约誓底言者？常叹负情人，郎今果成诈。（《懊侬歌》）

这种痴心女子负心汉的悲剧，就像《诗经》国风中描写弃妇的诗篇《氓》、《谷风》一样，反映了封建社会中男女地位的不平等：男的遗弃女的，往往不会受到应有的制裁；女的则得不到合理的保障。在这种可悲的处境中，女的只能在主观上希冀对方永不变心。

仰头看桐树，桐花特可怜。愿天无霜雪，梧子（谐“吾子”，指男的）解千年。（《子夜秋歌》）

念这类诗篇，我们会很自然地想起汉乐府《白头吟》的诗句——“愿得一心人，白头不相离”，对于那些被损害的女子付出极大的同情。

吴声、西曲歌词大多数产生于建业、江陵等大城市。这些城市在当时经济繁荣，交通畅达，商业发展，商贾们来来往往很频繁。反映商贾生涯的诗歌在吴声、西曲（特别是西曲）中占有不少的分量。它们有的很生动地描绘了水行的风光，如：

驶风何曜曜，帆上牛渚矶，帆作伞子张，船如侣马驰。

当然，这些商人歌也仍然以表现爱情为主，表现商人跟他们情妇中间的种种情况。“商人重利轻别离”，经常不能定居在一处，所以这些诗篇的内容多数表现女子送别对方时的悲痛情绪。

布帆百馀幅，环环在江津。执手双泪落，何时见欢还？（《石城乐》）

闻欢下扬州，相送楚山头。探手抱腰看，江水断不流！（《莫愁乐》）

当时城市中有不少妓女，西曲中的《寻阳乐》和《夜度娘》，很明显地描绘了妓女的生涯。我们有理由推测商贾们的情妇有不少是妓女们。吴声、西曲歌词常常以同情的笔调，描写了这些下层妇女的心理活动。

二

吴声、西曲歌词都是篇幅短小的抒情诗，其中最多的是五言四句。这种体制短小的歌谣，很早就在南方流行。《世说新语·排调篇》记载孙吴最后一位皇帝孙皓投降于晋，晋武帝某次跟他一起喝酒，问他说："听说南方人喜欢唱《尔汝歌》，你能唱吗？"孙皓听了，举起酒杯唱道：

昔与汝为邻，今与汝为臣，上汝一杯酒，令汝万寿春。

可见这种短歌谣在当时很风行，所以连在北方的晋武帝都要听听。以后南朝的民歌，仍然在体制方面保持了这种短小精悍的传统。

吴声、西曲中有若干男女赠答的诗篇，显示了民间歌谣的特点，如《子夜歌》：

落日出前门，瞻瞩见子度。冶容多姿鬓，芳香已盈路。（男赠）芳是香所为，冶容不敢当。天不夺人愿，故使侬见郎。（女答）

这种男女赠答的歌谣，在我国南部地区广泛地出现着，即在今日，仍然保持着这种风气。当时的作家也有摹仿这种体裁的，例如谢灵运的《东阳溪中赠答》（见《玉台新咏》卷一〇）、陈释宝月的《估客乐》（见《乐府诗集》卷四八）。直至唐代崔颢的《长干行》，还是这样。

吴声、西曲在语言方面的最大特色是真率自然，以非常生动流美的口吻，恰当地表现了少男少女的思想情感。《大子夜歌》说："歌谣数百种，《子夜》最可怜，慷慨吐清音，明转出天然。"这虽然是赞美《子夜歌》的，但"明转出天然"的评语，实在可以概括其他许多南方民歌在语言方面的优点。

南朝民歌的这种真率自然的语言和短小的体制，对当时的作家作品发生巨大的影响，使他们创造出了不少优美的抒情短诗。这一点我们只要打开《玉台新咏》第十卷看看，便可了然。唐人在这个基础上更提高一步，创造了许多优美的五言绝句。我们念《子夜秋歌》"秋风入窗里，罗帐起飘扬。仰头看明月，寄情千里光”，不是很容易想到李白的“床前明月光”（《静夜思》）吗？五言四句的小诗，汉魏时代已经产生，但毕竟数量少，影响不大。到吴声、西曲，五言小诗才大大地发展，成为五言诗的一种重要样式，终至演变成为唐人的五言绝句①。元杨士宏说：“五言绝句，唐初变六朝《子夜》（指《子夜歌》）体也。”（赵翼《陔馀丛考》卷二三引）这话是很有理由的。

吴声、西曲在描写爱情的时候，常常使用了巧妙的比喻和夸张的手法，发挥了丰富的想象，使它的思想内容表现得非常生动突出。例如《子夜歌》“年少当及时”篇的拿霜下草来恰当地比方了青春的容易消逝，使人明白应当及时相爱。又如《读曲歌》：“闻欢得新侬，四支懊如垂鸟，散放行路井中，百翅不能飞。”用突然掉入井中的飞鸟来比方一个刚听到对方变心的女郎的骤然从欢愉转为悲愁的思想情感，是刻画得非常贴切的。《华山畿》形容女子的悲痛说：“泪落枕将浮，身沉被流去。”“长江不应满，是侬泪成许。”把泪水的多夸张得如江水一般，它可以使身子沉没，这不但表现了不平凡的想象力，而且很好地表现了女子的对于爱情的热烈态度。

吴声、西曲大量地使用着谐音双关语这一特殊的修辞格

① 唐以前的五言小诗不调平仄，不是近体诗，前人有时把它称为古绝句。

式。所谓谐音双关语，是指利用谐音作手段，一个词语同时关顾到两种不同意义的词语。例如《子夜歌》“黄蘗郁成林，当奈苦心多”，“苦心”两字表面是讲苦木黄蘗，底里是指想念情人的苦心，兼顾两种不同意义。又如上引《子夜歌》“无复相关意”句，“关”字兼顾关门和关心两种意义。“苦心”和“关”都是同音同字的双关语，另外还有一种同音异字的双关语，如《子夜歌》“雾露隐芙蓉，见莲不分明”，“莲”字谐“怜”（怜爱的意思），“莲”、“怜”同音异字。至如上引《子夜秋歌》“梧子解千年”句，“梧子”谐“吾子”，“梧”字与“吾”字同音异字，“子”字是同音同字的双关，乃是二者结合在一起了。

这种谐音双关语，在汉魏诗歌中也偶然出现。如“客从远方来”篇（《古诗十九首》之一）有云“著以长相思，缘以结不解”，朱珔《文选集释》曾指出它“借丝为思，借连结为结好”。但到吴声、西曲才大量运用，这跟吴声、西曲的题材、风格有密切的关系。吴声、西曲都是少男少女的情歌，情调缠绵哀艳，这种谐音隐语是很恰当的修辞手段。在后代的民歌特别是表现爱情的民歌中，谐音双关语也常常被使用着，它成为人民口头创作的一种重要的修辞格式[①]。

---

① 参看拙作《六朝乐府与民歌》中的《论吴声西曲与谐音双关语》一文。

三

北朝乐府民歌保存于乐府横吹曲辞的梁鼓角横吹曲中间。横吹曲是军队中应用的音乐，要求雄伟悲壮；我国古代西北民族的乐曲，由于他们的风俗习惯等原因，常适宜于作军乐。汉代的横吹曲，相传系张骞从西域传来，可惜没有歌词流传下来。南北朝时代南北两朝在政治方面形成对峙，但在文化方面彼此还是互相交流的。南朝的吴声、西曲，在北魏孝文帝、宣武帝时即已传入北朝，成为北朝上层阶级常常欣赏的娱乐品（见《魏书·乐志》）。北朝的乐曲，也自东晋时代开始陆续传入南朝，以迄梁代①。横吹曲中的梁鼓角横吹曲，就是长时间从北入南的乐歌被梁代乐府官署所采用演唱的部分。

梁鼓角横吹曲歌词现存六十多首，其中大部分是民歌。它的数量虽不多，但内容却广泛地反映了社会生活的各个方面，像汉乐府一般显得丰富多采，而不似吴声、西曲那样单调。自从五胡乱华开始，我国北方长期为外族所占领。鼓角横吹曲中的许多歌词是外族人民的歌唱，《折杨柳歌辞》道："我是虏家儿，不

① 参考孙楷第先生《梁鼓角横吹曲用北歌解》，载《辅仁学志》第十三卷第一第二合期。

解汉儿歌。”对此作了清楚的告白。北方人民跟南方人民的生活环境本有所不同，现在更加上外族人民特殊的风俗习惯和性格气质，因此北方民歌的风格，就跟南方民歌有了显著的差别。

在当时，北方各族间常起争端，战争很频繁。长期的行伍生活和艰苦的生活环境，使北方人民的性格锻炼得非常勇武刚强。北方民歌以很多篇幅反映了战争和人民的尚武精神。例如《企喻歌》：

> 男儿欲作健，结伴不须多。鹞子经天飞，群雀两向波。
>
> 前行看后行，齐着铁裲裆；前头看后头，齐着铁钰鉾。

人民的尚武精神，表现为对于英雄或武艺高超的人物的赞美，例如《木兰诗》和《李波小妹歌》，表现为对于战争工具的赞美，例如《琅琊王歌》：“新买五尺刀，悬着中梁柱。一日三摩挲，剧于十五女。”“快马高缠鬃，遥知身是龙。谁能骑此马？唯有广平公。”

北方人民的生活是很艰苦的。《陇头歌辞》三首是这方面的代表作品，它深刻地描写了奔走于艰险的山岭中的役夫的思念家乡的悲痛情绪。《乐府诗集》（卷二五）另外还有《陇头流水歌辞》三首，写的同一题材，第一首字句跟《陇头歌辞》

的第一首大致相同。现在将这三首歌辞抄下来以供参考：

陇头流水，流离西下。念吾一身，飘然旷野。

西上陇阪，羊肠九回。山高谷深，不觉脚酸。

手攀弱枝，足逾弱泥。

《陇头歌辞》和《陇头流水歌辞》中所写的陇山，是陕西西部和甘肃东部非常险峻的山岭。乐史《太平寰宇记》卷三二说：“《说文》：‘陇山，天水大坂也。’《水经注》云：‘一水出汧县西山，世谓之小陇山，岩嶂高险，不通轨辙。故张衡《四愁诗》云：我所思兮在汉阳，欲往从之陇坂长。’《三秦记》：‘陇谓西关也，其坂九回，不知高几许。欲上者七日乃得越。山顶有泉，清水四注。东望秦川，如四五（百）里。人上陇者，想还故乡，悲思而歌，有绝死者。’又《秦州记》：‘登陇东望秦川四五百里，极目泯然，墟宇桑梓，与云霞一色。’”（文有删节）这些记载可以说是《陇头歌辞》和《陇头流水歌辞》的极好注释。古时长安一带所谓“秦川”之地，是很繁盛富庶的地方；行人西登艰险的陇坂，遥望秦川的故乡，他们的惨伤心情是不难理解的。《陇头歌辞》和《陇头流水歌辞》深刻地表现了行人的典型的思想感情，所以成为传诵古今的名作。

北方人民的性格是非常豪迈爽朗而富有正义感的。这种性格特点明显地表现在对待日常生活的态度上。他们说：“公死姥更嫁，孤儿甚可怜。”（《琅琊王歌》）“童男娶寡妇，壮女笑杀人。”（《紫骝马歌辞》）对社会中的弱小者给予丰富的同情，对畸形现象非常直率地表白了自己的看法。下面两首歌辞更根据自己丰富的生活体验，尖锐地揭露了贫富对立、苦乐不均的惨相，指出了穷人的痛苦是源于无钱无势：

雨雪霏霏雀劳利，长嘴饱满短嘴饥。（《雀劳利歌辞》）

快马常苦瘦，剿儿常苦贫。黄禾起羸马，有钱始作人。（《幽州马客吟歌辞》）

但即使贫苦的经济生活，都没有使北方人民的性格有所改变。《高阳乐人歌》生动地描写了穷人囊中羞涩，但仍然赊酒痛饮，充分显示出豪迈的气概：

可怜白鼻䯄，相将入酒家。无钱但共饮，画地作交赊。

这种性格爽朗的特点也表现在他们对待爱情和婚姻问题的

态度上。“老女不嫁，蹋地唤天。”“郎不念女，不可与力。”（《地驱乐歌》）“天生男女共一处，愿得两个成翁妪。”（《捉搦歌》）“阿婆不嫁女，那得孙儿抱？”（《折杨柳枝歌》）这样坦率的毫不遮掩的表白，跟南方情歌缠绵婉转的口吻是大不相同的。

除《木兰诗》外，北方民歌也都是短小的抒情诗。五言四句的最多（另有小部分是四言或七言的），体制跟南方民歌很接近。北方民歌有一部分本用外族语言写，经过汉译；有一部分则是直接用汉语写的①。魏晋南北朝是五言诗昌盛时期，民间歌谣也多五言，本是不难理解的；加上它们经过南方作家的翻译润色，在体制上就更容易与南方民歌接近了。

北方民歌的语言也非常真率自然，这和短小的体制都是跟南方民歌相同的。但南北民歌的整个风格却迥不相同。这是为它们的内容所决定的。南方民歌倾吐的是小儿女的缠绵婉约的柔情。他们的活动环境是“春林花多媚”（《子夜春歌》）、“乘月采芙蓉”（《子夜夏歌》）等风光明媚的园林池沼，是“布帆百馀幅，环环在江津”（《石城乐》）的商业发达的城市：我们接触到的是繁华的温柔的环境以及人们的热

① 参考孙楷第先生《梁鼓角横吹曲用北歌解》，载《辅仁学志》第十三卷第一第二合期。

烈地跳动着的心灵。北方民歌抒发了生活的各个方面的慷慨悲壮的情绪。他们的活动环境是羊肠九回的陇坂，是“华阴山头百丈井，下有流泉彻骨冷”（《捉搦歌》）。他们的生活是“放马大泽中，草好马着臕”（《企喻歌》），“驱羊入谷，白羊在前”（《地驱乐歌》）。北方人民在这种雄浑的艰苦的环境中引吭高歌，当然会形成完全不同的风格。

北方民歌的语言也很精炼，它特别善于通过精确的比喻来表现对事物的看法。上面引到的《企喻歌》第一首《雀劳利歌辞》、《幽州马客吟歌辞》都是明显的例子。它没有使用谐音双关语，因为这种隐约的表现手段跟北方民歌毫不遮掩的口吻是不相称的。

北朝民歌对唐诗也发生一定影响。唐代是诗歌的黄金时代，诗作既美丽又刚健。它吸收了南朝诗歌的感情缠绵、声调流利等优点，又吸收了汉魏以及北朝的慷慨豪迈、刚健质朴的特点。唐诗所吸收的营养料是多方面的，其中包括有北朝民歌的一份。

四

北朝乐府民歌中最突出的作品是《木兰诗》，它是鼓角横吹曲中唯一的篇幅颇长的歌词。近人论述《木兰诗》的文章很多，这里不打算进行仔细的分析和讨论，仅对它的产生时代和主题两点略述个人的一些粗浅看法。

《木兰诗》的产生时代，向来有北朝和唐代两种说法，现在大家差不多都肯定它是北朝的作品了。北朝说是正确的，最有力的证据是《木兰诗》被记录于陈释智匠的《古今乐录》。宋王应麟《玉海》引《中兴书目》说："《古今乐录》，陈光大二年僧智匠撰，起汉迄陈。"《木兰诗》应当产生于陈光大二年之前，这是无法怀疑的[①]。

剩下来的问题是它是否经过唐人的润色修改。诗中易被人认为经过唐人修改的有两个地方。其一是"策勋十二转"句，因为十二转是唐代的官制。其二是"万里赴戎机"以下六句，声调对偶很像唐人诗句。其实这两点都不能成为《木兰诗》经过唐人修改的确证。"策勋十二转"句中的"十二"很难说是确实的数字，正像"军书十二卷"、"同行十二年"中的"十二"一样，无非表示其多罢了。此点余冠英先生《乐府诗选》分析得很正确。"万里赴戎机"以下六句，固然很像唐

① 《古今乐录》产生在沈约《宋书》之后。《宋书·乐志》最后有"圣人制礼乐一篇"云云一段文字凡六十四字，其中提到《古今乐录》；那段文字是宋（赵宋）代人的校语，非《宋书》原文。

诗，但此种声调谐和、对偶工致的律句，六朝人诗篇中也不少概见。即以为杜甫常常称道的阴铿、何逊来说，阴铿的《江津送刘光禄不及》有云："泊处空馀鸟，离亭已散人。林寒正下叶，钓晚欲收纶。"何逊的《慈姥矶》有云："一同心赏夕，暂解去乡忧。野岸平沙合，连山远雾浮。"都是很严整的律句，有什么根据一定要说"万里赴戎机"等诗句非经唐人修改不可呢？罗根泽先生说："《古今乐录》十三卷，不会只载题目，应当也载歌辞，否则不会有这样多。"并推论《乐府诗集》的《木兰诗》即录自《古今乐录》[①]。这看法是正确的。我认为现存《木兰诗》文句在智匠编《古今乐录》时当已经成为定型，它并没有经过唐人的润色修改。

《木兰诗》出色地描绘了一个出身劳动阶级的女郎的不平凡的经历，歌颂了她的爱护老弱、克服困难、勇敢作战、不爱功名富贵等等优美品德，成功地塑造了一位女英雄的形象。后世在不少地方出现了关于木兰的传说和遗迹，虽然都并不是真实的历史事实，但却说明了这位女英雄如何地赢得了广大人民的敬爱。

在封建社会中，即使是在民风强悍的北朝，对于一个平常人家的女子来说，要投身行伍、像男子一样地参加战争，毕竟

① 见《答郭明忠先生论〈木兰诗〉书》，载《中国古典文学论集》。

是不平凡的异常困难的事情。诗篇在塑造这位女英雄形象方面，虽然从多方面表现了她的优美品德，但更着力描写作为一个女子的木兰，怎样克服困难，终于出色地完成任务，胜利归来的历程，它构成了全诗的主题。诗篇一开始，就把木兰安置在困难的处境中，父亲年老，又无长男，但任务却万分紧急。她焦虑，反复思考，终于决定代父从军。在漫长的征途上，她经历了黄河、黑山。处处是新鲜的环境，处处叫她想念父母，想念熟稔的日常家庭生活。可是她终于更前进，跟敌人勇敢地接战，而且立下大功。诗篇前半真实地、细腻地描写了木兰的精神世界的活动，它既使我们感到木兰具有普通妇女一样的思想感情，对困难有焦虑，对父母很留恋；又使我们感到她毕竟是一个英雄，因为终于打消了种种顾虑，克服了种种困难，走上战火纷飞的前线。诗篇是多么善于通过矛盾的产生和解决来表现英雄人物！

胜利回来了，木兰不愿意担任什么官职，而急于返回故乡，重度当年的生活。她的出征原只是为了代替老父应征，而不是为了立功受赏。诗篇最后以非常明快的调子描写了木兰迅速地恢复了女儿装束，因而使伙伴们大吃一惊。这个情节放在结尾是非常奏效的，它反衬出木兰的极端喜悦的心情，同时也表现了诗篇对于女英雄的高度颂扬。看，她是多么坚强、勇敢而又聪敏，克服了重重困难，出色地完成了一般女子无法担当的任务；而在长时期的集体生活中，连她的亲密战友都不能发现她是一个女子！

木兰的父亲年老力衰，仍然非服军役不可。这个情节在客观上反映了封建社会中人民负担的沉重。然而从全诗看，其调子是明快的而不是低沉的，木兰的情绪是积极奋发的而不是忧郁颓唐的，没有理由说诗篇的主题在控诉战争的罪恶。木兰在出发前的焦虑，在征途上的忆念，是由于她是一个女子，不习惯于战争生活，而不是从根本上厌恶战争。这些情节的作用，如上面的分析，在于刻画木兰怎样从一个普通女子成长为女英雄，而不在于控诉战争的罪恶。

（原载《语文教学》1957年9月号）

六朝清商曲辞的产生地域、时代与历史地位

中国中古汉魏两晋南北朝时期，是乐府诗歌十分繁荣昌盛的时期，其中尤以属于清乐系统的通俗乐曲最受人们喜爱，流行最广，在音乐史、文学史上影响深远，地位重要。那些通俗乐曲源出民间，后被贵族文人采撷、改制、仿作，谱成许多乐曲。它们用丝竹乐器伴奏，声音活泼生动，悦耳动听，不似金石乐器那样声调庄严却又板重，因而得到社会各阶层人们的爱好，广泛流行。属于清乐系统的通俗乐曲，从其历史发展来看，又可分为两个阶段。前一阶段为汉、魏、西晋时期，其乐曲为相和歌辞，乐曲与歌辞大抵产生于黄河流域，而以长安、洛阳一带地区为多。后一阶段为东晋、南朝的宋、齐、梁、陈时期，其乐曲为清商曲辞，它们大抵产生于长江流域，而以建业（今南京市）、江陵一带为中心地区。西晋末年永嘉之乱，北方少数民族纷争，战祸频仍，社会动荡，大量士族南迁，并

定居于长江流域，全国的政治、经济、文化重心因而南迁，造成了长江流域经济、文化的空前发展。清商曲辞在六朝时代的南方发展与昌盛，首先渊源于南方民间孕育了许多新歌曲，也有赖于有较高文化修养的不少贵族文人的加工、改制和仿作。

宋代郭茂倩汇辑两汉至唐五代的乐府诗，编为《乐府诗集》一百卷，是后人研究乐府诗的渊薮。其中清商曲辞共有八卷，数量相当多。它们大致可分为四类：吴声歌曲（简称吴声）、西曲歌（简称西曲）、江南弄、上云乐。其中尤以吴声、西曲二类数量最多，文学成就也更突出，成为清商曲辞的主体。

一、地域、语言、物产、体式

清商曲辞中的吴声歌曲，大抵产生于六朝京城建业一带。《乐府诗集》卷四四曰："自永嘉渡江之后，下及梁、陈，咸都建业，吴声歌曲，起于此也。"这一论断是准确的。这里举若干例子说明。如《华山畿》曲，据《古今乐录》记载，原是歌咏南徐州某士子从华山畿往云阳，见客舍一少女，悦之无因，感心疾而死的传奇性的故事。华山在句容县（当时属扬州），云阳即曲阿县（当时属南徐州），均在建业附近。

再如《碧玉歌》，为东晋文人孙绰为汝南王司马义所作；《桃叶歌》，为东晋书法家王献之（王羲之子）为其爱妾桃叶所作；《长史变歌》，为东晋司徒左长史王廞起义临败时所制；这些作者均在建业一带活动，且为朝廷官僚。再从歌辞中涉及的地名看，亦复如此。如《上声歌》云："三鼓染乌头，闻鼓白门里。"白门系建业城的西门。《欢闻歌》云："驶风何曜曜，帆上牛渚矶。"牛渚矶在今安徽当涂县西北，靠近建业。《丁督护歌》云："相送落星墟。"又云："相送直渎浦。"落星墟、直渎浦，均在建业。又相传王献之送其妾于秦淮河渡口，后人因名其地为桃叶渡。又如《神弦歌·青溪小姑曲》，祭祀民间杂鬼神，青溪为建业著名河流之一。由此可见，说吴声歌曲的许多曲调大致产生在当时京城建业一带是不错的。诚然，也有的曲调产地与建业较远，如《前溪歌》，原产生于吴兴武康（今浙江湖州市），以当地河流前溪为名，但这是少数甚至个别现象。

西曲歌产生于长江中游地区和汉水两岸，在京城建业之西，故称为西曲歌。《乐府诗集》卷四七曰："西曲歌出于荆（今湖北江陵）、郢（今湖北钟祥）、樊（今湖北襄樊市）、邓（今河南邓县）之间，而其声节送和，与吴歌亦异，故因其方俗而谓之西曲云。"今考各曲调，其中《江陵乐》、《那呵滩》、《西乌夜飞》产于江陵，《石城乐》、《莫愁乐》产于竟陵（钟祥），《襄阳乐》、《襄阳蹋铜蹄》产于襄阳，《估客乐》产于樊、邓一带，从其主体而言，《乐府诗集》的论断也是准确的。但尚有少数曲调产生于其他地方。如《乌夜啼》产于豫章（今江西南昌），《寻阳乐》产于寻阳（今江西九江），《寿阳乐》产于寿阳（今安徽寿县），《三洲歌》产于巴陵（今湖南岳阳），《女儿子》产于巴东（今四川奉节）等，但毕竟占少数。概括说来，西曲产地较为广阔：北起樊、邓，东北至寿阳，东抵豫章、寻阳，南至巴陵，西达巴东，而以江陵为中心地带①。

六朝时代，江陵是仅次于京城建业的大城市。《宋书·孔季恭传论》说："江南之为国盛矣，虽南包象浦，西括邛山，至于外奉贡赋，内充府实，止于荆、扬二州。……荆城（即江陵）跨南楚之富，扬部有全吴之沃。"可见西部的荆州和东部的扬州是当时南方最富庶的地区。扬州的首府是建业，故当时常呼建业为扬州或扬都。如《梁书·曹景宗传》载：景宗被朝廷召为侍中领军将军，"性躁动，不能沉默。……谓所亲曰：我昔在乡里，骑快马如龙。……今来扬州作贵人，动转不得"。"扬州"即指建业。吴声西曲歌辞中常常提到"扬

① 参考拙作《吴声西曲的产生地域》。

州”。如《懊侬歌》云：“江陵去扬州，三千三百里。”《那呵滩》云：“闻欢下扬州，相送江津弯。”“扬州”均指建业。《那呵滩》歌辞共六首，《古今乐录》说它们“多叙江陵及扬州事”。江陵、扬州两地均处长江沿岸，当时不少商估常常来往于两地间，迁运贩卖货物，上引《懊侬歌》、《那呵滩》歌辞即表现了商旅们的生活与思想情感。现今的扬州，在南朝时代初叫广陵郡，后叫江都郡，属南兖州，不称扬州，城市地位远不如建业、江陵重要。隋代始改称扬州，隋唐时运河为南北交通要道，江都为转运枢纽之地，因而成为全国重要的富庶城市。

除吴声、西曲外，六朝清商曲辞尚有江南弄、上云乐两部分，均为梁武帝所创制，作品数量不多，均为武帝及其臣僚所作。其产生地点也应在建业。据《古今乐录》载：“梁天监十一年冬，武帝改西曲，制《江南》、《上云乐》十四曲。”可证。

吴地方言颇具特色，吴声歌辞中往往运用吴方言，如自称为“侬”，因歌辞多用女子口吻叙述，故“侬”常为女子自称之词，而呼对方（情人）为“欢”或“欢子”。如《子夜歌》云：“欢愁侬亦惨，郎笑我便喜。”又云：“侬作北辰星，千年无转移。欢行白日心，朝东暮还西。”均是。又如《懊侬歌》中的“懊侬”，一作“懊恼”，又作“懊恼”，懊侬亦为吴地方言。清胡文英《吴下方言考》说：“懊恼，音凹猱，《素问》：‘甚则瞀闷懊恼。’案懊恼，心中拂郁也。吴中谓所遇者拂意而奇曰懊恼。”此外，如《懊侬歌》的“撢如陌上鼓”、“内心百际起”、“布帆阿那起”、“落托行人断”，《读曲歌》的“娑拖何处归，道逢播掿郎”等均是，难以尽举。吴声产生时代早于西曲，在诸方面对西曲发生影响，西曲歌辞中也常用“侬”、“欢”等吴地方言，上引《那呵滩》“闻欢下扬州”句即是一证。

六朝清商曲辞中还多出现江南地区不少物品名称。如莲花、莲子为江南常见的水产品，江南弄中即有《采莲曲》多首。又如种桑、养蚕、缫丝为江南民间流行的劳动，西曲中即有《采桑度》七首、《作蚕丝》四首，专咏其事。其他曲调中提到莲子、蚕丝词语者更是常事。吴声、西曲歌辞中大量运用谐音双关词语，即利用谐音作手段，使一个词语可同时关顾到两种不同意义。此种词语颇多，最常见的便是以“莲”双关莲花、莲心和怜爱，以“丝”双关蚕丝和相思。如《子夜歌》云：“雾露隐芙蓉，见莲不分明。”以“见莲”双关“被爱”。又如《七日夜女歌》云：“桑蚕不作茧，昼夜常悬丝。”以“悬丝”双关“悬念（思）”。在中国中古时期的诗歌中，以吴声、西曲歌辞中运用谐音双关词语最多，吴声尤盛，这大约也是江南地区语言的一个特色。

再谈谈体式。现存吴声歌辞约三百三十首（指六朝作品，唐代拟作不计在内），其体式大抵为每首五言四句，例外的仅约六十首。现存西曲歌辞约一百四十首，其中约一百首是五言四句，例外的约四十首。五言四句这一体式，在吴声、西曲中均占绝对优势，可以说是吴声、西曲歌辞的基本形式。这一体式很早在江南歌谣中就已存在。据《世说新语·排调》记载，西晋统一中国，晋武帝向孙吴降主孙皓问起南方流行的《尔汝歌》，孙皓随即作了一首，即为五言四句。这一体式在以后的吴声、西曲中大为发展。吴声、西曲中尚有杂言体、四言体、七言体等体式，但数量均属少数。在汉魏六朝诗坛上，五言诗一直占据主要地位，这也是五言诗在吴声、西曲中占绝对优势的一个重要客观条件。

《江南弄》、《上云乐》两部分歌辞，均采用杂言体，体式与吴声、西曲大不相同。《江南弄》有梁武帝、梁简文帝、沈约等人的作品共十馀首。《江南弄》每首七句，句式为七、七、七、三、三、三、三言，第四句与第三句末三字相同，上下递接复叠，全篇音节婉媚动听，歌辞颇有韵味。如梁武帝《江南弄》第一首云：“众花杂色满上林，舒芳耀绿垂轻阴。连手蹀躞舞春心。舞春心，临岁腴，中人望，独踟蹰。”《上云乐》有梁武帝作品七首，亦为杂言体，有三、四、五言等，但不是固定格式的杂言体，声调不及《江南弄》动听。据《古今乐录》载，梁武帝于天监十一年据西曲（主要是《三洲歌》）改制而成。这一年，梁武帝听取擅长音乐的释法云的建议，把《三洲歌》和声改为参差复杂的杂言：“三洲断江口，水从窈窕河傍流。欢将乐共来，长相思。”为五、七、五、三句式，婉转动听；《江南弄》歌辞的句式、风味与之相近。《江南弄》创造了声调婉媚曲折并有固定句式的杂言体，在乐府诗中是值得重视的。

二、时代、作者、风尚

吴声的产生时代较西曲为早。它的早期作品产生于东晋初期，有《前溪歌》。东晋中后期是它的繁荣时期，有《阿子歌》、《欢闻歌》、《子夜歌》、《碧玉歌》、《桃叶歌》、《团扇郎歌》、《长史变歌》、《懊侬歌》等。刘宋时代又有《丁督护歌》、《华山畿》、《读曲歌》等。大致说来，吴声各曲调主要产生于东晋、刘宋两朝。

西曲的产生年代稍晚于吴声。它主要产生于南朝刘宋、萧齐两代。产生于刘宋的有《石城乐》、《乌夜啼》、《寿阳乐》、《襄阳乐》、《西乌夜飞》等，产生于萧齐的有《估客乐》、《杨叛儿》等。西曲的个别曲调如《襄阳蹋铜蹄》产生于梁代。可以说，西曲是在吴声影响下、基本上沿袭其体式、在声调上又有变化的新乐曲[①]。

《江南弄》、《上云乐》两部分，如上所述，是梁武帝及其臣僚利用西曲声调创制的新乐曲。其歌辞均较文雅，不似吴声、西曲歌辞那样质朴而富有民歌风味。梁元帝《金楼子·箴戒》篇曾有“吴声鄙曲”之语，这反映梁代统治阶层不满吴声、西曲的粗鄙，有意创制文雅的新乐曲的心理。

从吴声到西曲，再到《江南弄》、《上云乐》，说明了清商曲辞在六朝时代兴起、发展变化和雅化的历程。

吴声、西曲的作者，从其祖籍来看，大致有南方土著与北方南迁户两部分。先说南方土著。吴声《前溪歌》的制作者沈充为吴兴武康人。沈氏为吴地著名大族。沈充在东晋初年制作了吴声中最早的曲调《前溪歌》，说明南方土著对家乡歌曲的爱好。又《西乌夜飞》的作者沈攸之，也是吴兴沈氏家族中的一员。吴声中的《子夜歌》、《华山畿》、《懊侬歌》等，原为民间歌曲，其创始作者自当为南人。又刘宋开国君主刘裕，

① 参考拙作《六朝乐府与民歌·吴声西曲的产生时代》。

祖籍彭城（今江苏徐州市），东晋初其祖先即移居江南之丹徒，其家又素贫贱，估计其生活习惯与江南土著已无明显区别。据《宋书·乐志》记载，刘裕长女会稽公主丈夫徐逵之战死，刘裕使府内直督护丁旿收敛殡埋之。事毕，会稽公主“呼旿至阁下，自问敛送之事。每问，辄叹息曰：‘丁督护！’其声哀切”。后人即因其哀叹声演制为《丁督护歌》。按《丁督护歌》为吴声曲调之一，则会稽公主的哀叹声，当使用吴地语音无疑。吴声、西曲中有不少刘裕家族的作品，如《前溪歌》中有宋少帝作品，《丁督护歌》中有宋孝武帝作品。再如西曲中《乌夜啼》作者宋临川王刘义庆、《寿阳乐》作者宋南平穆王刘铄、《襄阳乐》作者宋随王刘诞等，均为刘宋宗室。刘宋皇室人员纷纷写作吴声、西曲，说明其家族因长期居住江南，对南方乡土之音的素所爱好。吴声、西曲中的另一部分曲调，其制作者则属北方南迁家族。如《桃叶歌》的作者王献之、《长史变歌》的作者王廞，均属北方南下的王氏望族。又《团扇郎歌》歌咏晋中书令王珉与嫂婢情爱之事，其原始歌辞即为嫂婢谢芳姿所作。北方大族王氏，其文化教养、生活习尚固与南方土著不同，但南迁日久，长期沾染南方风俗，因而也喜爱并制作吴声歌曲。

吴声、西曲的作者，除一部分民间歌曲外，若从作者的身份与职业看，则其中有帝王，如宋孝武帝（作《丁督护歌》）、齐武帝（作《估客乐》）等；有宗室，如宋临川王刘义庆（作《乌夜啼》）、宋随王刘诞（作《襄阳乐》）等；有文士（兼文职官僚），如王献之（作《桃叶歌》）、孙绰（作《碧玉歌》）等；有武将，如沈充（作《前溪歌》）、臧质（作《石城乐》）等。这种现象说明吴声、西曲在六朝时代为上流社会各阶层人士所爱好。

发源于民间、歌辞比较粗野的吴声、西曲，为什么在六朝时代为统治阶级中各阶层人士所普遍爱好呢？在这方面，我认为有下列三项现象值得重视。

其一，是上流社会人士对通俗乐曲的爱好。发源于民间的通俗乐曲，用丝竹乐器伴奏，声音婉转动听，不似贵族郊庙乐曲那样虽庄严却板重枯燥。统治阶级人士为了满足其娱乐要求，总是喜爱通俗乐曲。这在先秦两汉时代已是如此。汉魏时代流行的通俗乐曲相和歌辞，经过数百年，至西晋时代已逐渐失去新鲜感，经过西晋荀勖等人的雅化工作，更丧失了过去那种强大的吸引力。因而到六朝时代，人们就把爱好转移到南方新兴的吴声、西曲方面。据《世说新语·言语》载："桓玄问羊孚：何以共重吴声？羊曰：以其妖而浮。"这段记载不但说明东晋后期吴声已经风靡于上流社会，而且具有妖冶、轻松、靡丽的特点，这正是通俗乐曲的强大吸引力所在。六朝清商曲常由女伎演唱，其歌辞多用女子口吻表述，其题材多写男女之情，有些曲调还是舞曲，且歌且舞。这些特点更是适应统治阶层声色之好的要求。据史载，梁武帝某次，“算择后宫吴声、西曲女妓各一部”，都年轻貌美，赏给大臣徐勉（见《南史》卷六〇《徐勉传》）。《石城乐》的作者臧质，史书说他“既富盛，恒有音乐”（《南史》卷五〇《刘显传》）；后来举兵失败，危难之际，对伎乐还恋恋不舍，“至寻阳，焚烧府舍，载伎妾西奔”（《宋书》卷七四《臧质传》）。可见当时统治阶层人士沉溺于清商曲的一斑。列入清商乐的吴声、西曲等，演唱时需要一批女伎，她们要有豪华美艳的服饰，又要有成套的高档乐器，这些都得花去大量费用。所以梁代贺琛向武帝奏事时曾说：“歌谣之具，必俟千金之资。”（《梁书》卷三八《贺琛传》）发源于民间的歌谣，发展成为贵族上层阶级的乐曲，就成为豪华的奢侈品。上面提到的吴声、西曲的一批制作者，帝王、宗室、兼文职官僚的文士、武将等，他们都拥有巨量财富，有条件把清商曲作为日常的娱乐消遣品。

六朝时代（特别是东晋），北方南下的世家大族，对文化程度较低的南方土著及其语言持轻视态度。据陈寅恪《东晋南朝之吴语》一文考证，认为“江左士族操北语，而庶人操吴语”；“东晋南朝官吏接士人则用北语，庶人则用吴语”。又指出东晋初年，名相王导为了笼络吴地人心，在接待客人时特意使用吴语[①]。北方士族对吴地歌谣原来也是鄙视的，所以东晋前期未见有南迁士族之人制作吴声者。据《晋书》卷八四《王恭传》记载，会稽王司马道子尝在其府第宴请朝士，尚书令谢石喝醉后唱“委巷之歌”（即吴歌），遭到王恭的严厉批评。这说明即使到东晋后期，仍有一些士族人员轻视吴歌。然而，这种正统的观念阻挡不了许多统治阶层人士喜爱通俗乐曲的趋势，在东晋中后期，吴声盛行于统治阶层，形成了桓玄向羊孚所说的“共重吴声”的局面。

其二，是南朝最高统治阶层出身寒微。赵翼《廿二史劄记》卷一二“江左世族无功臣”条说：“江左诸帝，乃皆出自素族。宋武本丹徒京口里人，少时伐荻新洲，又尝负刁逵社钱被执，其寒微可知也。齐高既称素族，则非高门可知也。梁武与齐高同族，亦非高门也。陈武初馆于义兴许氏，始仕为里司，再仕为油库吏，其寒微亦可知也。其他立功立事、为国宣力者，亦皆出于寒人。”赵氏同书卷八“南朝多以寒人掌机要”条，又论述了南朝不少掌机要大权的人大抵出身贫贱。由于这些当权者出身寒微，为世家大族所崇尚的礼法观念比较薄

① 陈氏此文收入其《金明馆丛稿二编》，上海古籍出版社1980年出版。

弱，所以更加容易喜爱通俗的吴声、西曲。上面提到，刘宋帝王、宗室中有不少人制作吴声、西曲，即是明显的例证。《南齐书》卷二三《王俭传》载：“上（齐高帝）曲宴群臣数人，各使效伎艺：褚渊弹琵琶，王僧虔弹琴，沈文季歌《子夜》，张敬儿舞，王敬则拍张。”褚渊等都是齐初的著名臣僚，沈文季为吴兴武康人，他以江南土著身份在皇帝及大臣前歌唱吴声《子夜歌》，说明吴歌不但为南朝高层统治人士所喜爱，并在他们的日常生活中已取得稳固地位。

在六朝时代，长江中下游及汉水流域一带商业发达，商估往来频繁。南朝高层统治者出身寒微，生活上与商估多接近，有的并直接参与过经商活动。齐武帝早年为布衣时，尝游樊、邓，熟悉该地区商估生涯，后登帝位，遂制西曲《估客乐》追忆往事。曾作《前溪歌》多首的宋少帝喜欢模仿商估活动，“于华林园为列肆，亲自酤卖”（《宋书》卷四《少帝纪》）。齐东昏侯喜爱清商曲，“在含德殿吹笙歌作《女儿子》（西曲调名）”；他又喜欢作商估活动，“于苑中立市，太官每日进酒肉食肴，使宫人屠酤。潘氏为市令。帝为市魁，执罚。争者就潘氏决判”（均见《南齐书》卷七《东昏侯纪》）。以上只是部分事例，其他的不再列举。我们明白了南朝高层统治者的出身与生活习尚，对于吴声、西曲中含有许多表现商估及其情侣的生活与情绪的作品，就比较容易理解其中的原委了。

其三，是老庄思想的流行。魏晋以至南朝，老庄思想流行。当时盛行的玄学，即以老庄思想为基础，杂以儒学。老庄崇尚自然，蔑视礼法。在其影响下，当时许多士人往往思想比较解放，行为放诞。他们认为亲情（如父子、兄弟之情）、男女之情都出于人的自然之性。玄学家虽然主张“以情从理”，“圣人之情，应物而无累于物”；但又承认“不能去自然之性”，“遇之不能无乐，丧之不能无哀”，“自然之不可革”[①]。在这种思想影响下，人们认为男女的情爱、爱好美色，都属于人的自然之性，可以容许。《世说新语·任诞》记载，阮籍“邻家妇有美色，当垆酤酒。阮与王安丰常从妇饮酒。阮醉，便眠其妇侧”。《世说新语·惑溺》又载，魏荀粲与其妻感情极笃，妇病亡，粲伤悼之甚，不久亦死。其妻貌美。粲曾曰：“妇人德不足称，当以色为主。”阮、荀两人均为崇尚老庄的名士，他们这种放诞的行为与言论，是对儒家礼教的蔑视与挑战。

---

① 见王弼《戏答荀融书》、《难何晏圣人无喜怒哀乐论》，收入严可均《全三国文》卷四四。参考杨明《魏晋文学批评对情感的重视和魏晋人的情感观》，载《复旦学报》1985年第1期。

我们看到，吴声、西曲中的大量表现男女之情的歌辞，有不少表现得相当热烈大胆，有的甚至是赤裸裸的，这在过去《诗经·国风》、汉乐府民歌与汉魏文人诗中都是没有出现过的。这种特点，出现在一部分民间谣曲作者、一部分出身寒微的统治阶层人士（如上文所陈述），因他们受礼法的拘束少，容易理解。但此时还有部分出身士族、文化修养很高的作者，也是如此。如著名文人、玄言诗大家孙绰的《碧玉歌》有云："碧玉破瓜时，相为情颠倒。感郎不羞郎，回身就郎抱。"书法名家王献之的《桃叶歌》有云："桃叶复桃叶，渡江不用楫。但渡无所苦，我自迎接汝。"感情强烈，《碧玉歌》尤见大胆。《玉台新咏》卷九选录它们，题目上均有"情人"两字，为《情人碧玉歌》、《情人桃叶歌》。碧玉、桃叶分别为晋汝南王司马义、王献之的爱妾，为妾作乐府歌辞，题目上冠以"情人"两字，足见士族文人对男女之情的充分重视与无所顾忌。

三、价值、影响、历史地位

六朝清商曲（特别是吴声、西曲）的内容，绝大部分都是表现男女的情爱。吴声、西曲中的大量歌辞，生动地表现了少男少女彼此间真诚的爱慕，会面时天真愉快的神情和活动，别离后沉重而又痛苦的相思情绪。它们表现得真挚而又深刻，字里行间洋溢着生命的热情和力量，反映了广大人群在爱情生活方面的积极行动和美好愿望。在那个时代，在封建礼教强大的统治威力下，男女的正当爱情经常得不到满足，反而受到许多无理的折磨和迫害；热烈而又大胆地歌唱了男女爱情的这类诗歌，就具有很大的进步意义。它们更多地用女子的口吻来表述，倾吐了女子在爱情方面的痛苦（相思、被遗弃等），这更反映了在男女不平等的封建社会中妇女的苦难，这也富有社会意义。当然，它们在描写中也夹杂着若干庸俗不健康的成分，但毕竟是少量和次要的。

在形式方面，吴声、西曲的许多歌辞，大抵语言质朴真率，笔调活泼机灵，有效地表现了年轻男女的爱情，以大量的五言四句歌辞创造了新型的抒情诗、爱情诗。它们明显地表现出民间文学（包括一部分摹仿民歌的文人诗作）所特有的刚健、清新的气息。《大子夜歌》在赞美《子夜歌》时有云："慷慨吐清音，明转出天然。"这两句话实际可以概括大多数吴声、西曲歌辞的艺术特色。至于《江南弄》所创造的有规则的长短句，以其婉转柔媚的风格，又创造了一种新的艺术样式。

吴声、西曲歌辞在六朝时期树立了一个新民歌型的诗歌范式，对当时文人诗和后代诗歌都产生深远影响。齐梁时代，文人的五言抒情小诗开始流行，如谢朓的《玉阶怨》、《王孙游》，沈约的《为邻人有怀不至》等，风格均较明朗清新，接近民歌。《玉台新咏》卷一〇专收五言四句小诗，在选了近代西曲歌五首、近代吴歌九首、近代杂歌三首等之后，选了王融、谢朓、沈约等人的作品，显示出民歌与文人诗间的传承关系。事实上文人作品接受影响的不止是五言小诗。梁陈时代诗歌语言普遍趋向明朗平易，与南朝前期颜（延之）谢（灵运）诗风迥不相同，正是浸润到民歌风格的结果。梁元帝《金楼子·立言》在论诗赋等韵文时曰："吟咏风谣、流连哀思者谓之文。"则从理论上反映了以吴声、西曲为主的民谣对当时韵文的广泛影响。唐诗也深受吴声、西曲的滋养。唐人绝句，大多数写得明朗自然，体现出接近民歌的风格。元代杨士宏说："五言绝句，唐初变六朝《子夜》体（指以《子夜歌》为代表的吴歌体）也。"（赵翼《陔馀丛考》卷二三引）实际上不止五言绝句，不少七言绝句和少数古体诗也受其滋润。如李白的《横江词》六首（七绝）、《杨叛儿》（古体诗）等即是明证。唐代绝句是唐诗的一个重要方面，它们受益于吴声、西曲良多。唐代中期诗风大变，趋向明朗刚健，在文学渊源上深受汉魏六朝乐府诗和汉魏古诗两方面的影响，其中六朝清商曲也是一个重要成分。

唐五代新兴的词（长短句）也蒙受六朝清商曲的影响。前人论述词的起源时，于此往往有所涉及。五代西蜀欧阳炯的《花间集序》已指出二者的传承关系。有曰：“‘杨柳’、‘大堤’之句，乐府相传；‘芙蓉’、‘曲渚’之篇，豪家自制。”按西曲歌中有《月节折杨柳歌》十三首、西曲中有梁简文帝《雍州曲》三首，分别以《南湖》、《北渚》、《大堤》命篇，唐人又引申为《大堤曲》。在《江南弄》影响下产生的《采莲曲》，梁简文帝有句云：“棹动芙蓉落。”梁元帝有句云：“愿袭芙蓉裳。”欧阳序文中“杨柳”、“大堤”等语大致本此。欧阳炯认为花间词承袭着南朝清商曲的传统。王国维《戏曲考源》也说：“诗馀之兴，齐梁小乐府先之。”[①]小乐府即指清商曲辞。至于有固定长短句格式的《江南弄》，则体式与词更接近。梁启超在其《中国之美文及其历史》一书末章《词之起源》中，论述南北朝乐府与词的关系，特别引录梁武帝、简文帝的《江南弄》歌辞作证，是颇有道理的。六朝清商曲歌辞由女伎演唱，多用于娱乐场合，

① 参考萧涤非《论词之起源》，收入其所著《乐府诗词论薮》，齐鲁书社1985年出版。

内容多述男女情爱，情调缠绵，又有像《江南弄》那样固定的长短句。从内容、形式、情调、演唱者及功能等诸方面看，唐五代词的确和清商曲颇多类似，虽然音乐系统已有不同。再则，五代词繁荣于以成都为首府的西蜀和以金陵为首府的南唐两个地区，同在长江流域。五代词与六朝清商曲关系密切，说明时代虽已有变迁，但在同一个大区域内，由于地理环境、人情风俗的相同或接近，其文艺创作也容易发生传承关系。

如上所述，六朝清商曲辞是在南方民间歌谣（吴歌）的基础上发展起来的，它们产生、创作于长江中下游地区，在许多方面呈现出南方文学独具的特色。其间虽也有北方南下的士族人士参加制作，但毕竟仍以南方歌谣为基调，保持着南方文学的特色。至于其外不属乐府体的大量六朝文人诗，则大体上受民歌影响很小，其主要样式为五言古体，也承袭汉魏以来的古诗传统，又其作者颇多出身于北方南下的士族，受中原文化传统影响较深。因此这部分诗歌虽然大抵创作于长江流域，但与清商曲辞风格颇不相同。

在中国诗歌史上，产生于长江流域、富有南方文学特色的作品是引人瞩目的文化遗产，具有重要的历史地位。它的第一个高潮是产生于先秦战国时代的楚辞。以屈原为代表的楚辞，以其深厚的爱国感情、句式长短错落的楚辞体，打开了诗史新的一页，与《诗三百篇》同受后人尊崇，成为百代诗歌之祖。第二个高潮就是六朝的清商曲，它大胆歌唱了热烈真挚的爱情，创造了许多明朗自然的抒情小诗，并有少量句式固定的杂言体。在内容题材、形式体制、语言风格诸方面比过去均有开拓与创新，并对后代文学产生深远的影响。所以说，六朝清商曲辞在中国诗歌发展过程中是具有重要价值与历史地位的。

2002年作

论吴声与西曲

一、引言

吴声与西曲的歌辞，是六朝乐府诗中最精彩的一部分。所谓乐府诗，系指被乐府官署配合着音乐而演唱的歌诗。中国古代的音乐，依其性质，一般地可分为两大系统：雅乐与俗乐。雅乐是纯粹贵族的东西，性质严肃庄重，被使用于仪式隆重的场合，如郊祀、大射之类。俗乐则原本是民间的艺术，性质轻松活泼；它被贵族统治阶级所采取，作为娱心意悦耳目的消遣品。配合着两种不同的音乐，就有两种不同的乐府歌诗。配合雅乐的歌诗，都属文人学士的作品，其内容则歌功颂德，陈陈相因，文字枯燥板滞，缺少生气，是缺乏文学价值的东西。配合俗乐的歌诗，则往往为采自民间的风谣，内容真挚动人，文字新鲜活泼，是我国诗歌中辉煌的果实。俗乐的歌诗中，后来出现了不少贵族们的拟作，这些作品也往往能保存民歌的一部分优点。汉魏六朝时代，主要的俗乐名叫清商乐，简称清乐。吴声与西曲，便是六朝清乐的主要部分。它们的歌辞，也是六朝流入了贵族社会中的民歌的大本营。

自从汉武帝（刘彻）设立乐府，专门采集各地风谣，这种采集民歌的制度，一直被中古的帝王所保持。吴声、西曲歌词，原是六朝时代产生于吴楚地区的民歌，被当时的乐官采录，方始成为乐曲。《晋书》卷二四《职官志》说："光禄勋属官有清商令。"《隋书》卷二六《百官志》说："梁太乐又有清商署丞。""陈承梁，皆承其制官。"晋代的清商令和梁陈的清商丞，都是专门负责采集民歌予以谱曲演唱的乐官。这些被搜采的歌谣，即是清商曲，主要部分就是吴声歌曲和西曲。宋齐二代，正史并无清商专署的记载，据《宋书》卷三九《百官志》："太常官属有太乐令一人，丞一人，掌凡诸乐事。"《南齐书》卷二八《崔祖思传》："太乐雅郑，元徽（宋废帝年号）时校试，千有馀人。"宋代的太乐官既"掌凡诸乐事"，兼辖"雅郑"，自然无须有清商专署。齐代也是同样情形，《通典》卷一四五《乐典》："《估客乐》，齐武帝（萧赜）之所制也。……使太乐令刘瑶教习。"《估客乐》是西曲之一，就是很好的例证。到了隋唐时代，随着清商乐的渐趋衰亡，中央政府的清商乐官也被宣告裁撤[①]。

吴声与西曲中间的民歌，就这样通过了政府的清商乐府官署，配合着贵族制作的乐曲，被采撷为上层社会的娱乐品。这种歌词，有时已经不是纯粹的民歌，而经过了乐工、贵族们的修饰和改造。贵族们自己更拟作了不少歌词，这种拟作（特别是初期的），其风格、语言、体制，往往能保持民歌的若干特色。由于史料的不够，要在吴声、西曲歌词中，一一判定哪是民歌的原来面目，哪是经过加工的东西，哪是贵族的拟作，已属不可能了。

一般地说，吴声、西曲是整个六朝时代的作品，仔细讲来，两者产生的时代略有先后。根据史籍的记载，吴地的民歌，早在孙吴时代已经开始流行；东晋时代，它们逐渐大量地被贵族阶级演成乐曲。吴声中主要的曲调如《前溪歌》、《子夜歌》、《华山畿》、《读曲歌》等等，大抵产生于东晋、刘宋两代[②]。西曲各曲调的产生时代，则比较地晚。其中年代可考的作品，最早的如臧质的《石城乐》、刘义庆的《乌夜啼》、刘铄的《寿阳乐》，都是刘宋初年的作品。西曲的大

---

① 《隋书·百官志》说隋“炀帝罢清商署”，《唐六典》卷一四、《新唐书》卷四八却说唐代始将清商署并入鼓吹署，两说未知孰是。

② 《乐府诗集》把《子夜歌》等称为“晋宋齐辞”，系指其歌词的产生时代而言，至其曲调的产生，则都在晋宋。

部分曲调产生于刘宋、萧齐两代[①]。梁陈时代，吴声、西曲转入停滞阶段，其间虽然仍有新兴的曲调，如萧衍（梁武帝）的《襄阳蹋铜蹄》、陈叔宝（陈后主）的《春江花月夜》等，但已经纯然是贵族化的东西，完全失去民歌的特色了。

吴声、西曲的名称，各自标志它们产生的地域：产生于吴地的叫吴声歌曲，产生于长江流域西部地区的叫西曲，这是相当概括的界说。郭茂倩《乐府诗集》卷四四说："自永嘉渡江之后，下及梁陈，咸都建业，吴声歌曲，起于此也。"建业即现在的南京。我们考察吴声歌曲中的地名，如《上声歌》"闻鼓白门里"、《读曲歌》"白门前乌帽白帽来"的白门，《欢闻歌》"帆上牛渚矶"、《懊侬歌》"暂薄牛渚矶"的牛渚矶，《丁督护歌》"相送落星墟"、"相送直渎浦"的落星墟、直渎浦，《团扇郎》"窈窕决横塘"的横塘，以及《桃叶歌》的产生地点桃叶渡，《华山畿》的产生地点云阳（现在的丹阳）、华山等等地名，均在建业及其附近，可以相信郭氏的话大致不错[②]。西曲歌的产生地域，根据记

① 吴声、西曲一部分曲调的产生时代，《乐府诗集》记载得相当清楚。西曲的一部分曲调，如《三洲歌》、《采桑度》、《江陵乐》、《共戏乐》、《安东平》、《那呵滩》、《孟珠》、《翳乐》等，据《乐府诗集》引《古今乐录》："旧舞十六人，梁八人。"可间接推定它们至迟应为萧齐的产品。

② 也有产生于离建业较远的地区的曲调，如沈充的《前溪歌》，作于浙江武康，那是例外。

载，我们知道：《西乌夜飞》、《江陵乐》出于江陵，《襄阳乐》、《襄阳蹋铜蹄》出于襄阳，《估客乐》出于樊邓，《石城乐》、《莫愁乐》出于竟陵，《三洲歌》出于巴陵，《寿阳乐》、《寻阳乐》出于寿阳、寻阳等，大致不出长江中流和汉水两岸。郭茂倩说它们“出于荆郢樊邓之间”（《乐府诗集》卷四七）[①]，大体上也相当准确。

本文内容，在纵的方面，预备顺次叙述吴声、西曲的起源、发展、衰亡、影响；在横的方面，则着重说明吴声、西曲的题材、作者、社会背景、艺术特点等等。通过前者，我们可以明白，吴声、西曲怎样由民间的徒歌，发展为贵族阶级的乐曲，经过极度的繁荣而逐渐消亡下去；通过后者，我们可以明白，吴声、西曲产生在怎样的社会中间，它们反映了那时代怎样的社会现实，在艺术技巧上表现了怎样的特点。

二、具有批判性的南方新兴歌谣

早在三国孙吴时代，江南地区已经流行着一种活泼而新颖的歌谣，它们的形式常常为五言四句，虽然是简短的篇章，却

① 荆，今湖北江陵县；郢，今湖北钟祥县；樊，今湖北襄樊市一带；邓，今河南邓县。

往往能唱出广大人民的真正的心声。《宋书》卷三一《五行志》为我们记录了这类歌词的最早标本：

> 《孙皓初童谣》云："宁饮建业水，不食武昌鱼；宁还建业死，不止武昌居！"皓寻迁都武昌，民泝流供给，咸怨毒焉。

这首童谣当产生于孙皓准备迁都武昌之际，五行家故神其事，说它是一种预言。从这里，我们看到人民对暴君的恣肆个人意愿不顾百姓劳役的专制行为，发出了如何顽强坚决的痛恨与抵抗！

在封建社会中间，受着残酷经济剥削的人民，被剥夺了学习文化的权利，他们无法用文字来宣达自身的生活、思想和情感。只有歌谣，这口头文学的主要形式之一，能被人民利用为表现自己的情思的工具，利用为讥刺、反抗统治阶级的武器。在六朝，最好的工具或武器便是这种新兴的歌谣。在孙吴以后各代，我们还能看到这类充满战斗性的民歌，虽然由于统治阶级的粉饰历史的作用，它们的数量已经非常稀少。

《宋书》卷三一《五行志》说："晋海西公（司马奕）生皇子，百姓歌云：'凤凰生一雏，天下莫不喜，本言是马（影射司马氏）驹，今定成龙子！'其歌甚美，其旨甚微。海西公不男，使左右向龙与内侍接，生子，以为己子。”童谣表面仿佛一则禽兽故事，实际却在揶揄海西公的不能生育；在这里，作者机智地发挥了高度的讽刺才能，暴露出统治阶级腐败生活的一面。

对于临居上层的政府官吏，老百姓也具有是非分明的爱憎。《晋书》卷九〇《邓攸传》说：“攸在吴郡，刑政清明，百姓欢悦，为中兴良守。后称疾去职；郡常有送迎钱数百万，攸去郡，不受一钱。百姓数千人留牵攸船，不得进；攸乃小停，夜中发去。吴人歌之曰：‘纨如打五鼓，鸡鸣天欲曙，邓侯挽不留，谢令推不去！’百姓诣台乞留一岁，不听。”在专以剥削民脂民膏为事的官僚群中，人民发现了这样廉洁的长吏，当然舍不得让他走了。《南史》卷四〇《宗越传》说：“越性严酷，好行刑诛，时王玄谟御下亦少恩，将士为之语曰：‘宁作五年徒，不逐王玄谟；玄谟犹尚可，宗越更杀我。’”其对暴虐统治者疾首痛心的情况，正仿佛孙皓初年的童谣。刘宋大将檀道济以无罪被诛，时人歌曰：“可怜白浮鸠，枉杀檀江州！”（《南史》一五《檀道济传》）在这简短的诗句里，人民沉痛地追悼着保卫祖国的民族英雄，同时指斥了昏庸政府不辨黑白的措施。

六朝贵族阶级采录了江南的新兴民歌，制成美妙的吴声与西曲，作为一种娱乐消遣的工具。他们当然不会中意于上面这类讽刺本阶级的充满战斗气味的歌词，因此，在吴声、西曲中间，我们只能看到那些哀感顽艳的情歌，那些能够帮助他们享乐而不会损伤他们尊严的情歌。只有一部分较有远见的历史学家，本着“鉴古知今”的理论，方始肯记录了一些人民真正的感情和意见，提供统治阶级作为施政参考。

三、从民间走入上层社会

由于吴声歌曲的产生时代较西曲为早，因此，在由民间走入上层社会的路程中，它担当了先锋的任务。本节所述的史实，也以吴声为主要对象。

《宋书》卷一九《乐志》总述《子夜》、《读曲》等吴声歌曲道：“吴歌杂曲，并出江东，晋宋以来，稍有增广。……始皆徒歌，既而被之弦管。”一般说来，吴歌的从徒歌到入乐，走的正是一条由民间上升到贵族社会的路子。

《世说新语·排调篇》记载孙吴灭亡之后，“晋武帝（司马炎）问孙皓：‘闻南人好作《尔汝歌》，颇能为不？’皓正饮酒，因举觞劝帝而言曰：‘昔与汝为邻，今与汝为臣，上汝一杯酒，令汝万寿春。’帝悔之”。这段记载说明：流行于吴地的《尔汝歌》，不但为该地的统治者所爱好，同时更赢得了中原贵族的注意。西晋的大音乐家石崇，仿照民歌制了一首《懊依歌》“丝布涩难缝”篇，赠给他的爱妾绿珠演唱[①]。《懊侬歌》是产生于吴地的情歌，在东晋中叶以后，它更大大地流行起来。东晋初年，吴兴人车骑将军沈充，根据新颖的吴歌体裁，创制了美妙动人的《前溪》舞曲[②]，在这方面起了很大的倡导作用。从孙吴到东晋初年，吴歌逐渐被贵族仿制为乐曲，这是它们从民间走入上层社会的第一个阶段。

东晋中叶以后，著名的民间情歌《子夜歌》和《懊侬歌》，开始在社会上盛行起来。相传同宫廷事迹有关的《阿子歌》、《欢闻歌》也出现了。中央政府的最高统治者，在这方面更起着倡导作用，如司马昌明（晋孝武帝）、司马道子（昌明之弟）。在这种风气之下，贵族文士孙绰、王献之、王珉等，陆续创作了《碧玉歌》、《桃叶歌》、《团扇歌》等名篇，用来歌颂本阶级的风流生活。上面的一系列作品，使得吴声歌曲在东晋中叶以后的贵族社会，获得了稳固强大的地位。《世说新语·言语篇》载：“桓玄问羊孚：何以共重吴声？羊曰：以其妖而浮。”可见吴声在这时是如何获得整个社

① 《初学记》卷一五、《太平御览》卷五七三引《古今乐录》：“《懊侬歌》，晋石崇为绿珠作。”《乐府诗集》引《古今乐录》于石崇下面漏掉一“为”字，后人遂误以为绿珠的作品。

② 参考拙作《吴声西曲杂考》中《前溪歌考》一节。

会的喜爱。这是吴声发展的第二个阶段。

到了刘宋时代，吴声的势力更由强大而进到定于一尊的局面。这时候，最高统治者的帝王，明目张胆地提倡吴声、西曲，刘义真（宋少帝）仿作若干首《前溪歌》[①]，刘骏（孝武帝）创作了《丁督护歌》。刘骏的影响尤为巨大，《宋书》卷一九《乐志》称“孝武大明中，以鞞、拂杂舞，合之钟石，施于殿廷”。我们可以推测到《宋书·乐志》所叙录过的《子夜》、《凤将雏》、《前溪》、《读曲》等吴声，以及西曲的《寿阳乐》、《襄阳乐》，在这时候应当都被搬入宫廷，与原本出自民间的鞞、拂杂舞等同时成为最好的娱乐品。《南齐书》卷四六《萧惠基传》说：“自宋大明（孝武年号）以来，声伎所尚，多郑卫淫俗；雅乐正声，鲜有好者。惠基解音律，尤好魏三祖曲及相和歌，每奏辄赏悦，不能已也。”萧惠基所赏悦的是盛行于汉魏时代的三调相和歌辞，它们原也是出于民间的俗乐，但经过晋代荀勖等人的雅化工作，已经逐渐丧失新鲜活泼的气息而趋向僵化，不再能对贵族阶级起刺激作用，因此不得不让位于方兴未艾的吴声、西曲。自此以后，吴声、西曲在贵族俗乐的园地中形成独霸的地位，它们在这第三个阶段中完成了上升的过程。

在中国文学史中，民间文艺在走入贵族社会的道路中间，

---

① 参考拙作《吴声西曲杂考》中《前溪歌考》一节。

由于它那代表了广大人民的粗犷气息，由于它或多或少地蔑视和反抗了被贵族阶级视为神圣的封建秩序，开始时候总要遭遇到上层社会中正统人士的剧烈摈斥和嫉视，吴声、西曲在这方面也不能例外。《晋书》卷八四《王恭传》说：

> 会稽王道子尝集朝士，置酒于东府，尚书令谢石因醉为委巷之歌。恭正色曰："居端右之重，集藩王之第，而肆淫声，欲令群下何所取则？"石深衔之。

这里"委巷之歌"，实即吴歌。《北堂书钞》卷五九引《晋中兴书·太原王录》也记载此事，"委巷之歌"作"吴歌"。《南史》卷三四《颜延年传》称："延之每薄汤惠休诗，谓人曰：惠休制作，委巷中歌谣耳，方当误后生。"颜延之嫉视汤惠休及鲍照，主要即为了两人喜欢仿效吴歌制作新体诗的缘故[①]。刘宋末叶，"王僧虔解音律，以朝廷礼乐，多违正典，人间竞造新声，时齐高帝辅政，僧虔上表请正声乐；高帝乃使侍中萧惠基调正清商音律"（《南史》卷二二《王僧虔

---

① 鲍照《吴歌》三首，《采菱歌》七首，《幽兰》五首，《中兴歌》十首；惠休《江南思》一首，《杨花曲》三首：均为五言四句之吴歌体诗作。又鲍、汤两人所作之七言《白纻歌》，在当时亦为新兴的委巷之歌。

传》)。历史证明这种反抗新声复兴古乐的努力，并不能转变整个社会的风尚。《汉书·礼乐志》曾经记载刘欣(汉哀帝)不喜郑声，即位后罢乐府官，然而“豪富吏民，湛沔自若”。刘欣所厌恶的郑声，就是汉代的俗乐，其主要部分即为相和歌，在六朝时候它却成为被正统派爱悦的古乐了。很显然，音乐文学史上新陈代谢的趋势——民间富有生气的俗乐替代贵族陈旧音乐的趋势，是不能用消极的人为力量来阻遏的。

四、冲破了礼教的樊笼

数百首的吴声、西曲，几乎全部是哀感缠绵的情歌，这一方面由于一种普遍的现象：“很多地方搜集到的民歌，都是情歌占绝大多数。”(何其芳《论民歌》)一方面则如上文所述，由于统治阶级的选择作用。这些情歌，虽然缺乏批判性的内容，却能以活泼机灵的笔调，来表现人民生活的另一方面——那种火辣辣的毫不遮掩的爱情，洋溢着生命的热情和力量。诚然，在这些情歌中，往往有色情的露骨的描写，在内容情调上都透露出不健康的气息；但它们在爱情得不到正当满足的封建社会里，往往表现了对于封建秩序、封建道德的猛烈的抗议和背叛。

我们设想我国中古时期的各个朝代，应当都不缺少大胆歌颂爱情的歌谣，然而传下来的只有吴声与西曲。这我们不能不向整个六朝时代贵族社会的风气找寻解释。一个稍稍读过中国历史的人，都知道那时代的贵族生活达到了荒淫放纵的高度。浪漫热情的吴声、西曲，恰巧能够满足他们找寻刺激的要求。必须承认，作为封建秩序支柱的儒家礼教束缚力量的衰弱，是村野的吴歌能够走入上层社会而且流传下来的主要原因。

吴声、西曲中著名的情歌有《子夜》、《读曲》、《华山畿》、《阿子》、《欢闻》、《懊侬》、《杨叛》等曲调。

《子夜歌》相传为名叫子夜的晋代女子所创始，它是女子失恋后的悲歌，民间流行着“鬼歌子夜”的传说。《华山畿》起源于一出民间恋爱悲剧：一个少年在华山畿邂逅一位少女，“悦之无因，感心疾而死”，葬时，车从华山经过，那位少女知道此事，出来唱了一首悲歌：“华山畿，君既为侬死，独活为谁施？欢若见怜时，棺木为侬开！”棺盖忽然应声打开，她跳进去殉情而死了（见《古今乐录》）。这类神秘的故事说明了一种事实：在封建社会中男女恋爱不能自由，少男少女往往企图从死亡中实现理想，他们虽然是消极的行为，显然对于封建秩序起着一定的反抗作用。

吴声、西曲中一部分情歌，相传起源于对政治的预言。例如《阿子歌》、《欢闻歌》预言着褚太后哭穆帝的事情，《懊侬歌》预言了桓玄的失败，《杨叛儿》预言了杨旻与何妃的暧昧关系。这些说法恐怕是后人的附会，它们原是寻常的情歌："阿子汝闻不？""杨婆儿共戏来！"都是情人呼唤对方的口吻；"草生可揽结，女儿可揽抱"（《懊侬歌》），则是艳阳天气下的相思歌曲。这些歌词的产生，当早在政治事件发生之前，后来相信谣谶的人们，根据两者声音或意义的近似，把它们牵合上去。通过这种比附，民间的谣曲就更能顺利地在上层社会中流行起来。

《采桑度》、《青阳度》、《作蚕丝》等一类借蚕桑吟咏爱情的歌曲，在题材方面，受到汉代相和歌《陌上桑》（一名《采桑》）的影响；同时它们所反映着的江南蚕桑环境，也不应忽视。

底下，让我们来管窥一下这些情歌的内容及其艺术技巧。在《国风》之后，我们第一次在吴声、西曲中间，看到了许多大胆地热烈地抒写男女情爱的作品；它们是以多么新鲜活泼的文字，表达了江南小儿女们在爱情中间的欢愉和哀怨啊！

《子夜歌》："朝思出前门，暮思还后渚，语笑向谁道，腹中阴忆汝。"又："揽枕北窗卧，郎来就侬嬉，小喜多唐突，相怜能几时？"

《欢好曲》："淑女总角时，唤作小姑子，容艳初春花，人见谁不爱！"

《懊侬歌》："我与欢相怜，约誓底言者？常叹负情人，郎今果成作！"

《华山畿》："腹中如汤灌，肝肠寸寸断，教侬底聊赖？"又："奈何许，天下人何限，慊慊只为汝！"

《读曲歌》："芳萱初生时，知是无忧草，双眉画未成，那能就郎抱？""怜欢敢唤名，念欢不呼字，连唤欢复欢，两誓不相弃！"

许多精美的情歌，使用了巧妙的比喻、奇特的想象来诉说热烈迫切的感情，在表现的艺术上是异常之出色而成功的。

《欢闻变歌》："张罾不得鱼，鱼不橹罾归，君非鸬鹚鸟，底为守空池？"

《华山畿》："开门枕水渚，三刀治一鱼，历乱伤杀汝。"又："啼著曙，泪落枕将浮，身沉被流去！"又："相送劳劳渚，长江不应满，是侬泪成许。"

《读曲歌》："闻欢得新侬，四支懊如垂鸟，散放行路井中，百翅不能飞！"又："打杀长鸣鸡，弹去乌臼鸟，愿得连冥不复曙，一年都一晓！”

《杨叛儿》：“暂出白门前，杨柳可藏乌，欢作沉水香，侬作博山垆。”

《西乌夜飞》：“日从东方出，团团鸡子黄，夫妇恩情重，怜欢故在傍。”

比喻中的一种特别格式——谐音双关语，在吴声、西曲中，数量和技巧都达到了空前的高度，我们将在下文予以详细论述。

鲁迅在论述《子夜歌》等民间文学时说：“大众并无旧文学的修养，比起士大夫文学的细致来，或者会显得所谓低落的，但也未染旧文学的痼疾，所以它又刚健、清新。”（《门外文谈》）假如拿梁陈时代的宫体诗来与吴声、西曲作一比较，我们便可清楚认识到《子夜》等民间歌谣所特具的“刚健、清新”的优点。

无可否认，吴声、西曲的一部分歌词，在内容情调上都表现出不健康的成分。这些歌词有一部分是贵族阶级的拟作，一部分则当是城市小市民阶级的作品。这些歌词在情爱的描写上，往往流入庸俗的低级趣味。如：

《读曲歌》：“合冥过藩来，向晓开门去，欢取身上好，不为侬作虑。”又：“念日行不遇，道逢播掿郎，香灭衣服坏，白肉亦黯疮。”

它们所写的大约是娼妓的生活。这种低级趣味的娼妓歌在吴声、西曲中间获得了一定的地盘。

贵族阶级虽然非常爱悦着民歌的庸俗部分，但由于社会地位及身份的关系，在这方面的描写，往往采取比较含蓄的手法。下面这些歌词较为渊雅的篇章，当是他们的作品。

《子夜歌》：“揽裙未结带，约眉出前窗，罗裳易飘扬，小开骂春风。”

《子夜秋歌》：“开窗秋月光，灭烛解罗裳，含笑帷幌里，举体兰蕙香。”

这种享乐的颓废的肉欲描写，后来逐渐流入贵族阶级的五言诗范围，就促进了“绮艳相高，极于轻薄”的宫体诗的产生。

五、商业城市生活的反映

吴声歌曲产生于吴地，以当时的京都建业为中心地区；西曲产生于荆、郢、樊、邓一带，以长江中流及汉水流域的城市为中心地区。中古时代商业都市的风貌，在吴声、西曲中获得了部分的反映。

产生吴声、西曲的中心地区，在那个时候属于扬州和荆州。“荆、扬二州，户口半天下，江左以来，扬州根本，委荆以阃外”（《宋书》卷六六《何尚之传》），它们是南朝经济和政治的中心区域。二州的州治，成为全国货物的集散地：“荆城（江陵）跨南楚之富，扬部（建业）有全吴之沃[①]。鱼盐杞梓之利，充仞八方，丝绵布帛之饶，覆衣天下。”（《宋书》卷五四《孔季恭传论》）在建业城内，“淮水（秦淮）北有大市，其馀小市十馀所”。南朝的统治阶级，聚集在那些大城市里面。他们的奢侈消费行为，主导地造成了这些城市在商业上的繁荣现象。

在吴声、西曲中间，我们看到不少诗篇对商业城市的繁华生活寄予无限的向往：

《翳乐》：“人言扬州乐，扬州信自乐。总角诸少年，

① 六朝时扬州的州会即在京城建业。《太平寰宇记》卷一二三：“扬州，元帝渡江历江左，扬州常理建业。”故那时人们也呼建业为“扬州”。在吴声、西曲中也是如此。参考拙作《吴声、西曲中的扬州》一文。

歌舞自相逐。”

《襄阳乐》：“人言襄阳乐，乐作非侬处。乘星冒风流，还侬扬州去。”

城市中的居民，由于经济生活一般地较为富裕，在歌谣中也显现出优游愉乐的情调。《江陵乐》中，写出了青年男女的动人的游戏：

不复蹋踶人，踶地地欲穿，盆隘欢绳断，蹋坏绛罗裙。

《石城乐》和《襄阳乐》，原本是这两个城市的行乐歌谣。《石城乐曲》系宋臧质所作，它原先是该地的民歌。“石城在竟陵，质尝为竟陵郡，于城上眺瞩，见群少年歌谣遒畅，因作此曲。”（《通典·乐典》）《襄阳乐》本是襄阳城内流行的歌谣，“元嘉（宋文帝年号）二十六年，随王诞为雍州刺史，夜闻诸女歌谣，因而作之”（《古今乐录》）。二者都通过了贵族的加工过程，由徒歌演为乐曲。《南齐书》卷五三《良政传序》说：“永明（武帝年号）之世，十许年中，百姓无鸡鸣犬吠之警。都邑之盛，士女富逸；歌声舞节，袨服华妆，桃花绿水之间，秋月春风之下，盖以百数。”（节录）

这段话说明了城市行乐歌谣发达的经济基础。

在吴声、西曲（特别是西曲）中间，描写商旅生涯的歌谣，占了很大的分量。如上所述，建业（扬州）和江陵，是荆、扬两州的最大商埠，因此一般估客，就沿着长江，往还于江陵、扬州间，经营他们的生意。

《懊侬歌》："江陵去扬州，三千三百里，已行一千三，所有二千在。"

《襄阳乐》："江陵三千三，西塞陌中央，但问相随否，何计道里长！"

在江陵到扬州中途，巴陵是一个重要商埠，它是《三洲歌》的产生地。《古今乐录》说："《三州歌》者，商客数游巴陵三江口往还，因共作此歌。"《三洲歌》是西曲中非常美妙动听的乐曲。汉水流域为西方富庶之区，襄阳一带，尤为繁华，《襄阳乐》为我们带来了不少商旅之歌。襄阳北部的樊城、邓城二县，为汉水上流商估聚集之地。"齐武帝（萧赜）布衣时尝游樊邓，登祚以后，追忆往事，而作《估客乐》。"（《古今乐录》）《估客乐》的制作，显然出于商旅歌谣的加工与仿拟。由于最高统治者的倡导，描绘商旅生涯的歌词，在西曲中获得了广大的地盘。

吴声的《欢闻变歌》、《懊侬歌》，西曲的《石城乐》、《莫愁乐》、《乌夜啼》、《襄阳乐》、《那呵滩》等等曲调中间，都有很好的商人歌，以真挚天真的内容，质朴生动的文字，描绘出商旅的生活和情感，摄住了读者的心灵。

《欢闻变歌》："刻木作斑鵻，有翅不能飞。摇著帆樯上，望见千里矶。"又："驶风何曜曜，帆上牛渚矶。帆作伞子张，船如侣马驰。"

《懊侬歌》："长樯铁鹿子，布帆阿那起。诧侬安在间，一去三千里。"又："暂薄牛渚矶，欢不下廷板。水深沾侬衣，白黑何在浣。"

《石城乐》："布帆百馀幅，环环在江津。执手双泪落，何时见欢还？"

《莫愁乐》："闻欢下扬州，相送楚山头。探手抱腰看，江水断不流！"

《那呵滩》："闻欢下扬州，相送江津湾。愿得篙橹折，交郎到头还！"（赠）又："篙折当更觅，橹折当更安。各自是官人，那得到头还！"（答）

贵族阶级的嗜好和选择作用，规定了整个吴声、西曲歌辞内容的单纯性——束缚在情爱的小圈子里。商人歌是整个情歌中的一部分，关于商估生活、情感的描绘，也仅仅通过了情爱的内容被表达了出来。

在封建社会的残酷的剥削制度之下，广大城乡地区经常产生着贫穷得无立锥之地的人民，找寻着任何可以糊口的职业。适应着城市有闲阶级以及居无定所的商估的需要，稍有色艺的贫女，往往走向娼妓的道路。

西曲的《青骢白马曲》道："问君可怜六萌车，迎取窈窕西曲娘。"这里的西曲娘是一个靠歌喉生活的娼妓。《丹阳孟珠歌》里的孟珠，是京师附近的一位收入很好的娼妓：

> 《丹阳孟珠歌》："人言孟珠富，信实金满堂。龙头衔九花，玉钗明月珰。"

孟珠在那时候应当是一位名娼，其歌词（另外一首）与著名的《钱塘苏小小歌》，一齐被徐陵编入《玉台新咏》。

《襄阳乐》中写出了它南部大堤县的烟花女儿，是多么逗引商旅的留恋："朝发襄阳城，暮至大堤宿。大堤诸女儿，花艳惊郎目。"大堤女儿后来在唐代诗人的作品里往往成为吟咏的对象。

《寻阳乐》和《夜度娘》较明显地描绘了娼女的接客生涯及其痛苦：

> 《寻阳乐》："鸡亭故侬去，九里新侬还，送一却迎两，无有暂时闲。"
>
> 《夜度娘》："夜来冒霜雪，晨去履风波，虽得叙微情，奈侬身苦何！"

这是描绘卖淫生活的最明显的例子，此外还有一部分肉感较强的情歌，其中不少当是反映着娼妓的生涯的。

六、形式和语言

吴声、西曲的每首歌词，其句式大抵为五言四句，也就是五言绝句，虽然人们并不唤它作绝句。现存吴声歌曲约三百三十首，其中约二百七十首为五言绝句体。仅有六十首左右的歌词，较多三言、七言等参差句法，而每首的句数也不限于四句；这种例外形式大都产生于《华山畿》、《读曲歌》两曲调中。西曲总数约一百五十首，其中约一百十首都是五言四句，在《寿阳乐》、《月节折杨柳歌》、《安东平》、《青骢白马》、《共戏乐》、《女儿子》等曲调中出现了三言、四言、七言等句式，每首也不限定四句。西曲歌词句式例外于五绝体者较多，但在整个西曲中间毕竟仍占少数。因此，我们可以说：五言四句是吴声、西曲歌词字句的主要形式。

我们考察六朝时代一些不被采入乐府的歌谣，五言四句式固属不少，但字句参差的分量更占多数。我疑心民间歌谣的字句本来比较自由，经过了贵族阶级的删改和仿制，它们的格式就更整齐化起来，因为那时候贵族阶级的文坛中，五言诗正处在黄金时代。

民间歌谣在格式上的特点，鲜明地表现在吴声、西曲中间。这里有两点尤足注意。第一，是男女双方互相赠答的体裁。例如《子夜歌》开头两首："落日出前门，瞻瞩见子度。冶容多姿鬓，芳香已盈路。"（男赠）"芳是香所为，冶容不敢当。天不夺人愿，故使侬见郎。"（女答）便是好例[1]。这种男女赠答体裁的歌谣，在我国南部地区广泛地出现着，即在今日，仍然保存着这种风气。其次，在吴声中很多相类于《诗经》的叠章，如《子夜变歌》："岁月如流迈，春尽秋已至。

① 参考余冠英先生《谈吴声歌曲里的男女赠答》（载《文艺复兴·中国文学研究号》上册）。

荧荧条上花，零落何乃驶。”“岁月如流迈，行已及素秋。蟋蟀吟堂前，惆怅使侬愁。”在《前溪》、《丁督护》、《团扇郎》、《黄鹄》、《碧玉》、《桃叶》、《长乐佳》诸曲调中，都有此种例子。它们的歌词虽然往往出于文人之手，但其体裁则显然渊源于民歌。

在语言方面，也有两点特色最足注意。首先，是它们大量地使用着方言土语。举一些显著的例，如《懊侬歌》的“撢如陌上鼓”、“内心百际起”、“约誓底言者”、“布帆阿那起”、“落托行人断”，《华山畿》的“将懊恼”、“摩可侬”，《读曲歌》的“娑拖何处归，道逢播掿郎”、“上知所”，《西乌夜飞》的“目作宴瑱饱，腹作宛恼饥”、“刀作离楼僻”等等都是。它们在全篇中显得非常新鲜活泼，增强了语言的魅惑性，同时，更为我们保存着不少六朝口语的资料。

其次，是它们大量使用着巧妙的谐音双关语，这是吴声、西曲中间最生动也最逗人注意的一项艺术特征。所谓谐音双关语，是指利用谐音作手段，一个词语可同时关顾到两种不同意义的词语。例如《读曲歌》：“奈何许，石阙生口中，衔碑不得语。”末句“碑”字双关“悲”字。“碑”与“悲”音同字异，我们名这类双关语为“同音异字之双关语”。尚有一类同音同字之双关语，例如《子夜歌》：“见娘善容媚，愿得结金兰。空织无经纬，求匹理自难。”末句“匹”字双关“布匹”和“匹偶”二层意义。这两类双关语有混合在一起的时候，例如《子夜夏歌》：“朝登凉台上，夕宿兰池里。乘月采芙蓉，夜夜得莲子。”末句“莲”双关“怜”，属于第一类；“子”兼指“莲子”和“吾子”（你），属于第二类。我们不妨把它唤作混合双关语。谐音双关语大致可以分为上述三类。

一般说来，一个谐音双关语的组成，经常需要两个句子：上句述说一种事物，下句申明上句的意思，双关语就在这种申明中带出。洪迈《容斋三笔》说：“自齐梁以来，诗人作乐府《子夜四时歌》之类，每以前句引兴比喻，而后句实言以证之。”（“乐府诗引喻”条）就是这个意思。譬如上面所引：“石阙生口中，含碑不得语。”“石阙生口中”是叙述一事，就是洪氏所谓“比兴”；“含碑不得语”是“石阙生口中”的结果，申明上意，就是洪氏所谓“实言以证之”的字句，双关语“碑”（悲）字就在这里带出。这是一般的格式，也有例外，但占少数。

谐音双关语及其引兴比喻中间所称述的事物，如习见的芙蓉、莲、藕、梧桐、蚕丝、布匹、藩篱、帘薄等等，“都是歌者当时当地所见得到的事物”（陈望道先生《修辞学发凡》），显示出物质环境对作品题材的影响。

在六朝以前的歌谣中，已经有谐音双关语的出现。《古诗十九首》（之一）云：

> 客从远方来，遗我一端绮。相去万馀里，故人心尚尔。文彩双鸳鸯，裁为合欢被，著以长相思，缘以结不解，以胶投漆中，谁能别离此？①

朱珔《文选集释》道："此盖借丝为思，借连结为结好，犹莲之为怜，薏之为忆。古人以同音字托物寓情，类如是尔。"说得正是。这里的双关语虽然不及后来的精巧，但显然可见，在汉代民歌中，谐音双关语已开始萌芽，为六朝时代的吴声、西曲导乎先路。六朝以后的民歌，如明代的山歌、清代的粤讴，也包含着不少生动活泼的谐音双关语。

谐音双关语这项修辞格式，其特点既然在利用谐音作手段，以一个词语关顾两种不同意义，因此，这种修辞现象是属于语言领域而不是文字上的。从汉到清各代民歌中谐音双关语的经常出现，说明它们是口头文学的一种特殊修辞现象。它们

① 这首古诗疑在汉代也尝入乐。乐府瑟调曲《饮马长城窟行》下半段"客从远方来，遗我双鲤鱼"云云，措辞相同，疑这是古乐府的一种套头，参考余冠英先生《乐府歌辞的拼凑和分割》（载《国文月刊》第六十一期）。

同民间语言经常保持着密切的联系，所以总是显得新鲜、活泼、生动、自然，对读者具有强大的魅力。在吴声、西曲影响之下，唐宋的一些诗人，也喜欢在他们的诗作中使用谐音双关语。这些作品也有写得颇生动的，但终于逐渐趋向雕琢文字的途径，完全失却民歌的自然活泼的本色，如唐代皮日休、陆龟蒙的一些风人诗便是好例。这说明了谐音双关语一旦脱离民间口语的沃壤，便立刻会憔悴而枯萎下去的。

七、贵族的仿作及其思想、生活

通过贵族阶级的乐曲——吴声与西曲，六朝的民歌得以大量地流传下来。在吴声、西曲中间，贵族们所制的曲调是相当多的。晋代有沈充的《前溪歌》，孙绰的《碧玉歌》，王献之的《桃叶歌》，王廞的《长史变歌》；宋有刘骏（孝武帝）的《丁督护歌》，刘义庆的《乌夜啼》，刘铄的《寿阳乐》，刘诞的《襄阳乐》，臧质的《石城乐》，沈攸之的《西乌夜飞》；齐有萧赜（武帝）的《估客乐》；梁有萧衍（武帝）的《襄阳蹋铜蹄》；陈有陈叔宝（后主）的《玉树后庭花》、《春江花月夜》等等。这些作家都是新的曲调的创制者，至于根据已有曲调而仿作歌词如《子夜歌》、《懊侬歌》

等，尚不计在内。这些作品，大致可分为两类：第一类本为民间歌谣，经贵族的改造而制成乐曲，《石城乐》、《襄阳乐》等曲调属之；第二类则为贵族们模仿民歌的体裁与风格，创制了纯然歌咏本阶级的生活、思想、感情的作品，《碧玉歌》、《桃叶歌》、《长史变歌》等曲调属之。

六朝是一个大纷乱的时代。空前残酷的民族战争，频繁篡夺的政治局面，放浪无为的老庄思想，这些因素凑合起来，使得当时的贵族们严重地感到了生命的无常，从而尽量趋向于消极的目前享乐。吴声、西曲即在这种要求下获得了盛大的发展。这里且举一二具体例子来作证明。《梁书》卷二八《鱼弘传》说：

> 弘常语人曰：我为郡所谓四尽：水中鱼鳖尽，山中麞鹿尽，田中米谷尽，村里民庶尽。丈夫生世，如轻尘栖弱草，白驹之过隙，人生但欢乐，富贵几何时！于是恣意酣赏，侍妾百馀人，不胜金翠；服玩车马，皆穷一时之绝。

《南史》卷七二《刘昭传》说：

> 昭子缓，性虚远有气调，风流跌宕。……常云：不须名位，

所须衣食；不用身后之誉，唯重目前知见。

鱼弘、刘缓两人的见解和行动，实在反映了六朝大多数上层贵族分子的倾向。“人生但欢乐，富贵几何时”，“不用身后之誉，唯重目前知见”，声乐的异常发达，是这种思想意识的逻辑表现。

演唱乐曲，必须具备相当丰厚的物质基础，不消说得，贵族们在这方面的条件是非常够格的。我们即在吴声、西曲方面，举一些具体史实来谈谈。演唱吴声、西曲，必须拥有相当数量的声伎。《南史》卷六〇《徐勉传》：“普通末，（梁）武帝自算择后宫吴声、西曲女伎各一部，并华少，赉勉，因此颇好声酒。”说明了贵族阶级备有大量的女伎演唱吴声、西曲。《石城乐》的作者臧质，在举兵失败后，“至寻阳焚烧府舍，载伎西奔”（《宋书》卷七四本传）。《西乌夜飞》作者沈攸之，“富贵拟于王者，夜中，诸厢房燃烛达旦，后房服珠玉者数百人，皆一时绝貌”（《南史》卷三七本传）。这些后房佳人有不少当是乐曲的演奏者。

贵族阶级演奏声乐时的豪华情况，也值得注意。这里也举一二例子：萧赜（齐武帝）“布衣时尝游樊邓，登祚以后，追忆往事而作《估客乐》。……数乘龙舟游五城江中放观。

以红越布为帆，绿丝为帆縴，鍮石为篙足。篙榜者悉着郁林布，作淡黄袴，列开，使江中衣出，五城殿犹在”（《古今乐录》）。这种荒淫的行为，可说是杨广（隋炀帝）游幸江都的先导。“羊侃性豪侈，善音律，自造《采莲》、《棹歌》两曲，甚有新致。姬妾列侍，穷极奢靡。……初赴衡州，于两艖䑳起三间通梁水斋，饰以珠玉，加以锦缋，盛设帷屏，陈列女乐。乘潮解缆，临波置酒，缘塘傍水观者填咽”（《梁书》卷三九《羊侃传》），贵族统治阶级就这样陶醉在声乐的享受里。

声乐的耽溺，一方面使贵族们的意志和生活日趋腐化，一方面使他们更加紧了对人民的剥削。《梁书》卷三八《贺琛传》说：

> 琛条奏武帝，其二事曰……歌姬舞女，本有品制，二八之锡，良待和戎。今畜妓之夫，无有等秩，虽复庶贱微人，皆盛姬姜，务在贪污，争饰罗绮。故为吏牧民者，竞为剥削，虽致赀巨亿，罢归之日，不支数年，便已消散。盖由宴醑所费，既破数家之产，歌谣之具，必俟千金之资，所费事等丘山，为欢止在俄顷。

歌姬、舞女所演唱的，主要即为吴声、西曲。

八、作者·本事·和送声

《乐府诗集》在编录吴声、西曲的每一曲调的歌词前面，往往引述《宋书》、《古今乐录》等书的记载，说明这一曲调的创始人和它产生时候的事实背景。这类记载，由于产生了一些文字上的沿误，由于其他可作旁证的资料的未被注意，更由于所记情况与现存歌词内容往往不相符合，遂招致了晚近不少文学史研究者的怀疑，甚至被认为完全不足凭信。其实这种怀疑是不能成立的。

先说作者问题。贵族作家中名字比较生僻的，当推《前溪歌》的作者沈充和《长史变歌》的作者王廞。沈充一作沈玧，他是东晋初年吴兴人，曾为车骑将军，跟着王敦作乱，被杀。事迹附见《晋书》卷九八《王敦传》后面。前溪是沈充家乡的一条河流，风景相当好，所以他作歌咏之。《宋书·乐志》说："《前溪歌》者，晋车骑将军沈玧所制。""玧"字后世刻本讹成"玩"字，因此造成读者的疑惑，但《晋书》及新、旧《唐书》的《音乐志》却并没有错①。再说《长史变歌》，《宋书·乐志》说："《长史变》者，司徒左长史王

① 参考拙作《吴声西曲杂考》中《前溪歌考》一节。

廞临败所制。”王廞的事迹在《晋书》（附见卷六五《王导传》）里有非常明白的叙述：

> 荟（王导子）子廞，历太子中庶子、司徒左长史。以母丧居于吴。王恭举兵，假廞建武将军、吴国内史，令起军助为声援。廞即墨绖合众，诛杀异己，仍遣前吴国内史虞啸父等入吴兴、义兴聚兵，轻侠赴者万计。廞自谓义兵一动，势必未宁，可乘间而取富贵。而曾不旬日，国宝赐死，恭罢兵符，廞去职。廞大怒，回众讨恭。恭遣司马刘牢之距战于曲阿，廞众溃，奔走，遂不知所在。

把它和《长史变歌》内容比照，真是再清楚不过了。但前人于王廞的事迹都没有注意到，清代朱乾的《乐府正义》，较能留意于乐府史实的考订，尚且说“王廞事俟考”（卷一〇）。因此，我认为一些学者对吴声、西曲作者的怀疑，主要的原因在于未能深考。

王廞的事迹，已是一个本事问题，这里再举本事方面的一个例子，是关于《丁督护歌》的。《宋书·乐志》说：

> 《督护歌》者，彭城内史徐逵之为鲁轨所杀，宋高祖

使府内直督护丁旿收敛殡霾之。逵之妻，高祖（刘裕）长女也，呼旿至阁下，自问敛送之事。每问，辄叹息曰：丁督护！其声哀切，后人因其声广其曲焉。

这里所述徐逵之战死的事迹，可征信于《宋书》卷二《武帝（刘裕）本纪》："义熙十一年正月，公（指武帝，时为宋公）率众军西讨。三月，军次江陵。公命彭城内史徐逵之参军王允之出江夏口。复为鲁轨所败，并没。"（节录）同书卷七一《徐湛之传》有更详尽的叙述。所谓府内直督护"丁旿"其人，更见于同书卷二《武帝本纪》、卷四八《朱超石传》。显然，《督护歌》的本事是无庸置疑的。尚有其他曲调的本事，大致都可信，我另有详考，这里不赘。

底下让我们讨论一下本事的记载与现存歌词内容不相符合的问题。吴声、西曲的一部分曲调，如《长史变》、《碧玉》、《桃叶》等等，歌词内容与本事是互相谐合的。另外一部分就不如此，如《丁督护歌》，本事说徐逵之随刘裕西征鲁轨，兵败而死，而歌词云："督护北征去，前锋无不平。"内容大相径庭。又如《西乌夜飞歌》，据《古今乐录》，是刘宋荆州刺史沈攸之举兵叛乱，"未败之前，思归京师"之作；但由现存的歌词，却丝毫不能看出这种意思。这类本事与歌词内容不相符合的问题应当怎样解决呢？答案是：吴声、西曲每一曲调的本事，是说明它创始时候的事实背景；而现存歌词，却不一定是创始时候的作品；每一曲调的后来拟作，不需要在内容上符合于原始的本事，仅仅利用着该歌曲的声调便已足够了。

为了解决这个问题，必须叙述一下吴声、西曲中间的和声与送声两种特殊声调。和、送声以参差的文句构成，和声是歌词中间歌人群相唱和之声，送声在后，它们是歌唱乐词时助节声调的重要部分。根据古籍的记载，以及间接的推论，吴声、西曲各曲调的和送声，可约举如下：

（1）《子夜歌》　和声云："子夜来。"

（2）《欢闻歌》　和声云："欢闻。"送声云："欢闻否？"

（3）《阿子歌》　和声云："阿子闻。"送声云："阿子汝闻否？"

（4）《丁督护歌》　和声云："丁督护！"

（5）《团扇歌》　和声云："白团扇。"（以上吴声）

（6）《石城乐》　和声云："妾莫愁。"（《莫愁乐》当相同）

（7）《乌夜啼》　和声云："笼窗窗不开，乌夜啼，夜夜望郎来。”

（8）《襄阳乐》　和声云：“襄阳来夜乐。”

（9）《三洲歌》　和声云：“三洲断江口，水从窈窕河傍流，欢将乐共来，长相思。”

（10）《襄阳蹋铜蹄》　和声云：“襄阳白铜蹄，圣德应乾来。”

（11）《女儿子》　和声云：“女儿。”

（12）《那呵滩》　和声云：“那呵滩，郎去何当还？”

（13）《杨叛儿》　和声云：“杨婆儿，共戏来。”送声云：“叛儿教侬不复相思。”

（14）《西乌夜飞》　和声云：“白日落西山，还去来。”送声云：“折翅乌，飞何处，被弹归。”

（15）《月节折杨柳歌》　和声云：“折杨柳。”（以上西曲）

和送之声，最初应当渊源于民间的谣曲。当吴地或者石城、襄阳的儿童少年，在野外合群踏足唱歌时，他们必然需要可以共同合唱的和送之声以为调节。吴声《阿子歌》的“阿子闻”、“阿子汝闻否”，西曲《石城乐》、《莫愁乐》的“妾莫愁”，《襄阳乐》的“襄阳来夜乐”，便是它们最原始的形态。它们有最显著的两点特色：第一，其句法比较参差多变化，能增加歌词句调上的繁复性；第二，因为由许多人和歌，能增加歌词音调上的强烈性。由于这两大优点，和送声在曲调中就显得非常突出，也可以说，它们构成了曲子的主要声调。《宋书·乐志》等所载从民谣演成的乐曲，主要就是指根据、利用其和送之声而言，至于它们原始的歌词，则不一定被采录下来的。《旧唐书·音乐志》说："《子夜》，声过哀苦。"《古今乐录》说："褚太后哭阿子汝闻否，声既凄苦。"《宋书·乐志》说："后人演其声以为《阿子》、《欢闻》二曲。"《宋志》又说："《丁督护》，其声哀切，后人因其声广其曲焉。"这里所谓"声"，主要便是指和送声而言。

基于此，我们可以阐明乐曲内容变化的原因。就拿《阿子》、《欢闻歌》来说吧，它们本是民间的童谣，被附会为预言褚太后哭穆帝的凶丧，因为其和送声凄苦动听，遂被采为乐曲。但因重声不重辞的缘故，歌词内容就起了讹变。"阿子"本被认作褚太后唤穆帝的称呼，但后来却用以指女性情人。如《阿子歌》："阿子复阿子，念汝好颜容，风流世稀有，窈窕无人双。"《妒记》（《世说新语·贤媛篇》注引）记载晋代桓温的太太看见桓温的妾李氏时，抱着她说："阿子，我见汝亦怜，何况老奴！"可见当时亦呼女子为"阿子"。后来更把“阿子”讹成“鸭子”：“春月故鸭啼，独雄颠倒落。工知悦弦死，故来相寻博。”（《阿子歌》）《乐府诗集》引《乐苑》说：“嘉兴人养鸭儿，鸭儿既死，因有此歌。”这显然是后起的说法。但不论是男的思念女的，或者嘉兴人哭鸭儿，“阿（鸭）子闻”、“阿（鸭）子汝闻否”的和送声，依然能够适用。“阿子”只能指女性情人，如以“欢”字代“阿子”，便可用以指情郎了。这是《欢闻歌》产生的缘由。再如上面所说的《丁督护歌》，“丁督护”本是徐逵之妻呼唤丁旿的声调，后来的《丁督护》歌词，却将它作为女子送别出征的爱人的称呼，这也是重声不重义的结果。

《旧唐书·音乐志》说：“《乌夜啼》，宋临川王义庆所作也。今所传歌，似非义庆本旨。”似非本旨，这是现存吴声、西曲各曲调歌词的共通现象。我们可以说：《子夜》、《懊侬》、《华山畿》、《杨叛儿》诸曲，是当时描写以女子为主的相思歌曲的总汇；《白团扇》是状写女子谴责男子的曲调；《丁督护》为摹拟女子送别爱人口吻的送行曲；《乌夜啼》是叙述男女生离的哀歌；《石城》、《襄阳》诸曲调，则是歌咏该地乐曲的集成。所谓某人创作某曲，仅是指被后来利用的声调（主要为和送之声）而已。《乐府诗集》（卷八七）说：“凡歌辞，考之与事不合者，但因其声而作歌尔。”（《黄昙子曲》题解）这话应是我们了解乐府，特别是吴声、西曲内容的秘钥。

早期的大部分拟作歌词的内容，一般尚与和送声在文字意义上保持相当联系，其情况有如上面所述；到后来，这种意义上的联系性逐渐消失，和送声在歌词中就仅仅剩下助节声调的作用。西曲的《西乌夜飞歌》，便是这方面显著的例子。唐宋时代的乐府——填词，最初内容尚须符合调名，到后来，每个牌调仅仅供给了一种固定的声调与形式，其情形和吴声、西曲正仿佛相似[①]。

九、雅化·衰亡·影响

吴声歌曲大抵产生于晋宋两代，西曲大抵产生于宋齐两代。经过了长时期的贵族阶级的提倡和加工，吴声与西曲，不论在音乐方面，在歌词方面，都逐渐走向雅化之路，也就是僵化的前奏。这种从雅化到僵化的现象，在萧梁时代充分地暴露了出来。我们试看萧衍（梁武帝）和他的宫嫔王金珠所制作的《子夜歌》、《子夜四时歌》、《上声歌》、《欢闻歌》等

---

① 本节论吴声、西曲和送声与歌词内容关系的文字，系节录拙作《论六朝清商曲中之和送声》一文而成。

等，其词句多么典雅！它们虽然维持着五言四句的形式，然而，生动的口语没有了，机智的双关语消失了，其思想内容，更奄奄毫无生气，吴歌在他们手里，终于变为丢失了精魄的躯壳。

梁以后是陈。据《隋书》、《旧唐书》的《音乐志》记载，陈叔宝（后主）在吴声歌曲方面的制作有《黄鹂留》、《玉树后庭花》、《金钗两臂垂》、《春江花月夜》、《堂堂》诸曲调。其中有歌词留传至今的，仅有叔宝自制的《玉树后庭花》一曲，以及同曲的“璧月夜夜满，琼树朝朝新”两句江总所作的残句①。从这些仅存的歌词，我们看到其特点是：一，内容是卑靡的病态的，没有热烈真挚的思想情感。二，经过萧梁宫体诗的洗礼，辞句绮丽，完全失却前期吴声歌曲质朴自然的优点。三，摆脱了短小的五言四句的民歌形式，如叔宝的《玉树后庭花》便是七言六句的。吴声在内容、语言、形式上的民歌的特点，在这里被彻底破坏了。

杨广（隋炀帝）继陈叔宝之后，创制了不少淫靡的乐章，其名目有《万岁乐》、《藏钩乐》、《七夕相逢乐》、《泛龙舟》、《十二时》等等。今仅存《泛龙舟》歌词（杨广自制）一首，七言八句，风格与陈叔宝及初唐作品相近，而和早期

---

① 《南史》卷一二《张贵妃传》引此二句，不言作者，《大业拾遗记》以为江总所作。

吴声歌词毫无类同点。《隋书·音乐志》将上面这些乐曲，叙在龟兹乐部分，但其中的《泛龙舟曲》，《通典》列入清乐，《乐府诗集》也编入吴声歌曲，大约是清乐与龟兹乐混合的歌曲。这种事实说明传自西域、流行北方的龟兹乐，在隋代统一南北以后，已经逐渐打入清乐的范围，开始侵夺它的地位了。到了唐代，胡乐系统的燕乐更蓬勃发展，成为俗乐的主要部门，清乐遂走入消沉没落的道路。《通典》卷一四六记载这种情况道：

清乐遭梁陈亡乱，所存盖鲜，隋室以来，日益沦缺。大唐武太后之时，犹六十三曲。今其辞存者，合三十七曲。又七曲有声无辞，通前为四十四曲存焉。沈约《宋书》恶江左诸曲哇淫，至今其声调犹然。观其政已乱，其俗已淫，既怨且思矣；而从容雅缓，犹有古士君子之遗风，他乐则莫与为比。自长安（武则天年号）以后，朝廷不重古曲，工伎转缺，能合于管弦者，唯《明君》、《杨叛》……等共八曲。开元中，有歌工李郎子，自郎子亡后，清乐之歌阙焉。（节录）

出自民间的吴声、西曲，在走入贵族社会的过程中，曾经遭遇到正统派代表王恭、颜延年、王僧虔等人的大声摈斥，然而经过了长时期的雅化过程，已经变得“从容雅缓，犹有古士君子之遗风”了。因此，当它们灭亡的时节，就赢得爱古之士的惋惜。这种情况，在汉代的相和乐府，以及其他由民间上升到贵族阶级的文学，都曾经同样地发生过。

底下让我们谈谈吴声、西曲在文学史上的影响。

首先，吴声、西曲直接帮助孕育了梁陈的宫体诗。所谓宫体诗，是指以一种华艳的字句专门吟咏男女之情，着重描写妇女体态、容貌和日常生活的诗歌。其中心人物为梁代的萧纲（简文帝）、徐摛、徐陵、庾肩吾、庾信等作家。《隋书·经籍志》说：“梁简文之在东宫，亦好篇什：清辞巧制，止乎衽席之间；雕琢蔓藻，思极闺闱之内。后生好事，递相放习，朝野纷纷，号为‘宫体’。流宕不已，迄于丧亡。陈氏因之，未能全变。”（《隋书·经籍志》集部总论）上面曾经说过六朝贵族阶级的生活、兴趣，曾经规定了吴声、西曲的内容的狭窄性；现在流连于情爱的吴声、西曲，又反过来催促了宫体诗的诞生。刘师培《中国中古文学史》说：

宫体之名，虽始于梁，然侧艳之词，起源自昔。晋宋乐府，如《桃叶歌》、《碧玉歌》、《白纻词》、《白铜鞮歌》[1]，均以淫艳哀音，被于江左。迄于萧齐，流风益盛。其以此体施于五言诗者，亦始晋宋之间，后有鲍照，前则惠休。特至于梁代，其体尤昌。

这里对宫体诗的渊源于吴声、西曲这史实，有着相当简括的解释。当然，六朝贵族阶级的淫佚生活，是诞生宫体诗的根本原因；但从文学本身范围内各种作品间的相互关系上讲，我们不能不肯定吴声、西曲所给予宫体诗的严重影响。

吴声、西曲不但孕育了宫体诗，更影响了其他的文学部门。刘师培说："梁代妖艳之词，多施于辞赋；至陈则志铭书札，亦多哀思之音、绮靡之词。"（《中国中古文学史》）萧绎（梁元帝）说："吟咏风谣，流连哀思者谓之文。"（《金楼子·立言篇》）可以看出它们对当时的诗歌以外的韵文作品、散文作品以及文学理论的影响。

在诗歌的形式方面，吴声、西曲为五言绝句奠定了坚实的基础。五言四句的"古绝句"[2]，虽在汉代已经出现，如西汉成帝时的《尹赏歌》、古乐府《上留田行》（"里中有啼儿"

① 按《襄阳白铜鞮歌》，梁萧衍所制，刘氏误。
② 即古体绝句，区别于平仄调协的近体绝句而言。

篇），但它们的数量是很少的。通过吴声、西曲的发展与影响，这种短小隽永的民歌体裁的诗作，才开始在贵族社会中广泛地流行起来。只要打开专录五绝的《玉台新咏》第十卷一看，在“近代吴歌”、“近代西曲歌”底下，文士们的五言绝句接踵不断，我们便会认清楚这一段文学史上的因果关系。

最后要约略谈一下吴声、西曲和词（长短句）的关系。在音乐上言，吴声、西曲属于清乐，词属于燕乐，是两个系统[①]。然而，两者在内容和形式上，却有着相当密切的联系。在内容上，由于两者同是贵族阶级的娱乐品，同是主要由女妓歌唱的乐府歌曲，因此在题材方面都显得非常狭窄，徘徊在情爱的小圈子里[②]。在形式上，长短句的词，也可以说是从字句整齐的吴声、西曲中演变出来的。吴声、西曲中也有长短句的歌词，固不用说[③]，此外绝大部分的五言四句式的歌词，靠了字句参差的和送声的加入，也起到了调节声调的作用。唐人歌唱乐府，最初还保存着这种方法，所以“唐初歌辞，多是五言或七言诗”（胡仔《苕溪渔隐丛话》后集卷三九）。后来在丧

① 沈括《梦溪笔谈》卷五：“唐天宝十三载，以先王之乐为雅乐，前世新声为清乐，合胡部为宴（燕）乐。”

② 苏轼以后的词，已经跨出了这个圈子。

③ 特别值得注意的是西曲的《月节折杨柳歌》（十三首）和萧衍、萧纲、沈约等的《江南弄》（共十四首），每首都以相同的参差句法组成。

失了意义的和声部分填入有意义的字句，和本歌上下文联系起来，便形成了长短句。

《全唐诗》说："唐人乐府元用律绝等诗，杂和声歌之。其并和声作实字长短其句以就曲拍者为填词。"这对两者格式间递变关系的叙述，是非常简明扼要的。现存唐五代初期词作（其实即为句法整齐的入乐诗）中间，仍颇多应用和声的，如张说的《舞马词》，和声为"圣代升平乐"（前二首）及"四海和平乐"（后四首）；皇甫松的《竹枝》，和声为"竹枝"、"女儿"[①]，其《采莲子》的和声为"举棹"、"年少"；五代孙光宪的《竹枝》，和声也是"竹枝"、"女儿"。这种依然应用和声的词作，可说是从整齐的诗歌发展到长短句的过渡形态，随着长短句的充分发展，调节声调的和声，已经失去它的作用，就宣告消失了。

---

① 《竹枝词》的和声"女儿"，当本自西曲的《女儿子》。《女儿子》原为巴东渔者之歌（见《水经注》），而《竹枝词》一名《巴渝词》（见刘禹锡《竹枝词序》），两者产地相同，故在声调上自然有渊源关系。（采刘毓盘先生《词史》第一章说。）

梁鼓角横吹曲杂谈

郭茂倩《乐府诗集》卷二五的“梁鼓角横吹曲”，存歌辞七十馀首，其中多数是南北朝时代北朝的民歌和无名氏作品，是中国保存迄今的早期的少数民族文学作品，它们具有广阔的思想内容和较高的艺术价值，值得我们珍视。

《乐府诗集》卷二一横吹曲辞题解曰：

> 横吹曲，其始亦谓之鼓吹，马上奏之，盖军中之乐也。北狄诸国，皆马上作乐，故自汉以来，北狄乐总归鼓吹署。其后分为二部：有箫笳者为鼓吹，用之朝会、道路，亦以给赐。……有鼓角者为横吹，用之军中，马上所奏者是也。《晋书·乐志》曰：“横吹有鼓角，又有胡角。按《周礼》云：‘以鼖鼓鼓军事。’旧说云：蚩尤氏帅魑魅，与黄帝战于涿鹿，帝乃始命吹角为龙鸣以御之。……横吹有双角，即胡乐也。

> 汉博望侯张骞入西域，传其法于西京，唯得《摩诃兜勒》一曲。李延年因胡曲更造新声二十八解，乘舆以为武乐。……魏晋以来，二十八解不复具存，而世所用者有《黄鹄》等十曲，其辞后亡。”又有《关山月》等八曲，后世之所加也。
>
> 后魏之世，有《簸逻回歌》，其曲多可汗之辞，皆燕魏之际鲜卑歌，歌辞虏音，不可晓解，盖大角曲也。又《古今乐录》有梁鼓角横吹曲，多叙慕容垂及姚泓时战阵之事，其曲有《企喻》等歌三十六曲；乐府胡吹旧曲又有《隔谷》等曲三十曲，总六十六曲。未详时用何篇也。

上引《乐府诗集》横吹曲辞题解，说明两个问题：一是横吹曲的特点，二是横吹曲的发展历史。题解指出，横吹曲源出北方少数民族，因其声音雄壮，故被作为军中之乐。其曲演奏时乐器中包含鼓、角两种，故又称鼓角横吹曲。从题解可知，横吹曲可分为两个阶段。一是汉魏西晋阶段，先是李延年根据西域乐曲制造新声二十八解，魏晋时代仅传《黄鹄》等十曲，又衍生了《关山月》等八曲。这是横吹旧曲，《乐府诗集》因其肇始于汉代，称为汉横吹曲。二是五胡十六国至后魏阶段。后魏的《簸逻回歌》因用鲜卑语没有流传下来，流传下来的《企喻》等六十六曲，大抵是《乐府诗集》根据《古今乐录》著录的。这是横吹新声，《乐府诗集》称为梁鼓角横吹曲。所谓梁鼓角横吹曲，是指南朝萧梁乐府官署所搜采、应用的横吹曲，并不是其歌辞出自南朝。《古今乐录》一书，据《隋书·经籍志》经部乐类记载，系南朝沙门智匠所编。智匠生活于陈代，其书著录乐府歌辞多据萧梁乐府所搜采应用者，乃是很自然的事。《古今乐录》一书，记载汉魏六朝的通俗歌曲鼓角横吹曲、相和歌、清商曲等比较详细，具有很高的史料价值，《乐府诗集》引用其文颇多。惜原书赵宋以后已告亡佚。

汉横吹曲，古辞今不存，但在南北朝时代，文人拟作汉横吹曲的歌辞不少。如《陇头水》有梁元帝、刘孝威等人之作；《入关》有吴均之作；《出塞》有刘孝标、王褒之作；《折杨柳》有梁元帝、梁简文帝等人之作，等等。这类汉横吹曲作品，南朝时恐已不再配合音乐演唱，只是文人案头之作。而鼓角横吹曲则是当时配乐演唱、流行颇广的乐曲。军乐中的鼓角横吹曲取代汉横吹曲而兴，犹如清乐中的六朝清商曲取代汉魏相和歌那样。

南北朝时代，南北两个政权虽互相对峙，但双方文化交流还是相当多，彼此吸取和相互影响。《魏书·乐志》曰："昔孝文讨淮汉，宣武定寿春，收其声伎，得江左所传中原旧曲《明君》、《圣主》、《公莫》、《白鸠》之属，及江南吴歌（即吴声歌曲）、荆楚西声（即西曲歌），总谓之清商乐。”可见西晋的杂舞曲、东晋以至南朝的吴声、西曲乐歌，均为北魏朝廷所收取。又《洛阳伽蓝记》卷四载：“河间王琛……妓女三百人，尽皆殊色。有婢朝云，善吹篪，能为《团扇歌》及《陇上》声。”《团扇歌》是南方吴声歌曲中的一个曲调，创始于东晋。这是南方歌曲在北方流传的例子。

另一方面，北方声调雄壮的乐曲也在南方流行。《宋书·乐志一》载刘宋乐府“又有西伧羌胡诸杂舞”，西伧羌胡，指西北方少数民族，杂舞，指杂舞曲，可惜歌辞没有流传下来。（《乐府诗集》有杂舞曲辞一大类，留存歌辞均为汉族作品。）《南齐书·柳世隆传》载：“平西将军黄回军至西阳，乘三层舰，作羌胡伎，溯流而进。”所记乃刘宋末年顺帝时事。《南齐书·郁林王纪》载郁林王在武帝（萧赜）丧事期间，仍在后宫“列胡伎二部，夹阁迎奏”。《南齐书·东昏侯纪》又载：“每三四更中，鼓声四出，幡戟横路。……高障之内，设部伍羽仪。复有数部，皆奏鼓吹羌胡伎、鼓角横吹，夜出昼反，火光照天。”《南史·茹法亮传》：“綦毋珍之（齐代人）迎母至湖熟，辄将青鹭百人自随，鼓角横吹。”由此可见在宋齐时代，北方的乐曲不但在军中施行，并被一些嗜好声色的君王、官僚应用于仪仗队或作日常娱乐。《南齐书·东昏侯纪》、《南史·茹法亮传》点明所奏胡乐有鼓角横吹。至于所谓胡伎、羌胡伎，恐怕是一个内涵更广的名称，泛指西北少数民族的乐曲，当也包括鼓角横吹曲在内。北方乐曲在南朝宋齐时代既已流行，则《乐府诗集》所著录的梁鼓角横吹曲，实际当是刘宋以至萧梁时代乐府前后累积起来的北方乐曲，并非仅是萧梁一代收采而成。

梁鼓角横吹曲歌辞数十首，大多数是北方歌曲，并多出自少数民族，这已为大家所认同。下面试从历史人物等四个方面概括说明这一问题。

一、从诗中涉及的历史人物看。其中有部分歌辞言及少数民族的首领。《企喻歌辞》四首，《乐府诗集》引《古今乐录》曰："最后'男儿可怜虫'一曲是苻融诗。"苻融是前秦国主苻坚之弟。前秦苻氏是氐族，则此曲是氐族歌曲。《琅琊王歌辞》其八云："谁能骑此马，唯有广平公。"广平公是后秦国主姚兴之子，姚泓之弟。又《巨鹿公主歌辞》，《旧唐书·音乐志》曰："梁有《巨鹿公主歌》，似是姚苌时歌。"后秦国主姚氏，属羌族，则以上两曲原是氐、羌族之歌。《慕容垂歌辞》三首，写的是慕容垂和前秦、东晋的战争。慕容垂是后燕国主，属鲜卑歌，此歌是战胜者（当是前秦苻丕，氐族）嘲笑慕容垂的歌辞[1]。又有《慕容家自鲁企由谷歌》一首，题名不甚可解，当是鲜卑族慕容氏的歌曲。以上诸曲均是十六国时代少数民族的作品。又有《高阳乐人歌》一首，《乐府诗集》引《古今乐录》曰："魏高阳王乐人所作也。"则当是后魏鲜卑族拓跋氏的歌曲。由上可见，梁鼓角横吹曲中的少数民族作品，早期有十六国时代氐族、羌族、鲜卑族之作，后期则有北魏鲜卑族之作。

二、从诗中言及的地名看。其中有不少地点均在北方。如《琅琊王歌辞》言及琅琊、长安，《陇头流水歌辞》、《陇头歌辞》言及陇山，《折杨柳歌辞》言及孟津河（指河南孟津一带的黄河），《幽州马客吟歌辞》言及幽州，又巨鹿公主、高阳王封号中的巨鹿、高阳，其地均在今黄河流域。从各诗内容看，均像是北方人歌咏当地风情的篇章，而不是南方人想象北方情景之作。

三、从诗歌所表现的民情风俗看。有不少篇章表现了北方人民英勇尚武的精神、慷慨豪爽的性格。北方人士刚强善战，加上当时战争频繁，故其所酷爱者为宝刀快马，《企喻歌》云："放马大泽中，草好马著膘。"《琅琊王歌辞》云："新

---

① 明胡应麟曰："（慕容）垂攻苻丕，为刘牢之所败，秦人盖因此作歌嘲之。"据萧涤非《汉魏六朝乐府文学史》第六编第二章转引。

买五尺刀，悬著中梁柱。一日三摩娑，剧于十五女。”都是很有代表性的诗句。《高阳乐人歌》云：“无钱但共饮，画地作交赊。”充分表现出北方人豪爽性格。言及男女情爱，也不似南方民歌那样柔情婉转，而往往直率爽快，如《捉搦歌》云：“天生男女共一处，愿得两个成翁妪。”是其显著例证。

四、从诗歌风格、语言和体制看。由于北方人士的生活、所处环境、感情性格等因素，梁鼓角横吹曲歌辞风格显得豪迈刚健，与南方吴声、西曲歌辞的温柔婉约，迥异其趣。其语言也质朴粗壮，不似南方民歌的柔媚华艳。《乐府诗集》卷二六引《古今乐录》曰：“伧歌以一句为一解。”伧是当时南方人对北方人的称呼，伧歌指北方歌曲。《乐府诗集》对鼓角横吹曲注明解数者有十多曲调，均是一句为一解，也证明这些歌辞是北方之歌[①]。

当然，以上四个方面中的后面三个方面，只能证明歌辞出自北方人士，而不能确证其出自北方少数民族人士之手。但这类歌辞既被当时北方少数民族首领或君主列入乐曲演唱，后又传入南方，被南方人士视为羌胡之乐，那么据理推测，其中大部分当是北方少数民族人士歌咏本民族生活和思想情感的作品。

---

① 参考孙楷第《梁鼓角横吹曲用北歌解》一文，收入其所著《沧洲集》。

北方少数民族的歌辞，原先当均用本民族语言写作。如上引《古今乐录》记载，北魏有《簸逻回歌》，是燕魏之际的鲜卑歌，“歌辞虏音，不可晓解”。现在鼓角横吹曲中的歌辞，是怎样用汉语表现的呢？此点史籍没有说明。推测起来，北方鼓角横吹曲歌辞运用汉语，当大抵出自北魏朝。北魏孝文帝迁都洛阳，大力推行汉化政策，规定鲜卑族官员在朝廷都要使用汉语，不得用鲜卑语。又据上引《魏书·乐志》记载，北魏孝文帝、宣武帝时，收取了南方的不少杂舞曲、清商曲，可见他们对汉语乐府歌辞的爱好。在此期间，北魏君王命令乐府官署把许多用北方少数民族语言写的歌辞译成汉语，这是不难理解的。更可能有小部分歌辞在当时即直接用汉语写成。现存鼓角横吹曲中，仍然有少数词语不易理解，如企喻、地驱、雀劳利等，它们可能是鲜卑语的音译，也可能是当时北方少数民族的方言俗语。

说梁鼓角横吹曲歌辞出自北方少数民族，是就大多数作品而言，实际其中也杂有少数非北朝歌辞。如《紫骝马歌辞》后四曲，自“十五从军征”句起到“泪落沾我衣”句止，据《乐府诗集》引《古今乐录》，说它是“古诗”，审其风格，也的确与汉魏相和歌辞接近。又《黄淡思歌辞》四曲，其第三曲有云：“龙洲（疑当作‘舟’）广州出。”言及南方地名。其第二曲有云："与郎相知时，但恐傍人闻。"表现少女羞涩的心态，风格宛似南方的吴声、西曲。这样看来，《黄淡思歌辞》当出自南方人之手。梁鼓角横吹曲，作为军乐，它选取许多北方民族雄壮豪放的歌辞，自不难理解；但它又是梁代乐府的鼓角横吹曲，因此不一定都要采用北方歌辞。

《乐府诗集》卷二五梁鼓角横吹曲题解引《古今乐录》有曰："是时乐府胡吹旧曲有《大白净皇太子》……《东平刘生》、《单迪历》、《鲁爽》、《半和企喻》、《比敦》、《胡度来》十四曲。三曲有歌，十一曲亡。"其中《鲁爽》曲歌辞虽已失传，但鲁爽系人名，《宋书》卷七四、《南史》卷四十均有其传记。据史载，鲁爽为一武将。祖父鲁宗之，东晋末年仕为雍州刺史，后北奔，仕北魏为荆州刺史。父鲁轨，继为荆州刺史。轨死，爽代为荆州刺史。《宋书》本传称其"幼染殊俗，无复华风，粗中使酒，数有过失"。因得罪魏太武帝，惧被诛，于宋文帝元嘉二十八年南奔宋，仕为司州刺史。后因参与讨伐元凶劭弑逆有功，为豫州刺史，加都督。宋孝武帝孝建年间，与南谯王义宣、雍州刺史臧质等同举兵谋反，在战阵中被杀。鲁爽南归前长期生长在北方，其生活习惯已被鲜卑族同化，故《宋书》称其"无复华风"。歌咏鲁爽的《鲁爽》曲，当亦制作于北方，运用北方曲调，故被《古今乐录》称为胡吹旧曲。鲁爽在《宋书》中与臧质、沈攸之同传，三人均是武将，同在宋初因举兵反叛朝廷被杀。臧质曾制作西曲《石城乐》，沈攸之制作西曲《西乌夜飞》曲，而鲁爽则因长期生长在北方，习染不同，歌咏他的歌曲乃系鼓角横吹曲。这可说是彼此相映成趣的现象。

鼓角横吹曲既译成汉语（少数可能直接用汉语写作），故其体制也深受汉族乐府歌辞影响。从句式看，它们有四言体、五言体、七言体、杂言体四种样式。（一）四言体有《地驱乐歌辞》、《陇头流水歌辞》、《陇头歌辞》等。汉魏相和歌辞中有一部分四言体，如曹操《短歌行》、曹丕《善哉行》便是。其后晋拂舞歌《白鸠辞》、《独漉辞》都用此体。上引《魏书·乐志》即说北魏收取的旧曲有《白鸠辞》。（二）五言体最多，有《企喻歌辞》、《琅琊王歌辞》、《紫骝马歌辞》、《黄淡思歌辞》、《慕容垂歌辞》、《淳于王歌》、《折杨柳歌辞》、《折杨柳枝歌》、《幽州马客吟歌辞》、《慕容家自鲁企由谷歌》、《高阳乐人歌》等。它们既接受汉魏相和、杂曲大量五言歌辞影响，从其体制短小、每曲常为五言四句现象看，似更多地受到南朝清商曲吴声歌曲和西曲歌的影响。（三）七言体，有《巨鹿公主歌辞》、《地驱乐歌》、《雀劳利歌辞》、《捉搦歌》等。其中除《捉搦歌》

为每首七言四句外，其馀三曲都是每首七言二句。汉魏晋乐府中，七言体也有少量篇章，如曹丕《燕歌行》、晋《白纻歌》等，但未见七言二句之例。在汉代的杂歌谣辞中，则早有此例。《乐府诗集》卷八五所录后汉《范史云歌》、《郭乔卿歌》，即是如此。《范史云歌》云："甑中生尘范史云，釜中生鱼范莱芜。"此种例子不止一二，此处不枚举。又南朝西曲中的《青骢白马》八曲、《共戏乐》四曲、《女儿子》二曲，每曲均是七言二句。按西曲大抵产生于南朝宋、齐两代，时当北魏中后期，而鼓角横吹曲中的《巨鹿公主歌辞》产生于十六国后秦时，比西曲要早。这样看来，鼓角横吹曲中七言二句体式，又反过来影响了西曲。（四）杂言体，有《隔谷歌》、《东平刘生》等，都是三言、七言夹用。此种体式，早见于汉乐府相和歌《平陵东》曲，后晋代拂舞歌《淮南王》曲亦用此体。还有一首《木兰诗》长篇，基本上是五言，杂有少数七言句、九言句，在体式上显得别致。从其描写的宛曲细致方面看，当是受到汉代杂曲《孔雀东南飞》的影响。由上可见，鼓角横吹曲歌辞的四种体制，大抵都受到汉族乐府诗体制的影响，因此可以说，这些北方少数民族的歌辞，已是汉文化启发、影响下的产品。

鼓角横吹曲中，有少数曲调名已见于魏晋横吹曲（《乐府诗集》统名为汉横吹曲），它们是《紫骝马》、《黄淡思》、《陇头流水》、《东平刘生》、《折杨柳》、《陇头》等。按汉魏晋的横吹曲，虽原本西域，但已经汉族乐工的改制和发展。上述诸曲调除《黄淡思》曲如上文所述当出南人之手外，其馀各曲调歌辞，从其风格看，大多数恐是北方人士在横吹旧曲影响下的产品。从这方面看，鼓角横吹曲又受到了经过汉化了的横吹旧曲的影响。

综上所述，可见梁鼓角横吹曲中采集了十六国以至北魏时代不少少数民族的歌曲，它们是中国早期流传下来的少数民族的文学作品，在中国文学史上具有颇高的价值和重要历史地位。它们被采入南朝的鼓角横吹曲，丰富了汉民族的音乐文学，而它们在创作、翻译过程中，又深受汉民族文学作品的影响，这在体式上表现得尤为明显。因此，梁鼓角横吹曲中的不少歌辞，既是中国古代少数民族的文学珍品，又是汉文化和兄弟民族文化互相交流而产生的重要成果。

1995年5月

郭茂倩与《乐府诗集》

一、郭茂倩事迹

《乐府诗集》的编纂者郭茂倩，生平事迹不大清楚，主要生活在北宋后期。清陆心源《仪顾堂续跋》卷一四跋元刊本《乐府诗集》有曰：

> 愚按茂倩字德粲，东平人。通音律，善篆隶。元丰七年，河南府法曹参军。祖劝，翰林侍读学士、给事中，赠吏部尚书。父源明，字潜亮，初名元赓，字永敬，嘉祐二年进士，官至职方员外郎、知单州军州事。苏颂志其墓，见《苏魏公集》卷五十九。

按苏颂《苏魏公文集》卷五九有《职方员外郎郭君墓志铭》一

文，详述郭源明事迹，上引陆心源跋文中所述郭源明事迹，即本之苏颂墓志。

苏颂墓志记载郭源明五子有曰：

> 子男五人：曰茂倩，河南府法曹参军；次曰茂恂，奉议郎、提举陕西买马监牧司公事；次曰茂泽，承事郎；次曰茂曾，次曰茂雍，未仕。

苏志仅云郭茂倩是郭源明长子，为河南府法曹参军，不及其他。陆心源跋说“茂倩字德粲，通音律”云云，当别有所据，惜未详其出处。今考《乐府诗集》一书，于乐府之分类、源流等，考核甚为精审，非“通音律”者不能致此。陆跋又谓其“善篆隶”，可见郭茂倩兼长文学、音乐、书法，是一位多才多艺的人物。苏颂墓志撰于宋神宗元丰七年（1084）郭源明安葬时，故陆跋谓茂倩于该年任河南府法曹参军。

郭茂倩的籍贯是东平（今山东省东平县），其祖先原籍则为山西太原。苏颂墓志称：“君之先世，自阳曲（属太原）徙东土。”志铭又云：“本朝甲族，太原东平。”可见至北宋时太原、东平两地的郭氏都是望族。《乐府诗集》刻本卷首署“太原郭茂倩编次”，盖从其郡望而言。

郭茂倩的祖父郭劝，为北宋名臣，《宋史》卷二九七有传。《宋史》载：郭劝字仲褒，郓州须城（即东平）人。官至翰林侍读学士、同知通进银台司。传末简单地提及其子源明。源明之子茂倩等，《宋史》无记载。

宋陈振孙《直斋书录解题》卷一五总集类曰：

> 《乐府诗集》一百卷，太原郭茂倩集，凡古今号称乐府者皆在焉。其为门十有二，首尾皆无序文。《中兴书目》亦不言其人本末。今按：茂倩，侍读学士劝仲褒之孙，昭陵名臣也。本郓州须城人。有子曰源中、源明。茂倩，源中之子也。但未详其官位所至。

可见南宋时人对郭茂倩仕履已不甚清楚。按茂倩是源明之子，此误云源中之子。

《四库提要》卷一八七《乐府诗集》条述郭茂倩事迹曰：

> 《建炎以来系年要录》载茂倩为侍读学士郭褒之孙，源中之子。其仕履未详。本浑州须城人。此本题曰太原，盖署郡望也。

按此段叙述粗疏多误。郭褒当作郭劝（字仲褒），源中当作源明，浑州当作郓州。按《建炎以来系年要录》实际并未提及郭茂倩，仅提及其弟茂恂。该书卷一〇有曰：“（建炎元年十一月）辛亥，朝奉大夫郭太冲行尚书吏部员外郎。太冲，茂恂子也。”今人李裕民《四库提要订误》亦曰：“《建炎以来系年要录》并未提及郭茂倩及其父祖。”《提要》所言，当系馆臣一时误记。陆心源《乐府诗集》跋文在述及《四库提要》所载与苏颂墓志所载不同后曰：

> 《要录》从《永乐大典》录出，恐有传写之讹。《苏集》从宋本影写，当可据。惟郭源中亦有其人，累官都官员外郎、充广陆郡王申王院教授、职方员外郎，见《苏魏公集·外制》。或源明与源中弟兄，而茂倩嗣源中欤？

陆氏推测郭源中或是源明弟兄，茂倩过继给他，可备一说。

宋葛立方《韵语阳秋》卷四称：“郭茂倩《杂体诗》载《百一诗》五篇，皆（应）璩所作。”是郭茂倩尚编有《杂体诗》一书，惜今已佚。杂体诗与乐府诗体制较近，吴兢《乐府古题要解》在叙述乐府诗后，附述杂体诗。杂体诗中的风人诗，以运用谐音双关语为修辞特色，其体受六朝乐府吴声、西曲歌辞影响。郭茂倩编《杂体诗》一书，当是把它当作《乐府诗集》的附编看待的。

根据以上材料及考订，对郭茂倩事迹可作以下概括：

> 郭茂倩，字德粲，郓州东平人。祖劝，官至翰林侍读学士。父源明，官至职方员外郎。茂倩为源明长子，通音律，善篆隶，元丰年间任河南府法曹参军。编有《乐府诗集》一百卷传世。

以上陆心源跋文和苏颂墓志，根据日本学者中津滨涉《〈乐府诗集〉研究》一书提供的资料转引。该书昭和五十二年汲古书院印行。

二、《乐府诗集》之价值

《乐府诗集》一百卷，汇编自汉至五代乐府诗，分为十二大类：郊庙歌辞、燕射歌辞、鼓吹曲辞、横吹曲辞、相和歌辞、清商曲辞、舞曲歌辞、琴曲歌辞、杂曲歌辞、近代曲辞、杂歌谣辞、新乐府辞。其中郊庙、燕射两类，封建朝廷用于隆重的礼仪场合，为帝皇所重视，故列于各类之首。鼓吹、横吹两类，均为雄壮的军乐，但二者来源、用途、乐器等有所区别，故分为两类。相和、清商二类均为丝竹伴奏的通俗乐曲，但二者体制、流行时期与地域亦有区别，故亦列为两类。舞曲歌时兼舞，琴曲专以琴弦谱奏，性质较特殊，故各为一类。杂曲大多数是文人模仿通俗歌曲的案头之作，杂歌谣是不入乐的民间歌谣，体制与乐府相近，可供参照，故各列一类。近代曲、新乐府均产生于隋唐时代，近代曲配合燕乐演唱，新乐府不入乐，体式与相和、清商、杂曲相近，但自制新题，故各列为一类。凡自汉至五代乐府诗，收罗宏富，分类妥善，后世治乐府诗者，莫能出其范围。

全书体例处理得当。大类中有小类者则分小类编次，如相和歌又分相和六引、相和曲、吟叹曲、四弦曲等十小类。其无小类而歌辞繁富者则按其题材内容相近者以类相从。如杂曲歌辞存诗十八卷，数量繁多，即以题材相近编次，便于读者检阅。各曲调歌辞，先列原作与古辞，之后按作者时代先后列各家仿作，可以由此考见各曲调歌辞的渊源演变。编者于乐府诗的体制特色，极为重视，著录歌辞，参照《宋书·乐志》、《南齐书·乐志》、《古今乐录》等书，务存原貌，使读者便于理解乐府诗的体制特色。例如鼓吹曲辞，缪袭《魏鼓吹曲·旧邦》篇、韦昭《吴鼓吹曲·克皖城》篇，《宋书·乐志》把其中各七言句均分为上四下三两句，还有其他类似的例子。《乐府诗集》均照录不改，于此可以考见当时七言诗一句在音乐节拍上相当于三言、四言、五言的两句，对读者研究七言诗的形成与发展很有裨益。又如相和歌辞瑟调曲中之大曲，其篇章除分若干解外，往往曲前有艳，曲后有趋，《乐府诗集》亦据《宋书·乐志》照录，可以考见大曲比较繁复的结构。又如南北朝时代，南北乐府诗区分解数情况不同，南方以一章为一解，北方少数民族乐歌则以一句为一解。横吹曲中之梁鼓角横吹曲实为北歌，《乐府诗集》根据《古今乐录》，一一注明其以一句为一解，可考见当时北方乐歌的体制特色。又如清商曲辞中的吴声歌曲与西曲歌中许多曲调的歌辞，往往中间有和声，末尾有送声，《乐府诗集》据《古今乐录》一一加以注明，这对读者认识吴声、西曲歌辞的体制特色颇为重要，对后来不少歌辞仅属因声制辞，因而内容往往与本事不合的情况，提供了解决疑问的线索。郭茂倩对此种后来乐府拟作因声作辞的情况深有认识，《乐府诗集》卷八七《黄昙子歌》题解曰："凡歌辞，考之与事不合者，但因其声而作歌尔。"这话为读者理解许多后起的乐府拟作提供了指导性的意见。

《乐府诗集》于各大类、小类歌辞，均有序说，于各曲调有题解，对各类歌辞、各曲调之名称、内容、源流等各方面情况，均广泛征引有关材料作出说明，堪称解释详明，考核精审。其所征引的材料，除正史音乐志外，尚有不少乐府专书，其中有的已经失传，赖郭氏此书保存重要片段，弥足珍贵。如南朝陈代释智匠《古今乐录》一书，有十二卷，评述各类乐府诗，对正史音乐志所忽视的、语焉不详的通俗乐曲相和歌、清商曲、鼓角横吹曲等，介绍具体，其史料价值很高。该书宋以后亡佚，幸赖《乐府诗集》大量征引其文，保存大半，极堪重视。例如相和歌辞在晋宋时代分哪些小类，各小类包含哪些曲调，其兴歇存亡情况，《古今乐录》引录宋张永《元嘉正声伎录》、南齐王僧虔《大明三年宴乐伎录》两书（后代均佚），作了详明的记载。张永、王僧虔两人以同时代人所记南朝前期相和歌演奏情况，实为可靠的第一手材料，对后人研究相和歌十分重要。《乐府诗集》把相和曲、清商三调（平调、清调、瑟调）等小类均归入相和歌辞大类，即据《古今乐录》所引张、王两氏之书，灼然有据。现代学者梁启超等谓清商三调不属于相和歌，非是。又如清商曲辞中吴声歌曲与西曲歌的不少曲调，常有和声、送声，其体制颇为重要，郭氏书引《古今乐录》一一注明。此点上文已述及。郭茂倩在征引有关材料后，附加按语，见解甚为精当。如《乐府诗集》卷四四吴声歌曲序说，在引录《晋书·乐志》的记载后，加按语曰："盖自永嘉渡江之后，下及梁陈，咸都建业，吴声歌曲，起于此也。”指出吴声歌曲大抵产生在六朝时代的京城建业（今南京市）一带，意见中肯，符合历史事实。郭氏全书之序说、解题，在翔实材料的基础上作出客观允当的解释与论断，科学性很强，不似明清时代的一些乐府诗选本，对诗题、诗意等往往以意妄测，流于穿凿附会。

综上所述，可见《乐府诗集》收罗宏富，分类妥善；编次体例，精审合理；征引资料，丰富翔实；解说按断，客观允当，实为乐府诗总集中最完备精当之作，《四库全书总目提要》卷一八七称为“乐府中第一善本”，良非过誉。当然，由于乐府诗数量繁富，此书卷帙甚多，不免存在若干遗漏、讹误之处。明梅鼎祚《古乐苑》凡例尝摘此书以古诗混入乐府等谬误若干条，说颇中理，但究属枝节之病，无关宏旨，所谓大醇中之小疵也。

此书原来通行之版本为毛氏汲古阁本（局刻本、《四部丛刊》本均据毛本），毛刻本系采用元刻本为底本再据宋本雠正者。五十年代文学古籍刊行社影印宋本行世，为读者提供了此书的最早刻本，有利于雠校。1979年中华书局又出版标校本《乐府诗集》。该书以宋本为底本，参校汲古阁本及其他有关图书，有新式标点，有简要校记，颇便读者使用。书后附有《作者姓名篇名索引》，亦便于检阅。

（原载《学术集林》卷十四，上海远东出版社1998年出版）

刘桢评传

东汉末叶献帝建安年间，在曹操、曹丕、曹植父子政治上当权人物的提倡和推动下，文学颇为发达，涌现出一批有才能的文人。在这批文人中，“建安七子”尤为著名。刘桢是“建安七子”中的一位重要作家。他的诗歌写得很好，后人常把他和曹植相比，并称“曹刘”。

一、生平梗概

刘桢的生平事迹，史籍记载很少。我们钩稽史乘，结合他的作品，只能了解一个大概的情况。

刘桢，字公幹，东平宁阳（今山东省宁阳县南）人。他家和东汉王朝是本家，但到他父祖时家庭已并不富裕。刘桢的父亲刘梁[1]，少时孤贫，靠在市场上卖书自给。后来在地方、朝廷做过几任官。他在做北新城地方长官时，提倡教育，劝导县里的人读书，发展了该地的文化。刘梁擅长文学，《后汉书·文苑传》列有他的传记。他目睹当时人们多以势利相交往，风气不正，写了《破群论》、《辩和同论》两篇文章加以抨击，同时提倡以儒家思想为准绳的道义。《破群论》惜已失传，今仅存《辩和同论》。

刘桢的生年不能确知。现在有的书上标为公元170年，只是一种假定，没有确凿的根据。据《太平御览》（卷三八五）引《文士传》记载：刘桢少年时就以才学闻名。他八九岁时，就能诵读《论语》、诗、赋等数万字。为人聪颖敏捷，人家提出问题，他应声便答，没有能难住他的。刘桢这种才学，除掉天赋好以外，看来主要是由于家庭的优良的文化条件。

建安元年（196），曹操挟持汉献帝从洛阳迁都于许（今河南许昌县东），自己担任司空（三公之一）。曹操从此掌握中央大权，献帝成了傀儡。九年（204），曹操从袁尚手中夺得邺（今河北临漳县西），领冀州牧，把邺作为自己的根据地。以后即在此建立魏都。建安十年前后，曹操北攻袁绍、袁

① 《后汉书·刘梁传》说刘桢是刘梁的孙子。此据《三国志·王粲传》注引《文士传》。刘桢是刘梁子抑孙，不能肯定。

尚父子等，南攻刘表，刘桢曾随军同行。谢灵运《拟魏太子邺中集诗》咏刘桢有云：“北渡黎阳津，南登纪郢城。”就是说的刘桢随曹军南征北战。黎阳津故址在今河南浚县东南，曹操曾与袁氏部队在此作战。纪郢，在今湖北江陵市，即荆州州治，是刘表的中心根据地。建安十三年（208），曹操担任丞相，罢三公官职，他的地位更崇高，权力更集中了。曹操雄心勃勃，企图统一中国，建立新王朝。他招纳了许多有才干、学识之士，帮他办事。就在建安年间，刘桢来到许都，先是在曹操手下做司空军谋祭酒①；曹操升任丞相后，刘桢也改做丞相掾属。做掾属一类官，公务是相当繁忙的。刘桢有《杂诗》一首，中有云：“职事相填委，文墨纷消散。驰翰未暇食，日昃不知晏。沉迷簿领书，回回自昏乱。”说他沉溺忙乱于纷繁的文书工作之中，大约就是反映了当时的日常事务。

建安十四年（209），曹操南征孙权。这年春天到达其家乡谯郡（今安徽亳县），整治水军，经过涡水、淮河、肥水，驻军合肥。到冬天又回军谯郡。这次南征，曹丕、刘桢、王粲、陈琳、徐幹、应玚等人都随行。刘桢后来在《赠五官中郎将》诗第一首中对当时的军中生活加以追叙：

① 按建安三年，曹操置军谋祭酒官，则刘桢任此职必在该年以后。

昔我从元后，整驾至南乡。过彼丰沛都，与君共翱翔。四节相推斥，季冬风且凉。众宾会广坐，明灯熺炎光。清歌制妙声，万舞在中堂。金罍含甘醴，羽觞行无方。长夜忘归来，聊且为大康。四牡向路驰，欢悦诚未央。

诗中“元后”指曹操，“丰沛”是汉高祖刘邦的故乡，此处借指曹操的故乡谯郡。“君”指曹丕（刘桢写此诗时曹丕为五官中郎将）。这诗着重描绘了这年冬天曹操回师谯郡时曹丕和一批文人们在军中深夜饮酒聆歌的欢快情景，表现了军中生活的一个侧面。

建安十六年（211），曹操要他长子曹丕担任五官中郎将，作为丞相的副手，初步安排了接班人。五官中郎将手下设置官属，帮助办事。于是，刘桢、徐幹等都被任为五官中郎将文学，做了曹丕手下的文学侍从之臣。

曹丕爱好文学，优待文人。他常常和他手下那些文人一同游览风景，饮酒赋诗，有时还出一个题目，叫大家一齐写诗作赋。曹丕后来在文章中对当时这种诗酒留连的生活作过具体生动的描绘：“昔日游处，行则连舆，止则接席。……每至觞酌流行，丝竹并奏，酒酣耳热，仰而赋诗。”（《与吴质书》）“白日既匿，继以朗月，同乘并载，以游后园。”（《与朝歌令吴质书》）刘桢的《公宴诗》描写的也正是这种情景：

永日行游戏，欢乐犹未央。遗思在玄夜，相与复翱翔。辇车飞素盖，从者盈路傍。月出照园中，珍木郁苍苍。……生平未始闻，歌之安能详。投翰长叹息，绮丽不可忘。

两相比照对读，可以看出他们平时的创作生涯是相当愉快的。这种诗文，为围绕在曹丕周围的邺下文人集团的日常活动，留下了具体的剪影。

刘桢和曹丕的交情相当好。他有《赠五官中郎将》诗四首赠给曹丕，表达了两人间互相关怀的情谊和对曹丕文才的称颂。其中第二首写到自己某次得了重病，在漳河旁家中休息了一百多天。曹丕亲自来他家探望，长谈至夜，临别时还相约明春再见。全诗写得感情委婉动人。曹丕还喜欢和手下的文士们开开玩笑。他曾把一条珍贵的廓落带赐给刘桢，后因需要向刘桢暂借，写信给刘桢开玩笑道：“夫物因人为贵，故在贱者之手，不御至尊之侧。今虽取之，勿嫌其不反也。”虽然是开玩笑，毕竟显示出他那以富贵骄人的面目来。刘桢顺着他的心意写了一封回信，指出像荆山宝玉、隋侯明珠那些著称于史的珍品，都是先经过卑贱者之手然后贡献给至尊的。“夫尊者所服，卑者所修也；贵者所御，贱者所先也。故夏屋初成，而大匠先立其下；嘉禾始熟，而农夫先尝其粒。”比喻生动，措辞巧妙，深得曹丕的欣赏。

在曹丕手下时，刘桢曾遭遇到一次不幸事件。某次，曹丕和手下文士一同宴饮，大家都很高兴。曹丕叫他夫人甄氏出来会见宾客。甄夫人出来时，酒席上众宾都俯伏表示敬意，惟独刘桢平身望着甄夫人。曹操得知此事，大怒，罚他到尚方（专管制作刀剑等御用物品的官署）作苦工。后来曹操到尚方视察，看到刘桢正在认真磨石块，曹操问石块质量怎样，刘桢抓住机会，跪着回答道：“石出自荆山悬岩之巅，外有五色之章，内含卞氏之珍（指卞和宝玉）。磨之不加莹，雕之不增文。禀气坚贞，受之自然，顾其理（石的纹理）枉屈纡绕而不得申！”曹操听了大笑，当日就释放了刘桢（见《世说新语·言语》注引《文士传》）。刘桢的答辞非常巧妙，他表面上是讲石块，实际用以自喻，说自己秉性坚贞，这次受罚，理不得申；在形式上运用韵语，富有文采，表现出他敏捷的文才。不过这段记载有些像小说，在细节上或许不一定完全真实可靠。这事发生在曹丕任五官中郎将后不久，大约即在建安十六年（211）或下一年。刘桢在尚方磨石的时间大约也不长，但毕竟是他生活道路上的一次重大挫折。

在担任五官中郎将文学一段时间后，刘桢还在曹植手下做过平原侯庶子[①]。当时应玚也任过平原侯庶子，邢颙为平原侯家丞。曹植平时行为比较放荡，不拘礼法。邢颙常加谏阻，招致曹植的不快。刘桢为此上书规谏曹植。信中赞美邢颙是秉持高节的雅士，非自己可比，“而桢礼遇殊特，颙反疏简。私惧观者将谓君侯习近不肖，礼贤不足，采庶子之春华，忘家丞之秋实”。他不愿曹植只亲近自己而疏慢方正的邢颙，表现出他那尊重别人，不图一己私利的高尚品格。《文心雕龙·书记》称赞此书为“丽而规益”。

建安二十二年（217），邺都一带疫疠（急性传染病）流行，刘桢得病逝世。同年得病去世的还有徐幹、陈琳、应玚诸人。

综观刘桢一生，他为人比较正直，性格比较刚强，生活上有时不拘礼法。谢灵运《拟魏太子邺中集诗》小序中称刘桢为“卓荦偏人”，意为奇特不寻常之士，重在褒赞。魏王昶在《诫子书》中说刘桢“博学有高才，诚节有大意，然性行不均，少所拘忌”（《三国志》卷二七《王昶传》），则兼寓褒

① 曹植于建安十六年封平原侯，十九年改封临菑侯。刘桢做平原侯庶子，当在此数年间。

贬。不管是褒是贬，都显示出了刘桢不同寻常的性格特色。

二、诗歌特色及其评价

刘桢的作品，据《隋书·经籍志》记载，原有《魏太子文学刘桢集》四卷，早已亡佚。今存《刘公幹集》是后人所辑，作品已亡佚不少，今存者也有部分是残章断句。除赋、诗、文外，刘桢还著有《毛诗义问》十卷，着重训释《诗经》中的名物。原书亦失传，清马国翰《玉函山房辑佚书》有辑本，所存寥寥无几。

刘桢擅长写五言诗。曹丕在《与吴质书》中评论建安诸子文学，指出刘桢“五言诗之善者，妙绝时人”。他的诗完整的现存十二首，其中《公宴诗》、《赠五官中郎将》（四首）、《赠徐幹》、《赠从弟》（三首）、《杂诗》共十首，被萧统选入《文选》。此外尚有《斗鸡》、《射鸢》两首。其他的便都是残章断句了。他的存诗虽然不多，但在建安七子中，数量仅次于王粲（完整的约近二十首），比起徐幹、阮瑀诸人均不到十首来，还算是较多的了。《文选》选七子诗，也是王粲、刘桢的篇章为多，说明两人的诗歌成就最高。

刘桢的《赠从弟》诗三首最受人们的重视。三诗分别以蘋藻、松柏、凤凰作比，勉励其堂弟要砥砺德行，坚持节操，不贪求名利，不随俗浮沉，既赞美了从弟的德操，更反映出刘桢自己刚正不阿的品格和他对于人格美的追求。其第二首写得尤为鲜明生动，刚健有力：

亭亭山上松，瑟瑟谷中风。风声一何盛，松枝一何劲！冰霜正惨凄，终岁常端正。岂不罹凝寒，松柏有本性。

刘桢的《公宴诗》、《赠五官中郎将》四首、《赠徐幹》等诗篇，表现他和曹丕、徐幹等人间的交往和友谊，其内容主要是“怜风月，狎池苑，述恩荣，叙酣宴”（《文心雕龙·明诗》），展示了邺下文人集团间日常生活的某些侧面。刘桢没有写出像王粲《七哀诗》、陈琳《饮马长城窟行》那样反映社会动乱、人民苦难的作品，这是他的不足之处。但这些篇章也与后世那些庸俗无聊的应制诗、应酬诗有所不同，它反映了作者和曹丕、徐幹间的深挚情谊，显示出“慷慨以任气，磊落以使才”（《文心雕龙·明诗》）的特色，表现了建安文人所共有的豪情壮志，因而能够扣动读者的心扉。

刘桢尚有《斗鸡》、《射鸢》两诗。《斗鸡》描写斗鸡游戏的场景，应玚、曹植也各有《斗鸡》诗，或许是刘、应两人在做平原侯庶子时同时唱和之作。《射鸢》描写曹操射杀飞翔高空的鸣鸢，当是在曹操手下任属官时所作。这两首诗写得都较为平庸。

刘桢诗歌的艺术特色是不论写即目所见景物，或抒发胸怀，都是非常自然的流露，不事雕琢。笔致疏宕流畅，语言刚健有力。这一特色贯穿在他全部作品中，上引《公宴诗》、《赠从弟》（其二）都是其例，此外如《赠五官中郎将》四首、《赠徐幹》等篇也颇为突出：

余婴沉痼疾，窜身清漳滨。自夏涉玄冬，弥旷十馀旬。常恐游岱宗，不复见故人。所亲一何笃，步趾慰我身。清谈同日夕，情盼叙忧勤。……（《赠五官中郎将》其二）

谁谓相去远，隔此西掖垣。拘限清切禁，中情无由宣。思子沉心曲，长叹不能言。起坐失次第，一日三四迁。步出北寺门，遥望西苑园。细柳夹道生，方塘含清源。轻叶随风转，飞鸟何翻翻。乖人易感动，涕下与衿连。仰视白日光，皦皦高且悬。兼烛八纮内，物类无颇偏。我独抱深感，不得与比焉。[①]（《赠徐幹》）

① 关于此诗的写作背景，《文选五臣注》吕延济说："是时徐在西掖，刘在禁省，故有此诗。"末尾六句，《五臣注》李周翰释为："言日光照烛天下，无所偏颇，而我独抱此深感，失志不得与比于众物也。"清何焯《义门读书记》、方东树《昭昧詹言》推测当为刘桢以不敬甄夫人罚作苦工时作。未详孰是。

这种诗因为写得朴素自然，没有突出的形象和美艳的词句，因此乍读起来不容易发现其佳处，要慢慢咀嚼才能体会其艺术造诣。清代吴淇说：“公幹诗质直如其人，譬之乔松，挺然独立。……其体盖以骨胜。”（《六朝选诗定论》卷六）评价颇为中肯。钟嵘《诗品序》末尾列举名家警策之作，于建安诗云：“陈思赠弟，仲宣《七哀》，公幹思友。”“思友”即指《赠徐幹》诗。钟嵘把《赠徐幹》诗与曹植《赠白马王彪》、王粲《七哀》相提并论，可见对此诗评价之高。

建安诗歌以富有风骨著称，后世称为建安风骨或建安风力。刘桢诗的风骨是很突出的。《诗品》评刘桢诗云：“仗气爱奇，动多振绝。贞骨凌霜[1]，高风跨俗。但气过其文，雕润恨少。”“贞骨”二句即是赞美刘桢诗的风骨不凡。据《文心雕龙·风骨》的阐释，风的特点是清、显、明，指作者思想感情等在作品中表现得鲜明爽朗而不晦昧；骨的特点是精、健、峻，指作品语言精要刚健而不繁冗软弱。总起来说，风骨是指鲜明生动、精要刚健的文风。刘桢作品富有风骨，不但钟嵘这样看，曹丕、刘勰也是这样看。曹丕说“刘桢壮而不密”（《典论·论文》），认为刘桢作品壮健而不细密。

① “贞骨”之“贞”，一作“真”，恐是形近而误。此据宋何汶《竹庄诗话》卷二、魏庆之《诗人玉屑》卷十三引文。

不细密，实际即是爽朗精要之意。刘勰也说刘桢“言壮而情骇”（《文心雕龙·体性》）。情骇，指其作品感情激荡，也与鲜明刚健之意接近。《文心雕龙·明诗》还指出建安诗歌的艺术特色是：“造怀指事，不求纤密之巧；驱辞逐貌，唯取昭晰之能。”所谓“不求纤密”、“唯取昭晰”，也点明了建安诗歌爽朗精要的特色①。魏晋南北朝人的流行看法，认为人的禀赋气质有清浊之分，禀气清的人，其作品容易产生鲜明爽朗的风貌，《文心雕龙·风骨》所谓“意气骏爽，则文风清焉”，就是这个意思。《诗品》说刘桢“仗气爱奇”，“仗气”，意思和《诗品序》赞美刘琨“仗清刚之气”相同。当时人认为禀受清气者多阳刚之气，为人豪迈爽直，表现于作品，则富有爽朗刚健的风骨，很有气势。《文心雕龙·风骨》把有风骨的作品比喻为翱翔高空的鹰隼，即是此意。这种看法过于强调先天禀赋的决定作用，有其片面性；但注意到人的气质、性格对文风的重大影响，也包含着合理成分。就刘桢来说，他性格比较刚直豪迈，所以形成了鲜明爽朗、刚健有力的文风。刘桢本人也很重视文章刚健的气势。南齐陆厥《与沈约书》曾说：“刘桢奏书，大明体势之致。”“体势”是指作品

① 参考拙作《从〈文心雕龙·风骨〉谈到建安风骨》一文，收入拙著《文心雕龙探索》。

的体貌风格。刘桢此书全文已失传，但据《文心雕龙》所引，刘桢曾赞美孔融云：“孔氏卓卓，信含异气，笔墨之性，殆不可胜。”（见《风骨》篇）又说文章应写得“辞已尽而势有馀”（见《定势》篇）。这些话大约即出自那篇奏书。

刘桢的诗富有风骨，但文采稍嫌不足，《诗品》所谓“气过其文，雕润恨少”，即指其诗气骨（即风骨）胜过文采。刘勰、钟嵘都认为，文章应当写得文质彬彬，即辞章的文采藻饰和质朴有力互相结合起来。《文心雕龙·风骨》提出风骨与采应当兼具，《诗品序》主张“干之以风力，润之以丹采”，风骨偏于质朴，犹如《风骨》篇所说的缺乏羽毛鲜美的鹰隼；因此主张风骨与采兼备，实际就是要求文质结合得好。《诗品》于建安诗人，对曹植评价最高，称他“骨气奇高，词采华茂，情兼雅怨，体被文质”，就是气骨、词采兼长，达到文质彬彬的高标准。刘桢、王粲则各有偏胜。刘桢是质胜于文，王粲则是“文秀而质羸”，文胜于质，所以两人总的成就不及曹植。现在有的研究者把《诗品》所谓“质”理解为思想内容，这很难讲通。就思想内容讲，特别就关心国事民生讲，王粲诗比刘桢诗要强。但王粲诗的文辞风格，确比刘桢诗要美丽而柔弱。《诗品》还指出，晋代诗风刚健的诗人左思源出刘桢；而诗风绮丽的潘岳、张协、张华诸人则源出王粲。当然，建安诗歌总的说来都有风骨，但比较说来，刘桢诗的风骨尤为突出，王粲诗则相对显得柔弱一些。

三曹以外，建安文人中王粲、刘桢两人的成就最高。江淹《杂体诗序》有云："及公幹、仲宣之论，家有曲直。"说明王、刘两人的高下，南朝即有不同看法。《宋书·谢灵运传论》举曹植、王粲为建安文学的代表，《文心雕龙·才略》更认为王粲诗赋是"七子之冠冕"。《诗品》则更推尊刘桢，排建安诗人的次序为：首曹植，次刘桢，次王粲，并声称"曹、刘殆文章之圣"。平心而论，王粲兼长诗赋，其部分作品现实性相当强烈，总体上的确不愧为七子的魁首。但就五言诗的艺术成就说，刘桢诗风貌特别爽朗刚健，具有王粲不及的特长，在标志建安风骨方面，刘桢诗更具有代表性。因此，后世评论者在肯定、赞美建安诗的风骨时，常常以曹、刘并称。如梁代裴子野《雕虫论》云："曹刘伟其风力。"杜甫《奉寄高常侍》赞美高适诗云："方驾曹刘不啻过。"元稹《唐故工部员外郎杜君墓系铭序》赞美杜甫诗云："气夺曹刘。"元好问《论诗绝句》云："曹刘坐啸虎生风，四海无人角两雄。"可说都是继承了《诗品》的评价。这种评价不是偶然的，表明了长时期来人们对于以曹植、刘桢为代表的建安风骨的赞美。

除诗歌外，刘桢还留有若干辞赋、散文。他的《大暑赋》、《黎阳山赋》、《瓜赋》等都是小赋，写得较为清新，表现了建安时代小赋盛行的特色。但其中大多数经过后代类书删节，已非全篇。其《鲁都赋》是学习班固《西都赋》、张衡《二京赋》的巨制，残缺更甚。他的散文除上文称引过的《谏曹植书》、《答魏太子丕借廓落带书》外，完整的尚有《处士国文甫碑》。他的辞赋、散文较多骈偶句，显示出东汉以来骈文日趋发展的倾向，但仍有一股疏宕之气流贯其间，表现出与诗歌相似的“壮而不密”的特色。

1986年7月

（原载山东教育出版社1989年12月版

《中国历代著名文学家评传》续编第一卷）

陶诗三论

陶渊明田园诗的内容局限及其历史原因

陶渊明从官场返回田园，参加了一些轻微的农业劳动。在长期的生活实践中，对农村环境和农业劳动有较亲切的体验。他的田园诗，不但描绘了乡村的优美风光，而且表现了他参加农活的艰苦情景和真实感受。他还宣称：纵使生活艰苦，也要坚持下去，不愿为了富贵而奔走钻营，所谓“衣沾不足惜，但使愿无违”（《归园田居》），“斯滥岂攸志，固穷夙所归”（《有会而作》）。这些内容，反映了一个情操比较高尚的知识分子对龌龊的官场的厌恶，对朴素农村的环境和生活的爱好，无疑具有积极的思想意义。后来盛唐时代王维、孟浩然、储光羲等人的田园诗，仅仅描绘田园和平宁静的环境与美丽的景色，其思想意义就远逊陶诗。

令人感到遗憾的是，陶渊明的田园诗内容绝少谈到农民，其诗中简直没有出现过农民的形象。陶渊明后期，家中有僮仆门生，其生活与贫苦农民还有不小距离；但他毕竟长期栖息于农村，还参加一点农业劳动，同劳动农民应当经常有接触，对他们的艰难困苦应当有所认识。他做彭泽令时，“送一力（长工）给其子，书曰：汝旦夕之费，自给为难，今遣此力，助汝薪水之劳。此亦人子也，可善遇之”（萧统《陶渊明传》）。叮嘱他儿子要爱护长工，说明他对劳动农民抱着同情的态度。从陶渊明的生活状况和思想状况看，他的田园诗应当有可能反映农民的痛苦生涯，可是事实并不是这样。

据《晋书》、《资治通鉴》记载，晋安帝义熙六年（410），卢循、徐道覆所领导的农民起义军，曾与何无忌、刘毅、刘道规、刘裕等率领的晋军，屡战于豫章、浔阳一带，有几次战役规模还是相当大的①。浔阳是陶渊明的家乡，但陶诗中对发生在家乡的这些大事却是毫不涉及。他的《庚戌岁九月中于西田获早稻》一诗就是义熙六年写的，诗中有云：“晨出肆微勤，日入负耒还。山中饶霜露，风气亦先寒。田家岂不苦，弗获辞此难。”表现了自己参加农业劳动的辛苦，也颇亲切动人，但

---

① 参考夏承焘先生《陶潜与孙恩》，载《陶渊明讨论集》，中华书局1961年版。

全诗对浔阳一带的战争也只字未提。或许在这方面我们不能对陶渊明苛求，因为封建时代的文人对农民起义表示同情是罕见的。以关怀人民疾苦著称的杜甫，尚且在他的《喜雨》诗中，表现了对台州袁晁起义的忧虑和憎恨。辛弃疾更是直接参加了镇压茶商的起义。

那末，陶诗对农民日常痛苦生活是否有所反映呢？可以说没有。《劝农》诗其三云："熙熙令德，猗猗原陆。卉木繁荣，和风清穆。纷纷士女，趋时竞逐；桑妇宵兴，农夫野宿。"这里把及时行乐的士女同"桑妇宵兴，农夫野宿"相对比，虽然触及到了农民的艰苦生涯，但是没有开展具体的描写。《饮酒》其九云：

> 清晨闻叩门，倒裳往自开。问子为谁欤，田父有好怀。壶浆远见候，疑我与时乖。"褴缕茅檐下，未足为高栖。一世皆尚同，愿君汩其泥。""深感父老言，禀气寡所谐。纡辔诚可学，违己讵非迷！且共欢此饮，吾驾不可回。"

诗中的"田父"，照字面讲应指农夫，但全篇构思模仿《楚辞》的《渔父》，通过假设问答来表明自己不愿再出仕的意志。《渔父》篇记载渔父规劝屈原道："圣人不凝滞于物，而能与世推移。世人皆浊，何不淈其泥而扬其波？”为陶诗“一世皆尚同，愿君汩其泥”二句所本。由此可见，《饮酒》其九中的“田父”，只是一个假设的人物。全诗主旨，也不在于写田父，而在于通过与田父的问答来表明自己对仕途进退的态度。这显然不能算是描绘农民生活的诗篇。

值得注意的还是《归园田居》其二，这诗前后都写自己的生活，中间四句云：“时复墟曲中，披草共来往。相见无杂言，但道桑麻长。”这里写到的对象，是踏着田间小路披草来往的邻里，相见时又只谈庄稼之事（“桑麻长”），应该是农民了吧？也颇难肯定。细读陶集，我们看到渊明在农村经常往来、互吐衷情的对象，还是一些同他身份相近的退职小官僚、隐逸文人、乡村绅士一流人物，而不是一般的贫苦农民。他的《移居》诗二首有云：

> 昔欲居南村，非为卜其宅。闻多素心人，乐与数晨夕。……邻曲时时来，抗言谈在昔。奇文共欣赏，疑义相与析。（其一）
>
> 春秋多佳日，登高赋新诗。过门更相呼，有酒斟酌之。农务各自归，闲暇辄相思。相思则披衣，言笑无厌时。……（其二）

他的知己就是这种一起饮酒赋诗、共谈文艺的邻居，同他自己的身份接近、趣味相投的人物。《归园田居》其二诗中的对象，很可能也是这类人物。或许有人会反驳道：《归园田居》其二诗中的对象，是“但道桑麻长”，没有同渊明一起饮酒、赋诗、谈论文艺啊！但是谈论桑麻，不一定就是农民，农村的乡绅地主，也很关心庄稼，因为它影响到他们的收入和生活。陶渊明也很关心自己的庄稼，但不能说陶渊明就是农民。《移居》诗云“农务各自归”，说明那些一起赋诗饮酒的邻里，也都像渊明那样参加农务，他们在某种场合与渊明“但道桑麻长”，是完全可能的。退一步说，即使“披草共来往”的真的是农民，也就是这么寥寥四句，在诗中作为陪衬的形象出现，主旨在于表现陶渊明对庄稼的关心，而不是刻画农民的艰苦生活。

陶诗中有个别篇章反映了农村某些地方的残破现象，如《归园田居》其四云：

> 久去山泽游，浪莽林野娱。试携子侄辈，披榛步荒墟。徘徊丘陇间，依依昔人居。井灶有遗处，桑竹残朽株。借问采薪者：此人皆焉如？薪者向我言：死没无复馀。一世异朝市，此语真不虚！人生似幻化，终当归空无。

“一世”是三十年，诗的主题是慨叹人生短促，时间一长，人都要死亡。诗中说“昔人”，是指几十年前的人物；说“死没”，是指一般的病故。“昔人”的身份也不清楚。全诗不能说是表现由于残酷的阶级剥削和压迫而形成的农村凋敝面貌。渊明还有《还旧居》诗有云：“阡陌不移旧，邑屋或时非。履历周故居，邻老罕复遗。……流幻百年中，寒暑日相推。常恐大化尽，气力不及衰。”这是慨叹由于时间推移，旧居的一些老邻居都死去了，一部分房屋也变了样，基调同《归园田居》其四相似。陶诗中抒发人生短促、终归虚无的感想是屡屡出现的，以上两诗结合邻里的具体情景，也表现了这种看法。

总之，陶渊明的田园诗中，没有出现真实具体的农民形象，它既没有描写农民的痛苦生活，也没有反映出由于阶级压迫所造成的农村凋敝荒凉的面貌。与杜甫相比，陶集中既没有像《兵车行》、《羌村》其三、“三吏”、“三别”、《岁晏行》那样描绘农民在死亡线上挣扎和农村残破面貌的诗篇，也没有像《遭田父泥饮美严中丞》、《负薪行》那样描绘农民日常和平生活的诗篇。

或许有的同志会说，陶渊明写的都是短篇抒情诗，不是杜甫新乐府一类的叙事诗，不能要求短篇抒情诗描绘农民的痛苦生活。这话不全面。第一，如果陶渊明真有用诗反映农民痛苦的要求，他也可以写一些叙事诗。第二，抒情短诗固然不能较具体充畅地描绘农民生活，但仍然可以在一定程度上反映农民的痛苦，像杜甫的《枯棕》、《阁夜》等篇，不也是抒情诗而较好地反映了人民的痛苦吗？“野哭千家闻战伐，夷歌几处起渔樵”（《阁夜》），这么精炼的律句还能抒写人民痛苦，何况陶渊明写的是五言古诗。

当然，陶渊明的田园诗，描绘了乡村的优美风光，表现了他参加农活的艰苦情景和真实感受，表现了他不愿与黑暗官场同流合污的高尚情操，开创了田园诗派，提供了前辈没有的新东西，对后世影响深远，在我国诗歌发展史上无疑是重大的贡献。但他不能进一步反映农民的痛苦生活，也不能不说是一个明显的局限。

陶渊明田园诗内容的这种局限，有它深刻的历史原因，它受着当时一般知识分子世界观、人生观的制约，更受着当时诗坛创作风气的影响。夏承焘先生《陶潜与孙恩》一文说：

东晋六朝两三百年的历史，是一部规模相当大的“相斫书”，可是那时文人诗篇里反映人民被战争驱役杀戮的苦痛的却非常之少；这不但陶潜一家如此，我们读东晋六朝全部文人诗，差不多十九如此。大概这些作家们，很鄙视这些黑暗龌龊的社会现实，以为不堪污其笔墨的！杰出的大家陶渊明也不例外。建安时代曹、王的乐府遗风，到了这时，真是“陵夷殆尽”了！于此，我们不得不惊叹陈子昂、杜甫诸家继承建安文学传统的伟大意义！

这段话讲得颇为中肯精辟。夏先生是说“反映人民被战争驱役杀戮”的诗，实际上这段时期中反映农民日常痛苦的诗也是罕见。其历史原因，夏先生讲得很简括，我这里想较为具体地分析一下。

我国古代描写农民痛苦生活的诗篇，最早的保存在《诗经·国风》里。《豳风》的《七月》，系统描述农奴一年到头的辛勤劳动和悲惨生涯，《魏风》的《伐檀》、《硕鼠》，反映了劳动者对剥削阶级的憎恨和控诉，这都是为大家所熟知的。还有《豳风》中的《东山》，写战士的忧思，也反映了农家的某些日常生活情景。至于写征夫（其中有不少人当是被征服役的农夫）苦于战争和行役的诗，还有不少。可以说，从《诗经·国风》开始，我国已经形成了反映农民痛苦生活及其怨恨情绪的诗篇的优良传统。

汉乐府中的民歌，像《东门行》、《上留田行》、《妇病行》、《孤儿行》等等，继承了《诗经·国风》的传统，相当深刻地描绘了下层人民的痛苦生活。可是因为现存的这些民间歌辞，多数产生于当时的大都市洛阳一带[①]，因此描写的对象大抵是下层市民，写农民的极少，只有《十五从军征》古辞，写长期服兵役的战士，垂老还乡，看到故居“兔从狗窦入，雉从梁上飞，中庭生旅谷，井上生旅葵”，总算反映了农村残破景象的一角。

建安文人诗作，在汉乐府民歌的影响下，比较注意反映下层人民的悲惨境遇。曹操、曹植、王粲、陈琳等作家在这方面都有一些较好的作品。曹植的《泰山梁甫吟》有云：“剧哉边海民，寄身于草野。妻子像禽兽，行止依林阻。柴门何萧条，狐兔翔我宇。”写的当时滨海地区的贫苦农民或盐民。陈琳的《饮马长城窟行》也反映了农家子被迫戍边筑城的痛苦。

汉魏时代的乐府民歌和文人诗作，直接写农民的虽少，但有一定数量的篇什，较真实地刻画了下层人民的苦难，艺术描写上也很生动具体，又采用五言诗体，因此在《诗经·国风》后别开生面，开创了中国诗歌发展史上反映人民生活的新境界，建立了优秀的叙事诗的新传统。可惜这个传统在建安以后整个魏晋的诗歌中没有得到继承。在这段时期中，出现了阮籍、左思、刘琨、郭璞等杰出诗人，其诗歌在内容、形式上都

① 参考拙作《汉代的俗乐和民歌》，收入拙著《乐府诗论丛》。

各有成就与特色，但共同的缺点是没有涉及下层社会。到东晋时代，由于玄学长期流行，玄言诗大盛，风靡诗坛。檀道鸾《续晋阳秋》说：

> 至过江，佛理尤盛。故郭璞五言，始会合道家之言而韵之。（许）询及太原孙绰，转相祖尚，又加以三世之辞，而诗骚之体尽矣。询、绰并为一时文宗，自此作者悉体之。至义熙中，谢混始改。（《世说新语·文学》篇注引）

可见玄言诗风统治东晋诗坛，直至末年晋安帝义熙年间谢混的作品产生，才有一些改变。陶渊明一生大部分时间，正是生活在玄言诗弥漫诗坛的时期里。玄言诗的特点，在内容上是宣传玄理，鄙视世务，提倡超脱尘俗，根本不关心动乱的社会现实，所谓“嗤笑徇务之志，崇盛亡机之谈”（《文心雕龙·明诗》），所谓乱世的多灾多难，“而辞意夷泰，诗必柱下（指老子）之旨归，赋乃漆园（指庄子）之义疏”（《文心雕龙·时序》）。在语言上则是“理过其辞，淡乎寡味”，“平典似《道德论》”（《诗品序》），缺乏文学作品的形象性与感染力量。陶渊明处在这样的诗歌创作风气中，他能够冲破玄言诗的束缚，以朴素平淡的语言表现农村的优美风光和他自己的日常生活和体验，使诗歌洋溢着诗情画意，获得了新生命，这是应当充分肯定的贡献。他的少数诗篇，表现关心政治，还有“金刚怒目式”的愤激不平，并不都是“辞意夷泰”。这些都与玄言诗大异其趣。但另一方面，他毕竟不能进一步冲破束缚，用他的诗笔去描写他在隐居生活中有一定认识的农民及其痛苦，这说明不良的时代创作风气，在这一方面仍然严重束缚着一个杰出作家的手脚。

上面说的是文人诗歌创作的风气，再说乐府诗与民间歌曲。陶渊明生值东晋后期到刘宋初年，正是乐府“清商曲辞”中吴声歌曲发展的时代。吴声歌曲原是南方吴地的民间歌谣，后被贵族文人采录模仿，大量进入乐府。著名的《子夜歌》流行于东晋孝武帝太元年间。另外，《前溪歌》、《欢闻歌》、《碧玉歌》、《桃叶歌》、《团扇郎歌》、《长史变歌》、《懊侬歌》等，均产生于东晋时期[①]。这些歌曲的内容，热烈地歌颂了男女的爱情，反映了封建社会中爱情受到折磨的痛苦，也具有一定的进步意义；但内容不脱谈情说爱，范围狭窄，不能像汉乐府和建安诗歌的一部分篇章那样，注意反映下层人民的痛苦生活。如果说，汉代的贵族、文人除掉通过欣赏乐府中的民间歌曲以取得娱乐以外，还懂得一点“可以观

① 参考拙作《吴声西曲的产生时代》，收入拙著《六朝乐府与民歌》。

风俗，知薄厚”（《汉书·艺文志》）的道理，那么，东晋的贵族、文人，在这方面就完全沉溺在女乐声色的嗜好之中，他们所欣赏的民间歌曲，也就是谈情说爱的一套，这就规定了许多吴声歌曲歌辞内容的狭窄性。因此，尽管吴声歌曲的思想内容具有一定的进步意义，其思想艺术成就在文学史上具有一定的地位，不能与枯燥乏味的玄言诗相提并论，但从不关心广大下层人民日常生活中各方面的艰难痛苦来说，则二者仍然有着共通的地方。这种现象说明，由于当时门阀制度发展，贵族掌握了政治、经济大权，也控制了文化，因而当时的大量文学作品反映了许多贵族、文人远离人民、不关心民生疾苦的生活上、思想上的局限以及由此形成的文艺上的审美偏见。吴声歌曲的情况，是陶渊明生活年代文学风气的另一个方面。对陶渊明来说，玄言诗的影响是主要的，乐府诗的影响则不会大。陶集中除《挽歌诗》三首与乐府有一些联系外，另外没有乐府诗，《宋书》、萧统的《陶渊明传》都说他“不解音声”，看来他接触乐府诗较少，受其影响也小。如上所述，不关心动乱的社会现实，不关心广大下层人民的痛苦，是建安以后特别是东晋时期文学创作的一种普遍风气。这种风气一直延续到南朝，反映在刘勰、钟嵘等杰出批评家的言论中。下面拟略作介绍，帮助说明陶诗内容局限的历史原因。

《文心雕龙·乐府》篇说：“若夫艳歌婉娈，怨志詄绝，淫辞在曲，正响焉生。”[1]把汉乐府中《艳歌罗敷行》、《艳歌何尝行》等一类诗篇目为淫辞，加以抨击。又说：“至于魏之三祖，气爽才丽，宰割辞调，音靡节平。观其‘北上’众引，‘秋风’列篇，或述酣宴，或伤羁戍，志不出于淫荡，辞不离于哀思，虽三调之正声，实韶夏之郑曲也。”虽然肯定曹操、曹丕等的乐府诗“气爽才丽”，但又批评曹操《苦寒行》（首句为“北上太行山”）、曹丕《燕歌行》（首句为“秋风萧瑟天气凉”）一类作品是郑曲，也就是淫辞。刘勰对汉乐府民歌和建安时代的乐府诗评价都不高，《文心雕龙·乐府》篇专论乐府，篇中对汉乐府民歌和建安诗歌反映下层人民痛苦的特点丝毫未加肯定。

钟嵘《诗品》对汉代无名氏作品，只列“古诗”一项，对“古诗十九首”一类作品，评价很高，但对乐府中反映下层人民痛苦的篇什，却是只字未提。他把曹植、刘桢、王粲列入上品。他对曹植评价极高，赞美他“骨气奇高，词采华茂，情兼雅怨，体被文质”，但并没有特别肯定曹植《送应

① 范文澜同志《文心雕龙注》：“怨志詄绝，唐写本作宛诗诀绝。按唐本近是。宛疑是怨之误。古辞《白头吟》：‘闻君有两意，故来相诀绝。’《艳歌何尝行》：‘上慚沧浪之天，下顾黄口小儿。’殆即彦和所指者耶？《宋志》皆列在大曲，故云淫辞在曲。”范注大致可信。

氏》、《泰山梁甫吟》等反映社会动乱和民生疾苦之作。他对刘桢评价也高，认为曹植以下，“桢称独步”，但刘桢的诗篇并没有这方面的题材。只有王粲的《七哀》诗，反映了“路有饥妇人，抱子弃草间”的悲剧，《诗品序》把它列入“五言（诗）之警策者”，算是例外。此诗《宋书·谢灵运传论》也提及，称为“仲宣霸岸之篇”。它在当时是名篇之一，其主要原因除艺术成就较高外，思想内容上在于表现了“南登霸陵岸，回首望长安”的眷恋故国的深沉感情，而不是反映了人民的苦难。陈琳的《饮马长城窟行》，描写人民戍边筑城的苦痛，思想性、艺术性都颇突出，但《诗品》对陈琳根本不入品评之列，不用说赞美这首诗了。可以说，钟嵘对表现下层人民痛苦生活的诗篇也是不重视的。或许有人会疑问：钟嵘既然赞美建安风力（即建安风骨），为什么不重视这类题材。实际建安风骨这个概念是指建安诗歌风清骨峻即明朗刚健的艺术风格，不是指思想内容，并没有包含反映民生疾苦的内涵（此点我另有文详论之）。

《诗品》评陶潜诗有云：“世叹其质直。至如‘欢言酌春酒’，‘日暮天无云’，风华清靡，岂直为田家语耶！”田家语是指接近农家口语的浅俗语言。钟嵘的这几句话，反映了当时许多人对陶诗语言浅显通俗颇为不满。如果陶诗进一步用浅俗的语言来反映田家的日常艰难困苦的生活，恐怕更要受到非议了。

再看《昭明文选》中的诗歌选篇。汉代除选录“古诗十九首”外，乐府仅选《饮马长城窟行》（“青青河边草”篇）、《伤歌行》（“昭昭素明月”篇）、《长歌行》（“青青园中葵”篇）三首，其他不选。曹操，仅选《短歌行》（“对酒当歌”篇）、《苦寒行》（“北上太行山”篇）二首，《薤露》、《蒿里》不选。其他如《饮马长城窟行》、《驾出北郭门行》均未选。所选建安诗歌，只有王粲的《七哀诗》反映了下层人民的苦难，曹植的《送应氏》反映了时代的丧乱。蔡琰的《悲愤诗》（五言一首），通过描写自身的不幸遭遇，反映了社会动乱和人民苦难，《文选》也不收。或许有人说可能因为《悲愤诗》是后人伪作。但是，李陵、苏武的五言诗，李陵《答苏武书》，伪作的嫌疑更大，《文选》都收了。

由上可见，南朝著名批评家、选家刘勰、钟嵘、萧统等人，对汉乐府古辞和建安作家们表现人民苦难的诗篇都是不重视的。不但不重视，而且可能还轻视。《诗经·国风》、汉乐府、建安诗歌表现广大下层人民的痛苦的优良传统，直到唐代陈子昂、杜甫等诗人手里才得到恢复。从艺术上讲，汉乐府和建安作家的这类篇什，大抵叙事比较具体，语言质朴生动，我们今天看来形象性很强，但从南朝批评家的标准看，则是缺少美丽的辞藻，缺少对偶句，缺少“综辑辞采，错比文华”（萧统《文选序》）之美，因此也不认为是好作品，这些看法，当然都出自陶渊明之后的南朝批评家，但不重视甚至轻视反映下层人民痛苦生活的这种偏见，实际是贯穿了建安以后整个魏晋南北朝时期的，因此可以用来帮助说明陶渊明田园诗内容局限的历史原因。

上文说过，建安以后，自阮籍、左思以至陶渊明等不少杰出诗人，诗歌内容都没有涉及下层社会。陶渊明以后，南北朝时期的诗歌，除北朝乐府“鼓角横吹曲”的部分歌辞出自民间，反映了下层人民的生活外，文人诗歌创作也极少接触下层社会。少数乐府诗篇述及弃妇、征人之苦，大抵也是沿袭旧题，陈辞多而新意少。至于表现农民的日常艰苦生活，那就更难找到了。南朝杰出诗人鲍照，出身较寒微，其诗较能反映不合理的社会现象。他的《拟古》“束薪幽篁里”，表现了地主阶级中下层人士不得志的境遇，中有句云：“岁暮井赋讫，程课相追寻。田租送函谷，兽藁输上林。河渭冰未开，关陇雪正深。笞击官有罚，呵辱吏见侵。”虽然不是直接描写农民，但总算反映了一些官府向农村逼追租赋的情景；其题材在当时算是很罕见的了。

陶渊明在魏晋南北朝时期不愧为一位大诗人，但他的诗歌创作，包括田园诗的思想内容，明显地受到了当时统治诗坛的文人创作风气的限制。

1979年5月作

（原载《山西师范学院学报》1979年第4期）

陶渊明诗歌的语言特色和当时诗风的关系

关于陶渊明诗歌的语言特色和他当时诗歌风气的关系问题，近来在不少古典文学著作中常常发生一种误会，本文打算提出来商榷一下。

高等教育出版社出版的《中国文学史教学大纲》中揭示陶诗的艺术特色时说："在骈俪盛行的时代，陶渊明独能创作那样质朴优美的诗歌和那些优秀的散文，具有非常进步的意义。"余冠英先生在他的《汉魏六朝诗选》的前言中说："他（指陶潜）的诗是当时形式主义风气的对立面。他不讲对仗，不琢字句，'结体散文'，只重白描，一一和当时正统派文人相反。"谭丕模先生在他的《中国文学史纲》（人民文学出版社1958年版）中说：“在陶渊明的时代，一般诗人的风尚，不是‘文章殆同书钞’（钟嵘《诗品序》），便是‘情必极貌以写物，辞必穷力而追新’（刘勰《文心雕龙·明诗》）。只有陶渊明不随波逐流，傲然独往，高度地发挥他的独创精神和独创能力。”这些意见的共同点是肯定陶诗的语言特色和当时诗歌崇尚骈俪和辞藻的风气相对立，表现出独创性。

陶诗语言具有很大的创造性，那是没有疑问的；但说陶诗的语言特色和当时诗歌崇尚骈俪和辞藻的风气相对立，就须要商榷了。诚然，整个魏晋南北朝是骈俪文风盛行的时代，但这段时期很长，其中也有曲折和变化，不能一概而论。与陶渊明同时代的著名诗人谢灵运、颜延年的确崇尚骈俪，堆砌词藻；但他们两人毕竟是陶渊明的后辈，创作活动主要在刘宋初年元嘉时期。陶渊明的创作活动主要在东晋末年，入宋以后，他活得并不长久，其创作活动已是尾声了。显然，陶渊明诗歌的风格在晋代已经形成，他在创作上是不可能有意识地和颜、谢相对立的。谭丕模先生引《诗品序》、《文心雕龙·明诗》篇所说的诗风，原书也是指颜、谢以后的现象，与东晋末期无关。

陶诗风格形成的东晋末期的诗风究竟如何呢？《诗品序》说得很明白：

永嘉时贵黄、老，稍尚虚谈，于时篇什，理过其辞，淡乎寡味。爰及江表，微波尚传。孙绰、许询、桓、庾诸公诗，皆平典似道德论，建安风力尽矣。先是郭景纯用隽上之才，变创其体；刘越石仗清刚之气，赞成厥美。然彼众我寡，未能动俗。逮义熙中，谢益寿（谢混小字）斐然继作。元嘉中有谢灵运，才高词盛，富艳难踪，固已含跨刘、郭，凌轹潘、左。故知陈思为建安之杰，公幹、仲宣为辅；陆机为太康之英，安仁、景阳为辅；谢客为元嘉之雄，颜延年为辅。斯皆五言之冠冕，文词之命世也。

按照《诗品》的说法，自西晋末年以来，以迄东晋，玄言诗流行，它的特点是“理过其辞，淡乎寡味”，“平典似道德论”，恰恰和崇尚骈俪辞藻的风气相反。在这段时期中，虽有郭璞、刘琨以至东晋末期安帝义熙年间（即陶渊明的主要活动时代）谢混等人的创作特出流俗，但只是少数人的现象，未能形成风气；直至谢灵运出来，风气才大变，钟嵘认为他的成就可以上接陆机、曹植（刘琨、郭璞的诗，我们现在看来并不很华美，但比当时流行的玄言诗已算是很有文采的了）。

对这一段时期诗歌历史发展作这样的评述，并不是钟嵘一人之见，当时人们大抵都有这种看法。例如：

沈约《宋书·谢灵运传论》：“自建武（东晋元帝年号）暨乎义熙，历载将百。虽缀响联辞，波属云委，莫不寄言上德，托意玄珠。遒丽之辞，无闻焉耳。仲文（殷仲文）始革孙、许之风，叔源（谢混字）大变太元之气。”

萧子显《南齐书·文学传论》：“江左风味，盛道家之言，郭璞举其灵变，许询极其名理，仲文玄气，犹不尽除，谢混情新，得名未盛。颜、谢并起，乃各擅奇。……”

《文心雕龙·时序》篇：“自中朝贵玄，江左称盛，因谈馀气，流成文体。是以世极迍邅，而辞意夷泰。诗必柱下之旨归，赋乃漆园之义疏。”

檀道鸾《续晋阳秋》：“至过江，佛理尤盛。故郭璞五言，始会合道家之言而韵之。询（许询）及太原孙绰，转相祖尚，又加以三世之辞，而诗骚之体尽矣。询、绰并为一时文宗，自此作者悉体之。至义熙中，谢混始改。”（《世说新语·文学》篇注引）

综合以上引文，可见整个东晋时代是玄言诗的时代，它的内容专谈哲理，语言枯燥，“遒丽之辞，无闻焉耳”。直至东晋末年的谢混，风气始有改变，但只是一个开头，“得名未盛”。直至谢灵运出来，玄言诗在诗坛的长期统治地位才被打倒。所以《文心雕龙·明诗》篇又说：“江左篇制，溺乎玄风。嗤笑徇务之志，崇盛亡机之谈。……宋初文咏，体有因革，庄老告退，而山水方滋。”陶渊明既然是谢灵运的前辈，他的创作活动主要在东晋末期，那时还是玄言诗的时代，那时玄言诗的基础虽然已经开始动摇，但还没有失去统治力量，还没有让位于后出的山水诗。陶诗的语言风格，还是在玄言诗流行的环境中形成的。玄言诗既然并不崇尚骈俪辞藻（玄言诗的风格，看现存孙绰的诗和当时兰亭集会时诸人的诗作即可明白），因此上面所举的著作以为陶诗语言特色与当时形式主义诗风对立之说，就无法成立了。

对于当时流行的玄言诗，陶诗是受到它的影响的。在这方面，朱自清先生的意见比较中肯。他在为《陶渊明批评》一书（萧望卿著）所作的序中说：

> 陶诗显然接受了玄言诗的影响。玄言诗虽然抄袭老庄，落了套头，但用的似乎正是“比较接近说话的语言”。因为只有“比较接近说话的语言”，才能比较的尽意而入玄；骈俪的词句是不能如此直截了当的。那时固然是骈俪时代，

> 然而未尝不重“接近说话的语言”。《世说新语》那部名著便是这种语言的记录。这样看，渊明用这种语言来作诗，也就不是奇迹了。他之所以能够超过玄言诗，却在能摆脱那些老庄的套头，而将自己日常生活体验化入诗里。

所以我们只能说，陶渊明以来的一段长时期内，由于崇尚骈俪辞藻的诗歌盛行，陶诗没有受到当时人们的重视；却不能说陶诗的语言风格和当时诗风（玄言诗风）有意识地相对立。

最后要补充一点，即玄言诗中也有一部分讲对仗的，如孙绰的《兰亭》和《秋日》；但这只是部分现象，其他诸家的《兰亭》诗就大多不讲对仗。而且这种对句也很质朴，缺少文采，情况正跟陶诗中的一部分对偶句相像，跟重视藻饰的作品是大不相同的。

殷仲文、谢混生活于东晋末叶义熙年间，与陶渊明同时。殷仲文的《南州桓公九井作》诗、谢混的《游西池》诗，均见《文选》卷二十二，虽胜于玄言诗，但和陶诗的成就不能相比。丁福保《全晋诗》尚有殷仲文诗一首（残阙）、谢混诗两首，比《文选》所选者更差。平心而论，陶诗语言尽管受到玄言诗影响，但他用朴素而口语化的诗笔，“将自己日常生活体验化入诗里”，诗歌形象鲜明，耐人咀嚼，全然改变了玄言诗“理过其辞，淡乎寡味”的现象，在东晋末叶，他是冲破玄言诗传统取得突出成就的大诗人。殷仲文的诗，“玄气犹不尽除”；谢混诗歌，成就也不突出。但后来评论家钟嵘、沈约、萧子显、檀道鸾论及当时诗歌，都不提陶诗而推殷、谢（或只推谢混一人）。究其原因，一方面是由于南朝文人重视骈俪辞藻，陶诗语言质朴自然，“世叹其质直”（《诗品》），在南朝不为一般文人所重视，影响亦小。另一方面，殷仲文、谢混的诗，则比较讲究对仗辞藻，“义熙中，以谢益寿（混）、殷仲文为华绮之冠”（《诗品》），成为后来谢灵运的前驱，所以得到南朝许多文人的注意和肯定。轻陶诗，重殷、谢，显然反映了南朝文人在文学欣赏和评论上的偏见。

1961年初稿，1979年6月稍作修改

（原载《光明日报》1961年5月7日

《文学遗产》副刊第362期）

钟嵘《诗品》陶诗源出应璩解

钟嵘《诗品》列陶渊明于中品，其评语全文云：

> 宋征士陶潜，其源出于应璩，又协左思风力。文体省净，殆无长语。笃意真古，辞兴婉惬。每观其文，想其人德。世叹其质直。至如“欢言酌春酒”、“日暮天无云”，风华清靡，岂直为田家语耶！古今隐逸诗人之宗也。

宋代叶梦得《石林诗话》不同意钟嵘陶诗源出应璩的意见，其说云：

> 魏晋间人诗，大抵专工一体，如侍宴、从军之类，故后来相与祖习者，亦但因其所长取之耳。谢灵运拟邺中七子与江淹杂拟是也。梁钟嵘作《诗品》，皆云某人诗出于某人，亦以此。然论陶渊明乃以为出于应璩，此语不知其所据。应璩诗不多见，惟《文选》载其《百一诗》一篇，所谓“下流不可处，君子慎厥初”者，与陶诗了不相类。五臣注引《文章录》云：“曹爽用事，多违法度。璩作此诗，

以刺在位，意若百分有补于一者。”渊明正以脱略世故，超然物外为意，顾区区在位者，何足累其心哉！且此老何尝有意欲以诗自名，而追取一人而模仿之，此乃当时文士与世进取竞进而争长者所为。何期此老之浅？盖嵘之陋也。（《历代诗话》本卷下）

按《诗品》谓某人诗源出某人，立论虽未必尽当，自有其义例，叶氏仅从侍宴、从军等题材着眼分析应、陶两家之诗，遽谓《诗品》之论“不知所据”，未免轻下断语。再则，陶渊明诗虽多避世绝俗之语，但也有一部分篇章关心政治，眷念晋室，颇有愤激之语。此点过去早有不少人指出，叶氏概谓“渊明正以脱略世故，超然物外为意”，持论也失之片面。近人古直《钟记室诗品笺》说：“璩诗以讥切时事、风规治道为长，陶诗亦多讽刺，故昭明序云：‘语时事则指而可想。’源出于璩，殆指此耳。”其意见虽未必中肯，但指出陶诗内容“亦多讽刺”的一面，与应璩《百一诗》有相通之处，可以帮助证明叶氏议论的片面性。

明代许学夷对此问题也有分析，其言云：

钟嵘谓渊明诗其源出于应璩，又协左思风力，叶少蕴（即叶梦得）尝辩之矣。愚按太冲诗浑朴，与靖节略相类。又太冲常用鱼、虞二韵（原注：鱼、虞古为一韵），靖节亦常用之，其声气又相类。应璩《百一诗》，亦用此韵，中有云："前者隳官去，有人适我闾。田家无所有，酌酒焚枯鱼。"又《三叟诗》简朴无文，中具问答，亦与靖节口语相近。嵘盖得之于骊黄间耳。（《诗源辩体》卷六）

许氏于用鱼、虞韵上求陶诗与左思、应璩两家的渊源关系，未免有些支离破碎，但他又从风格浑朴、语言简朴无文上指出陶诗与左、应两家类似之处，则颇有见地。郭绍虞同志也说："《诗品》之论应璩，称其'善为古语'，论陶潜，称其'笃意真古'，则其所以系陶潜于应璩者或即在此。"（《中国文学批评史》上册，1934年版）这种看法是比较中肯的。

讨论这一问题，我以为首先要把《诗品》所谓某人源出某人的一系列议论的义例弄清楚。《诗品》所谓某人源出某人，指出前后诗人的渊源继承关系，主要是从诗歌的体制、风格立论，而不是就内容题材而言。《诗品》一开头评古诗云："其体源出于《国风》。"其后评张协云："其源出于王粲，文体华净，少病累，又巧构形似之言。"评谢灵运云："其源出于陈思，杂有景阳（张协）之体。故尚巧似，而逸荡过之。”评魏文帝云：“其源出于李陵，颇有仲宣之体。”评张华云：“其源出于王粲，其体华艳，兴托不奇。”可见《诗品》所谓某人源出某人，是指诗歌的体而言。他的所谓体，指作品的体貌，相当于今天所说的风格。如张协的“华净”，张华的“华艳”，都是其例。又如张协诗“巧构形似之言”，谢灵运诗也“尚巧似”，故称谢诗“杂有景阳之体”，这就明显地从体貌上指出其渊源继承关系了。南朝文论，常用“体”字来代表一个作家或一个文学流派的风格特征。如《文心雕龙》的《体性》篇，专门探讨作家的才情学力同作品体貌风格的关系。篇中把作品分为典雅、远奥、精约、显附等八体，并指出由于作家的才性不同，作品的体貌也不一，如“贾生俊发，故文洁而体清；长卿傲诞，故理侈而辞溢”等等，逐一指明了汉魏两晋十二个著名作家的风格特征。《宋书·谢灵运传论》、《南齐书·文学传论》着重探讨文学流派，都从体貌立论。《宋书·谢灵运传论》认为自汉至魏四百馀年，文体经历三次变化：“相如工为形似之言，二班长于情理之说，子建、仲宣以气质为体，并标能擅美，独映当时。”《南齐书·文学传论》把当时文章分为三体，分别指出其特色，并认为这三体是分别由谢灵运、鲍照等大家所开创。由此可见，从作品的体貌来分析探讨作家和文学流派的特征，是当时文学评论界的一种流行风气。钟嵘《诗品》正是在这种风气中产生，着重从体貌来探讨许多诗人的创作特征及其渊源继承关系的。

由上可知，《诗品》谓陶潜诗其源出于应璩，是说陶诗的体貌源于应璩。陶诗的体貌或风格的特征是什么呢？是“省净”、“真古”、“质直”。所谓“田家语”，指农村日常语言，其特点是质朴无文。魏明帝曹叡《诏陈王植》云：“吾既薄才，至于赋诔特不闲。从儿陵上还，哀怀未散，作儿诔，为田公家语耳。”（《太平御览》卷五九六引）此处的田公家语，意同田家语。曹叡自谦“于赋诔特不闲”，“为田公家语”，是说自己的作品语言质朴，文采不足（曹叡的诔文今不传）。陶渊明的诗歌，南北朝时公认为文采不足。《诗品》说“世叹其质直”，表示当时多数人认为陶诗“质直”。《诗品》提出“欢言酌春酒”（《读山海经》）、“日暮天无云”（《拟古》）两篇风华清靡，文辞绮丽，不能算是田家语，说明陶诗大部分是田家语一类。北齐阳休之《陶集序录》也说渊明作品“辞采未优”。可见说陶诗古朴质直，文采不足，是当时人们的共同认识与评价。《诗品》评应璩云：“祖袭魏文，善为古语。……至于‘济济今日所’，华靡可讽味焉。”古语指语言古朴，正与陶诗的“真古”、“质直”相同。“华靡”即“风华清靡”。钟嵘认为应璩诗体貌古朴，只有个别篇章“华靡”，其风格特征正与陶诗相同，所以说陶诗源出应璩。又钟嵘谓应璩诗祖袭曹丕，《诗品》评魏文帝云：“百许篇率皆鄙质如偶语。惟‘西北有浮云’十馀首，殊美赡可玩，始见其工矣。”钟嵘说曹丕大部分诗歌的语言风格特征是鄙质，即通俗质朴，与应、陶两家同，所以说为应璩所祖袭。偶语是指俚俗的对话。按《史记·秦始皇本纪》：“有敢偶语《诗》、《书》者弃市。”《正义》：“偶，对也。”偶语同田家语一样，其特点是通俗质朴。钟嵘说陶诗源出应璩，应诗祖袭魏文，三家的诗，其体貌特征都是质朴少文，从这个角度来说明三家诗的渊源关系，从《诗品》全书的义例来说，是完全讲得通的。

应璩的诗歌，现存不多。丁福保《全三国诗》录存七首：《百一诗》三首（内一首残缺），《杂诗》三首（内一首残缺），《三叟》一首。此外，《全三国诗》失收，见于张溥《汉魏六朝百三名家集·应休琏集》的尚有《百一诗》五篇（似均有残缺）及遗句若干。把应璩诗与陶诗对照参读，发现两家诗歌的风格的确相当接近。总的说来是古朴质直，但还可以进一步分析其具体特色。这里指出两点。

其一是语言通俗、口语化，有时还带一些诙谐的风趣。试比较应璩的《三叟》诗与陶潜的《责子》诗：

古有行道人，陌上见三叟。年各百馀岁，相与锄禾莠。住车问三叟：何以得此寿？上叟前致辞，内中妪貌丑。中叟前致辞，量腹节所受。下叟前致辞，夜卧不覆首。要哉三叟言，所以能长久。（《三叟》）

白发被两鬓，肌肤不复实。虽有五男儿，总不好纸笔。阿舒已二八，懒惰故无匹。阿宣行志学，而不爱文术。雍端年十三，不识六与七。通子垂九龄，但觅梨与栗。天运苟如此，且进杯中物。（《责子》）

对读之下，我们不能不惊讶两诗的风格何其相像！这种情况并不是个别的，如应璩《百一诗》“下流不可处”篇通过客主问答表明自己才学空虚，陶潜《饮酒诗》“清晨闻叩门”篇亦用客主问答体表明自己不愿出仕的意愿，虽然两诗的主旨不同，但风格却非常相像。这一特点，只要细读两家诗，便可明白。

其二是喜欢用通俗的语言说理发议论。如应璩的《杂诗》云：

细微可不慎，堤溃自蚁穴。腠理早从事，安复劳针石。

哲人睹未形，愚夫暗明白。曲突不见宾，焦烂为上客。思愿献良规，江海倘不逆。狂言虽寡善，犹有如鸡跖。鸡跖食不已，齐王为肥泽。

这诗几乎是通篇发议论。这种现象在陶集中也不乏其例。《形影神》三首不必说了，他如《饮酒》二十首中的“积善云有报”、“道丧向千载”篇、《咏贫士》七首中的“安贫守贱者”篇，都可说属于这一类。还有则是全篇中部分语句发议论，如应璩《百一诗》开头云：“下流不可处，君子慎厥初。名高不宿著，易用受侵诬。”接下去是叙事。这种部分议论的现象在陶诗中随处可见，如《庚戌岁九月中于西田获早稻》云：“人生归有道，衣食固其端。孰是都不营，而以求自安。”类此之例尚多，不用再举了。应、陶两家诗爱发议论，但常和抒情、叙事结合在一起，辞句口语化而仍有色泽，所以读起来不使人感到枯燥乏味，是含有哲理的诗章，而不像玄言诗那样成为枯燥干瘪的说理韵文，毫无诗味。

今人陈延杰《诗品注》解释陶诗源出应璩，是由于两家诗多化用《论语》语句，其言有云：

沈德潜《古诗源》曰：“先生专用《论语》。……”

> 刘熙载《艺概》曰："渊明则大要出于《论语》。"按钟氏谓陶源于应璩，沈、刘二氏，则谓出于《论语》，其实一也。盖应璩亦学《论语》者，如《百一诗》："下流不可处"、"是谓仁之居"二句，可证也。陶诗引《论语》者不一。若《五月旦作和戴主薄》"曲肱岂伤冲"，用《论语》"子曰：饭疏食，饮水，曲肱而枕之，乐亦在其中矣。"……《癸卯岁始春怀古田舍二首》"是以植杖翁，悠然不复返"，用《论语》"植其杖而芸"。"先师有遗训，忧道不忧贫"，用《论语》"君子固穷"。《庚戌岁九月中于西田获早稻》"四体诚乃疲，庶无异患干"，用《论语》"四体不勤"。《咏贫士》"朝与仁义生，夕死复何求"，用《论语》"子曰：朝闻道，夕死可矣"。此皆以《论语》入诗而得其化境者。

这种看法，同上引许学夷说左思、应璩、陶潜诗均喜用鱼、虞二韵一样，不免支离破碎。实际除《论语》外，陶诗用《庄子》、《列子》语句典实也很多。朱自清先生在《陶诗的深度》一文中指出："从古笺定本（指古直《陶靖节诗笺定本》）引书切合的各条看，陶诗用事，《庄子》最多，共四十九次，《论语》第二，共三十七次，《列子》第三，共三十一次。"即从引用古书语句典实看，《论语》也不居首位，所以陈氏之说颇难成立。我以为陶诗喜用《论语》及《庄》、《列》语句典实，在内容上固然是由于他接受儒、道两家思想影响，在形式上则与他喜欢在诗中说理发议论有关。陈氏所指出的喜用《论语》一事，可以作为次要的一个具体特点，概括在我上面所说的陶诗喜欢用通俗的语言说理发议论这一项中去。

最后，想附带谈一下《诗品》谓陶诗“又协左思风力”的问题。风力即风骨，《诗品序》有“建安风力尽矣”句，建安风力即指建安风骨。关于风骨一词的涵义，现在研究者意见分歧，尚未统一。我以为根据《文心雕龙·风骨》“结言端直，则文骨成焉，意气骏爽，则文风清焉”、“练于骨者，析辞必精，深乎风者，述情必显”等话，风骨是指作品的一种优良风格，其特征是思想感情表现鲜明爽朗，语言刚健有力。六朝时代，许多作品堆砌辞藻，结果使思想感情表现得晦昧不明朗，语言柔靡不振，所以刘勰、钟嵘等提倡风力，企图矫正其病[1]。左思《咏史》等诗歌，写得爽朗刚健，富有风骨。《诗品》说左思的诗源出于刘桢，而刘桢诗则是“真骨凌霜，高风跨俗”，风骨突出；左思既源出于刘桢，当然也富有

① 参考拙作《〈文心雕龙〉风骨论诠释》，载《学术月刊》1963年第2期（此文后收入《文心雕龙探索》上编）。

风骨。刘桢、左思的诗，质朴刚健，但比起曹植、陆机来，文采稍逊。《诗品》说刘桢诗“气过其文，雕润恨少”，说左思诗“野于陆机，”（“野”字取《论语·雍也》“质胜文则野”之意），都是这个意思。陶潜的诗，质朴而不重词藻，风格确与左思接近。他的作品，思想感情表现得颇为鲜明爽朗，萧统《陶渊明集序》称赞它们“跌宕昭章，独超众类，抑扬爽朗，莫之与京”，指出了它们爽朗的特色。他的《拟古》“辞家夙严驾”、《咏荆轲》诸篇通过咏史抒发怀抱，笔力雄健，风格也与左思《咏史》诗相近，但这种诗在陶集中毕竟很少。总的说来，陶诗风格的主要特征是古朴质直，与应璩诗接近，也有与左思诗风相通之处，但左思诗歌雄迈有力的特征，仅在陶诗少数篇章中见之。从风骨说，陶诗风清（即鲜明爽朗）的特征比较突出，骨峻（即刚健有力）则稍逊。比较起来，陶诗风格与应璩更为相近。《诗品》说陶诗“其源出于应璩，又协左思风力”，把应璩的影响放在第一位，左思的影响放在第二位，还是符合实际情况的。

1977年6月作

（原载《文学评论》1980年第5期）

谢庄作品简论

谢庄（421—466）是南朝刘宋时期谢氏家族中的一位著名人物，主要活动于刘宋文帝、孝武帝时，历任高官，官至中书令、金紫光禄大夫。他擅长文学，其文学成就和声望在谢氏家族中仅次于谢灵运和谢惠连。《宋书》卷八五、《南史》卷二十《谢庄传》均称他所著文章有四百馀篇，后世大多亡佚，今仅存赋四篇，诗二十多篇，文约二十篇。《文选》选录他的《月赋》、《宋孝武宣贵妃诔》两文，实际尚有一些其他作品也值得重视。今按赋、诗、文三部分略作评述。

先说他的赋。《月赋》是历代传诵的名篇，抒情写景，凄婉生动，与鲍照《芜城赋》、谢惠连《雪赋》、江淹《恨赋》、《别赋》等作品标志着南朝抒情小赋的造诣达到了顶峰。该赋假托陈思王曹植遭遇文友应玚、刘桢丧亡后，在幽静的月夜兴起“怨遥”、“伤远”之情，于是命王粲写作《月赋》。本文重点写秋夜月色，中间一段最见精彩：

若夫气雾地表，云敛天末。洞庭始波，木叶微脱。菊散芳于山椒，雁流哀于江濑。升清质之悠悠，降澄辉之蔼蔼。列宿掩缛，长河韬映。柔祇雪凝，圆灵水镜。连观霜缟，周除冰净。

“升清质”以下八句描绘秋夜月光的明亮、洁白和清冷，用列宿、长河黯然无色作陪衬，以雪、水、霜、冰来比拟，已觉颇为生动；前面“若夫气雾”六句，用白描手法写秋夜凄清的景色，起到了烘云托月的作用，语言自然秀丽，更是脍炙人口的佳句。尾部以两歌收束，歌曰：

美人迈兮音尘阙，隔千里兮共明月。临风叹兮将焉歇？川路长兮不可越。

月既没兮露欲晞，岁方晏兮无与归。佳期可以还，微露霑人衣。

思念远隔千里的佳人，希望他能回来，洋溢着怅惘凄婉的抒情气氛。许梿《六朝文絜》评曰：“以二歌总结全局，与‘怨遥’、‘伤远’相应，深情婉致，有味外味。”

《南史·谢庄传》有一段关于《月赋》的轶事，曰：

> 庄有口辩，孝武尝问颜延之曰：“谢希逸《月赋》何如？”答曰：“美则美矣，但庄始知‘隔千里兮共明月’。”帝召庄以延之答语语之，庄应声曰：“延之作《秋胡诗》，始知‘生为久离别，没为长不归’[①]。”帝抚掌竟日。

“隔千里兮共明月”是人们与亲朋交往间常常会遭逢的境遇。颜延之用戏谑口吻嘲笑《月赋》此句只是写出了人们常常遭逢的生活情景，实际颜延之《秋胡行》的“生为”二句性质亦复如此，故谢庄以此作答，并受到孝武帝的称赏。文学家大抵不是思想家，他的长处不在发表新颖独到的见解，而在于能够以优美的文笔和境界表现人们所常有的境遇和情怀并引起广泛的共鸣。《月赋》此句的感染力正在于此。颜延之对此恐怕也不会不知道，只是跟谢庄开开玩笑而已。谢庄以颜的同性质的诗句作为回应，因而受到孝武帝的称赏。《月赋》被选入《文选》，在后代广泛流传，影响深远。后来张九龄诗句曰：“海上生明月，天涯共此时。”（《望月怀远》）白居易

① 颜延之有《秋胡行》，共九章，此二句见第二章。

诗曰："共看明月应垂泪，一夜乡心五处同。"（《自河南经乱……兼示符离及下邦弟妹》）苏轼词曰："但愿人长久，千里共婵娟。"（《水调歌头》）均脱胎于此，情与词句各有翻新，并都成为流传人口的名句。

假托古人古事以展开情节，是古代辞赋写作的常用手法。《月赋》则假托曹植、王粲两人。建安时代，曹操父子崇尚文学，招集了一批才彦之士聚居邺都，后人称为邺下文人集团。曹丕、曹植兄弟与王粲、徐幹等文士互相唱和，创作了不少诗赋，文人五言诗此时趋于繁盛，钟嵘《诗品序》誉为"彬彬之盛，大备于时矣"；小赋创作也颇为活跃。后代注重诗赋写作的文人，对建安时代往往十分向往。谢灵运有《拟魏太子邺中集诗》八首，分别规仿曹丕、王粲等八人作品，《月赋》亦假托曹、王两人。《文心雕龙·才略》篇末指出："宋来美谈，亦以建安为口实。何也？岂非崇文之盛世，招才之嘉会哉！"谢灵运、谢庄的诗赋，即可作为刘勰这段话的印证。又曹丕《与吴质书》曰："昔年疾疫，亲故多离其灾，徐、陈、应、刘，一时俱逝，痛可言耶？"则为《月赋》"陈王初丧应、刘，端忧多暇"二句所本。除《月赋》外，谢庄还有《舞马赋》，系应孝武帝诏命所作，《宋书》本传录其全文，内容多歌功颂德，堆砌辞藻典故，价值不大。又有《赤鹦鹉赋》，亦应诏之作，为当时著名文人袁淑所激赏，今仅残存一小段，也未见精彩。又有《曲池赋》，今仅残存十句，中有“步东池兮夜未久，卧西窗兮月向山”等句，写景较为清丽。

《月赋》的艺术特色，在工于写景抒情，情景交融。谢庄作品擅长写景，不但《月赋》、《曲池赋》为然，在其诗歌中表现也较为突出（参见下文），这有个人和社会两方面的原因。从个人讲，谢庄喜爱山水风景，喜欢闲逸的庄园生活，他对物色风景经常接触，细心体验，因而在这方面具有敏锐细致的感受。江淹《杂体诗》三十首中有一首是效谢庄的，题下有“郊游”二字，说明谢庄诗喜以郊游观赏风景为题材。谢庄字希逸，表示希慕闲逸的生活。他有“五子：飏、朏、颢、嵸、瀹，世谓庄名子以风、月、景、山、水”（《南史》本传），亦是说明谢庄酷爱山水风景的一证。从社会原因讲，如众所知，刘宋前期，在谢灵运的倡导下，山水诗趋于鼎盛，作者颇多，故《文心雕龙·明诗》篇有“宋初文咏”“山水方滋”之语。不但诗歌，当时辞赋、骈散文领域也崇尚写景，谢惠连《雪赋》、谢庄《月赋》、鲍照《芜城赋》、《登大雷岸与妹书》等均是这方面的代表作品。《文心雕龙·物色》篇评论近代文风（近代指宋、齐两代）时有曰：“窥情风景之上，钻貌草木之中。”所指对象即兼包诗赋。

次说谢庄的诗歌。他的诗现存二十多首，半数以上均属应诏而作的庙堂歌辞，如《宋明堂歌》九首、《宋世祖庙歌》二首、《烝斋应诏》等均是，内容歌颂帝王功德，文辞板重枯燥，无大价值。其馀十来首抒写日常生活的诗篇，则较有情致。他的五言诗写得最好的是《北宅秘园》，诗云：

> 夕天霁晚气，轻霞澄暮阴。微风清幽幌，馀日照青林。收光渐窗歇，穷园自荒深。绿池翻素景，秋槐响寒音。伊人傥同爱，弦酒共栖寻。

写庄园景色颇为闲雅明净。清王士禛《古诗选》、沈德潜《古诗源》各录谢庄诗一首，即此篇。王夫之对此诗极为称赏，认为它能以朴素的白描手法，不假雕饰，写出自然界的美景。有曰："物无遁情，字无虚设。两间之固有者，自然之华，因流动生变，而成其绮丽。心目之所及，文情赴之，貌其本荣，如所存而显之，即以华奕照耀动人无际矣。古人以此被之吟咏，而神采即绝。"[①]此外如《游豫章西观洪崖井》诗有云：

> 幽愿平生积，野好岁月弥。……林远炎天隔，山深白

---

① 王夫之《古诗评选》卷五。

日亏。……隐暧松霞被，容与涧烟移。将遂丘中性，结驾终在斯。

中间写景颇为细致生动。从起结数句，更可看出他对自然景色和隐居生活的喜爱。

谢庄尚有杂言诗《山夜忧吟》、《怀园引》、《瑞雪咏》三篇，其中《怀园引》写得最好，诗云：

鸿飞从万里，飞飞河岱起。辛勤越霜雾，联翩溯江汜。去旧国，违旧乡，旧海悠且长。回首瞻东路，延翮向秋方。登楚都，入楚关，楚地萧瑟楚山寒。岁去冰未已，春来雁不还。风肃幌兮露濡庭，汉水初绿柳叶青。朱光蔼蔼云英英，离禽喈喈又晨鸣。菊有秀兮松有蕤，忧来年去容发衰。流阴逝景不可追，临堂危坐怅欲悲。轩凫池鹤恋阶墀，岂忘河渚捐江湄。试托意兮向芳荪，心绵绵兮属荒樊。想绿蘋兮既冒沼，念幽兰兮已盈园。夭桃晨暮发，春莺旦夕喧。青苔芜石路，宿草尘蓬门。……

按宋文帝元嘉年间，谢庄随从随王刘诞去襄阳，从诗中“登楚都”、“汉水初绿”等语看，此诗当为在襄阳时怀念建康故园之作。诗写得明白流转，情意绵绵，不愧为抒情诗的佳作。前此晋代石崇有《思归引》、《思归叹》，湛方生有《怀归谣》，均为怀念故园的杂言诗；谢庄此篇受前人影响，但篇幅加长，句式更复杂，抒情更婉转曲折。以后沈约的《八咏》亦用此体，铺叙更为详尽①。此外《山夜忧吟》、《瑞雪咏》两篇，艺术表现力不及《怀园引》。此种体制，句式长短参差，多用"兮"字，体式与楚辞相近，亦可认为"辞"之变体，故严可均《全宋文》（卷三四）亦加编入。这三首诗过去冯惟讷《古诗纪》、张溥《汉魏六朝百三名家集》、严可均《全宋文》据《艺文类聚》所录，均不全；逯钦立《先秦汉魏南北朝诗》据《戏鸿堂帖》、《续古文苑》所录，始为全篇。

在南朝时代，诗歌创作以五言诗最为昌盛，七言诗尚在完成过程中。批评界的主要倾向，也大抵重五言轻七言。钟嵘《诗品》专评五言诗，《文心雕龙·明诗》评诗，也以五言、四言为主。又当时评诗风，往往崇尚典雅、雅正，七言诗比较通俗流转，亦为多数文人所不喜（晋傅玄《拟张衡〈四愁诗〉序》已有七言"体小而俗"之语）。上述谢庄的杂言《怀园引》，因中间多七言句，诗风与七言诗相同，因此也不受时人重视。我们看萧统《文选》，七言诗只选了张衡的《四愁

① 参考余冠英《汉魏六朝诗选》谢庄《怀园引》题解。

诗》、曹丕的《燕歌行》，连鲍照的《拟行路难》都没有选，故而谢庄的《怀园引》就不可能入选了。

钟嵘《诗品》置谢庄于下品，评曰："希逸诗，气候清雅，不逮于王（微）、袁（淑），然兴属闲长，良无鄙促也。"《诗品》专评五言诗，谢庄此体成就的确不高。《诗品序》有一段话强调诗歌词语贵在自然，反对用事，中间亦涉及谢庄。文曰：

> 观古今胜语，多非补假，皆由直寻。颜延、谢庄，尤为繁密，于时化之。泰始中，文章殆同书钞。近任昉、王元长等，词不贵奇，竞须新事，尔来作者，寖以成俗。……

这段话以谢庄与颜延之并举，批评两人诗用事过多，在当时诗坛形成"文章殆同书钞"的不良风气。但反观上引《诗品》评谢庄诗，说它们"气候清雅"，"兴属闲长"，再从上引谢庄的《北宅秘园》、《游豫章西观洪崖井》等诗看，风格确较清雅，词语明白，并无用事繁密之累。韩国车柱环《钟嵘诗品校证》解释这一矛盾现象，认为此处"谢庄疑本作谢客（谢灵运）。……客之作庄，盖草书形似之误"[①]。此说乍看似颇有

① 引自曹旭《诗品集注》。

理，细审则恐不然。无论“庄”、“客”二字并不形似，《诗品》下文明云颜延之、谢庄诗当时即起影响，即在宋孝武帝大明、宋明帝泰始年间，影响显著。考谢庄仕履，主要活动在孝武帝时代，颜延之则卒于孝武帝初期，而谢灵运则在此前的文帝时代已被杀。从《诗品》“于时化之”等语看，“庄”字应不误。曹道衡、沈玉成两先生的《南北朝文学史》认为钟嵘指责的是谢庄一部分随侍应诏的作品，甚是。从谢庄诗作看，也确有一部分应诏之作用典颇多，显得晦涩，如《宋明堂歌·登歌》：

雍台辨朔，泽宫练辰。洁火夕照，明水朝陈。六瑚贲室，八羽华庭。昭事先圣，怀濡上灵。

《宋明堂歌·歌太祖文皇帝》：

……辰居万宇，缀旒下国。内灵八辅，外光四瀛。蒿宫仰盖，日馆希旌。复殿留景，重檐结风。刮楹接纬，达响承虹。……

《烝斋应诏》：

霜露凝宸感，肃偯动天引。西郊灭湮拚，东溟起昭晋。舞风泛龙常，轮霞浮玉轫。紫阶协笙镛，金途展应轃。方见六诗和，永闻九德润。观生识幸渥，睇服惭辖吝。

《和元日雪花应诏》：

从候昭神世，息燧应颂道。玄化尽天秘，凝功华地宝。笙镛流七始，玉帛承三造。委霰下璇蕤，叠雪翻琼藻。……

按《诗品》虽专评五言诗，但《诗品序》泛论当时诗风，自不必限于五言。值得注意的是，颜延之诗也有这种现象，即他应诏所作的诗歌如《宋南郊登歌》三首（四言、三言）、《应诏宴曲水作诗》八章（四言）、《应诏观北湖田收》（五言）等篇章均用典较多，语句艰深，而其他作品如《从军行》、《秋胡行》、《五君咏》（均五言）等篇章则写得明白晓畅，很少用典。这说明崇尚典雅和用典，是当时应诏而作的宫廷文学的流行风气。

这里有必要说一下谢庄与颜延之两人的关系。两人都是刘宋前期的重要作家，颜延之年辈较早，东晋末年即已出仕，主要活动在宋武帝、文帝两朝，孝武帝初年卒。谢庄主要活动在文帝、孝武帝两朝，两人官职均颇高，颜官至金紫光禄大夫，谢官至中书令、金紫光禄大夫[①]。两人文才俱受帝王青睐，应诏写作的作品颇多。除诗歌外，还有赋和文。颜延之作有《赭白马赋》、《三月三日曲水诗序》等，俱收入《文选》。谢庄则有《赤鹦鹉赋》、《舞马赋》、《宋孝武宣贵妃诔》、《孝武帝哀策文》等，这类作品大抵都文辞渊雅，用事甚多。这类应诏作品，是当时宫廷文学的代表，因而影响甚大。《诗品序》中提到的任昉、王元长（王融）两人，又是齐梁时代宫廷文学的代表作家，其地位正与颜延之、谢庄在刘宋相似。王、任两人应诏之作颇多，即以《文选》所选者为例，王融有《永明九年策秀才文》、《三月三日曲水诗序》等，任昉有《为宣德皇后劝梁公令》、《天监三年策秀才文》等，《诗品序》中的"文章殆同书钞"一语中的"文章"，当兼指诗、赋、文各体而言。据上所述，颜、谢并称，我认为可以有两种理解：一是就作品（主要指诗歌）的文学成就而言，颜、谢指颜延之与谢灵运；二是就作为刘宋前期宫廷文学的代表而言，那颜、谢应指颜延之与谢庄。

① 据《宋书》卷四十《百官志》（下）记载，光禄大夫、中书令均属第三品。

再次说谢庄的骈散文。谢庄最著名的文章《宋孝武宣贵妃诔》被选入《文选》，《南齐书·文学传论》称道谢庄的诔文有曰："谢庄之诔，起安仁之尘。"但该文亦为应诏之作，用典甚多，典雅而缺少文学情趣，不及潘岳的哀诔文悱恻明朗，哀感动人。谢庄历任要职，议政之文较多，《宋书》本传录其《上搜才表》、《奏改定刑狱》等文，可以看出他的政治识见，但均缺少文学价值。他的《与江夏王义恭笺》一文，陈述自己身体多病，拟辞去政务烦剧的吏部尚书一职，叙述楚楚有情致，文辞也从容安雅，全文较长，今录其小部分：

> 下官凡人，非有达概异识，俗外之志，实因羸疾，常恐奄忽，故少来无意于人间，岂当有心于崇达耶！……眼患五月来便不复得夜坐，恒闭帷避风日，昼夜惛懵，为此不复得朝谒诸王，庆吊亲旧，唯被敕见，不容停耳。此段不堪见宾，已数十日。持此苦生，而使铨综九流，应对无方之诉，实由圣慈罔已，然当之信自苦剧。若才堪事任，而体气休健，承宠异之遇，处自效之途，岂苟欲思闲辞事耶？家素贫弊，宅舍未立，儿息不免粗粝，而安之若命，宁复是能忘微禄，正以复有切于此处，故无复他愿耳。今之所希，唯在小闲。下官微命，于天下至轻，在己不能不重。

读起来颇有一点李密《陈情表》的味道。自曹丕《与吴质书》以后，魏晋南北朝时代，在与亲朋的书札中，这类抒情委婉、具有文学情趣的作品相当多，谢庄此文是其一例，值得我们注意。

谢庄颇能理会语言声韵之美。范晔《狱中与诸甥书》中自诩自己能辨别宫商、清浊，认为古今文人能识此者甚少，独称赏“年少中谢庄最有其分”。钟嵘《诗品序》亦曰：“齐有王元长者，尝谓余云：‘宫商与二仪俱生，自古词人不知用之。……唯见范晔、谢庄，颇识之耳。’”又《南史》谢庄本传载：“王玄谟问庄何者为双声，何者为叠韵。答曰：‘玄护为双声，碻磝为叠韵。’其捷速若此。”按玄护指王玄谟、垣护之二人，俱为当时战将。碻磝为地名（在今山东省境内）。两人《宋书》、《南史》均有传。据史载，宋文帝元嘉二十七年，王玄谟与北魏军队战于碻磝，大败。在当时一般文人尚不能分辨双声叠韵的情况下，谢庄回答王玄谟的请问，即以与之有关的人、地答之，故史书赞誉其捷速。

谢庄的某些赋、文，一部分词句往往写得声韵调谐，一句之中双数字停顿处、一联中上下句间，能注意到平声与上去入声的间隔变换，今举其尤为突出者两例：

《赤鹦鹉赋应诏》：

徒观其柔仪所践，赪藻所挺，华景夕映，容光晦鲜，慧性昭和，天机自晓。审国音于寰中，达方声于遐表。及其云移霞峙，霰委雪翻，陆离翚渐，容裔鸿轩。跃林飞岫，焕若轻电溢烟门；集场栖圃，晔若夭桃被玉园。至于气淳体净，雾下崖沉，月图光于绿水，云写影于青林，溯还风而耸翮，霑清露而调音。（按此赋见《艺文类聚》卷九一，已非全篇。）

《为朝臣与雍州刺史袁觊书》：

夫夷陂相因，兴革递数。或多难而固其国，或殷忧而启圣明。此既著于前史，亦彰于闻见。王室不造，昏凶肆虐，神鼎将沦，宗稷几泯。幸天未亡宋，乾历有归。主上体自圣文，继明作睿，而辱均牖里，屯逾夏台。既天地俱愤，义勇同奋，刬殄鲸鲵，三灵更造，应天顺民，爰集宝命。四海属息肩之欢，华戎见来苏之泰。吾等获免刀锯，仅全首领，复身奉惟新，命承亨运。……相与或群从舅甥，或姻娅周款，一旦胡越，能无怅恨？若疑诳所至，邪诐无穷，汝当誓众奋戈，翦此朝食；若自延过听，迷途未远。圣上临物以仁，接下以爱，岂直雍齿先封，乃当射钩见相矣。当由力窘迹屈，丹诚未亮耶？跂予南服，寤寐延首。若反棹沿流，归诚凤阙，锡珪开宇，非尔而谁？吾等并过荷曲慈，俱叨非服，纡金拖玉，改观蓬门，入奉舜、禹之渥，出见羲、唐之化，雍容揄扬，信白驹空谷之时也。

上举两例，虽尚未做到句句合律，但多数合律，体制实与后来的律赋、律体四六文相近，其协律程度，即使自称能分别宫商清浊的范晔的作品也未能及，这是值得重视的现象。从文辞看，两文也均有特色。前者艳丽工致；后者娓娓说理，剀切安详，其后梁代丘迟《与陈伯之书》，风味相似，当受此篇启发。

谢庄诗歌中也有不少合律的句子，如：

委霰下璇蕤，叠雪翻琼藻。（《和元日雪花应诏》）

璇居照汉右，芝驾肃河阴。容裔泛星道，逶迤济烟浔。……俱倾环气怨，共歇浃年心。……夕清岂掩拂，弦辉无久临。（《七夕夜咏牛女应制》）

烟竟山郊远，雾罢江天分。（《侍宴蒜山》）

林远炎天隔，山深白日亏。游阴腾鹄岭，飞清起凤池。

隐暧松霞被，容与涧烟移。（《游豫章西观洪崖井》）

观道雷池侧，访德茅堂阴。（《自浔阳至都集道里名为诗》）

燕起知风舞，础润识云流。冽泉承夜湛，零雨望晨浮。（《喜雨》）

肃旗简庙律，耸钺畅乾灵。……击辕歌至世，抚壤颂惟馨。（《江都平解严》）

冀马依风蹀，边箫当夜闻。（《从驾顿上》）

以上例句中，除一句中平声与上去入声交替变换外，还有一部分注意到一联中上下句的平声与上去入的变换，做到沈约所谓“两句之中，轻重悉异”，如“璇居”二句、“俱倾”二句、“林远”二句、“冽泉”二句、“肃旗”二句、“击辕”二句、“冀马”二句，均是其例。上引《赤鹦鹉赋》、《与袁颉书》两文中也有不少这类例子。因此可以说，在诗文的声律谐和方面，谢庄是具有自觉意识的。他可以说是倡导声律论并创作新体诗文的王融、沈约、谢朓等人的先驱者。

最后，想就今后研究《文选》所选的作家作品谈两点感想。一是应当扩大研究范围。最近我翻阅了郑州大学古籍所编的《中外学者文选学论著索引》一书，看到“宋齐梁”三代的作家作品索引，大量的是关于谢灵运、鲍照的，其次是颜延之、江淹、谢朓等，而谢庄却是一篇也没有。对于像谢庄这样比较重要的作家，也值得研究。据我所看到的，只有曹道衡、沈玉成两先生的《南北朝文学史》有一专节谈谢庄，论述还较具体中肯。惜限于全书的体例、篇幅，有些问题还不可能展开。本文可说是对曹、沈文的一些补充。我想，今后研究《文选》所选的有关作家范围应当扩大，就刘宋时代而论，除谢灵运、鲍照等最著名的作家外，其馀次要的作家也宜注意，谢庄就是一例。二是在文体方面，除诗赋外，还应注意骈散文。二十年前，学术界对魏晋南北朝文学，仅侧重于诗歌、文学批评，近十多年来，对辞赋的研究有所开展，但对骈散文则注意者仍少。《文选》所选作品，大致可分辞赋、诗、文三个部分，骈散文作品占据很大比重，有不少作品具有不同程度的文学性，值得珍视。骈散文中的不少作品，不像诗赋那样以抒情性、形象性见胜，其文学特色主要表现在语言之美方面，表现在语言的色彩、声韵之美，我们宜着重从这方面考察其文学特色与价值。再说，魏晋南北朝时期的不少著名作家（也是《文选》选录的重点对象），如曹植、王粲、陆机、潘岳、陶潜、谢灵运、颜延之、鲍照、江淹、谢朓、沈约等，大抵兼长诗、赋、文各体，要全面了解他们的文学特色和成就，也应注意到他们的文章。

（原载《南阳师范学院学报》2002年第3期）

七言诗形式的发展和完成

一、七言诗的三种押韵方式

我国古代早期的七言诗，有三种押韵方式。第一种方式是每句押两个韵，都见于谣谚，汉代最多。例如：

画地为狱议不入，刻木为吏期不对。（《汉书·路温舒传》）

五侯治丧楼君卿。（《汉书·楼护传》）

关东大豪戴子高。（《后汉书·戴良传》）

避世墙东王君公。（《后汉书·逢萌传》）

抱鼓不鸣董少平。（《后汉书·董宣传》）

厥德仁明郭乔卿，中正朝廷上下平。（《后汉书·蔡茂传》附《郭贺传》）

天下忠诚窦游平，天下义府陈仲举，天下德弘刘仲承。

（《圣贤群辅录·三君》）

后进领袖有裴秀。（《晋书·裴秀传》）

这类谣谚，始见于西汉，东汉最多，以后就渐少见了。这类谣谚的特点是每首常常只有一句，句中第四字与第七字相叶，如上举第二例“丧”字与“卿”字相叶，第三例“豪”字与“高”字相叶；其中少数不止一句，但押韵方式仍是每句中第四字与第七字相叶，而句与句间却常常没有押韵关系，如上文所举的第一例和第七例是①。

第二种方式是每句押韵，这是早期七言诗歌的普遍情况。自相传为汉武时的作品《柏梁台诗》、刘向的《七言》（《文选》注引）、张衡的《四愁诗》，以至曹丕的《燕歌行》、晋代的《白纻舞歌辞》等，莫不如此。又在两汉的杂文、字书、谶纬、镜铭中所使用的七言句，也都是每句用韵②。所以这是除上列第一类谣谚外早期七言韵文用韵的普遍形式。

第三种方式是隔句用韵，即每两句押一个韵。这种押韵方式跟五言诗相同，是后代七言诗用韵的一般情况，但在中古时

① 参考逯钦立《汉诗别录》（《中央研究院历史语言研究所集刊》第十三本）。

② 参考《汉诗别录》及余冠英《七言诗起源新论》（见《汉魏六朝诗论丛》）。

代却产生发展得很迟。根据现有的材料，到刘宋鲍照的《拟行路难》，这种方式才告完成。前此虽有隔句用韵的少数例子，但均非全篇，只能说是萌芽。

早期的七言诗，为什么不像五言诗那样隔句用韵，而以每句用韵为正常情况，甚至有每句押两个韵的谣谚？隔句用韵的七言诗是怎样发展和完成的？这是本文准备着重探讨的问题。

二、七言诗在节拍上的特点和第一二式七言诗

早期的七言诗，不像五言诗那样隔句用韵，而以每句用韵为正常情况，甚至有每句押两个韵的谣谚，要说明这种情况，必须明了七言诗在节拍上的特点而后可。

每句用韵的七言诗，根据近人的研究，其体制渊源于《楚辞》，省去其句中或句尾的语助词而成。七言句节拍大概为上四下三，从节拍方面说来，七言一句，相当于三、四、五言的两句。如《招魂》乱辞："献岁发春兮汩南征，菉蘋齐叶兮白芷生。路贯庐江兮左长薄，倚沼畦瀛兮遥望博。"省掉句中兮字，便成七言诗。《九章·抽思》乱辞："长濑湍流，溯江潭兮。狂顾南行，以娱心兮。轸石崴嵬，蹇吾愿兮。超回志度，行隐进兮。"《招魂》："魂兮归来，反故居些。天地四方，

多贼奸些。”《大招》：“代秦郑卫，鸣竽张只。伏羲《驾辩》，楚《劳商》只。讴和《阳阿》，赵箫倡只。魂乎归来，定空桑只。”去掉句尾的“兮”、“些”、“只”，便成七言诗，体式与汉魏两晋的七言诗毫无二致[①]。

七言一句既相当于三、四、五言的两句，故在乐曲的节解上，五言诗一般以四句为一曲或一解，七言诗却只需两句。先从汉魏乐府歌辞来考察。《宋书·乐志》著录的清商三调歌诗，多数是五言和四言诗。孙楷第先生曾经统计《宋志》所录清商三调歌诗，共得三十五篇一百八十一解。“其篇中诸解一律四句者，得十一篇六十九解。篇中诸解句数不一律，而中有以四句为一解者，在九篇中，得二十四解。如是共得九十三解。其杂言一解四句者，尚不在内。”[②]这样每解四句的已占总数一半以上，可见以四句为一解，乃是汉魏乐府五言及四言诗的一般情况。

《宋志》所录清商三调歌诗中的七言诗，仅有曹丕《燕歌行·秋风篇》、《别日篇》两首。其中除《别日篇》第五解为四句外（两篇末解均三句，当由结尾声调舒缓之故），其馀每

---

① 参考梁启超《中国之美文及其历史》、萧涤非《汉魏六朝乐府文学史》（第二编第二章）及逯钦立《汉诗别录》。

② 见《绝句是怎样起来的》一文，载《学原》一卷四期。

解都是两句。再从南朝的乐府歌辞来考察。南朝的吴声歌曲和西曲，绝大多数是每曲五言四句[①]。西曲中有七言诗：《青骢白马》八曲，《共戏乐》四曲，《女儿子》二曲，每曲却都是七言两句。南朝清商乐府的一曲，在音乐上相当于汉魏古乐府的一解[②]。

值得注意的是魏缪袭《魏鼓吹曲·旧邦》篇，实际是一首完整的七言诗，《宋书·乐志》却把它写成这样的格式：

旧邦萧条　心伤悲　孤魂翩翩　当何依　游士恋故　涕如摧　兵起事大　令愿违　博求亲戚　在者谁　立庙置后　魂来归

诗后说明云："右《旧邦曲》，凡十二句，其六句句三字，六句句四字。"这更明显地把七言一句当作两句看了。韦昭《吴鼓吹曲·克皖城》篇实际也是七言六句，《宋志》著录的格式和说明跟缪袭《旧邦》篇完全相同。《宋志》所录缪袭《魏鼓吹曲》、韦昭《吴鼓吹曲》、傅玄《晋歌吹曲》以及宋何承天

① 六朝吴声歌曲歌辞约三百三十首，五言四句约为二百七十首。西曲歌词约一百四十首，五言四句约一百首。

② 参考拙作《吴声西曲的渊源》（收入《乐府诗述论》上编）。

的《鼓吹铙歌》中，有不少篇什虽非通篇七言，但包含不少七言句，《宋志》都把它分成上四、下三两句。又铎舞歌诗中的《云门篇》，拂舞歌诗中的《济济篇》，宋泰始歌舞曲词中的《通国风》篇，其中的七言句，《宋志》都分为上四、下三两句。《隋书·音乐志》所载七言歌辞，也有此种情况，例如北齐《赤帝降神高明乐辞》。

《乐府诗集》卷二六引《古今乐录》说："伧歌以一句为一解，中国以一章为一解。"北朝的鼓角横吹曲，就是所谓伧歌。鼓角横吹曲歌辞大部分是每曲五言四句，如《企喻歌辞》四曲，每曲五言四句。《乐府诗集》于诗末说明云："右四曲，曲四解。"于七言的《巨鹿公主歌辞》（三曲，每曲两句）及《雀劳利歌辞》（一曲，每曲两句）诗末说明云："右三曲，曲四解"；"右一曲，曲四解"。伧歌的四解就是汉歌的四句，很明显，这里也是把七言两句当作四句看待的。

晋傅玄有一首七言五句的《两仪诗》，歌词云："两仪始分元气清。列宿垂象六位成。日月西流景东征。悠悠万物殊品名。圣人忧代念群生。"一作四言十句，歌词云："两仪始分，元气上清。列宿垂象，六位时成。日月时迈，流景东征。悠悠万物，殊品齐名。圣人忧世，实念群生。"（均见丁福保《全晋诗》卷二）这个例子很有趣，也足供我们参考。

上面的材料，都说明了汉魏两晋南北朝时代的七言诗，它的一句在音乐节拍上相当于三、四、五言的两句，事实上当时的人们也常常是把它的一句当作两句看待的。既然这样，五言及四言诗以隔句用韵为一般情况，七言诗当然应以每句用韵为一般情况了。至于谣谚中的七言有一句押两个韵的，那是因为这些七言谣谚常常只有一句，必须押两个韵才显出声调谐和而便于歌唱的缘故。七言一句实际相当于三、四、五言的两句，因此提供了每句押两个韵的可能性。

三、第三式七言诗的形成

隔句用韵的七言诗，根据现存作品来看，直到刘宋鲍照才告正式形成。前此只有在杂言诗中偶然出现一二片段。七言歌行与杂言诗本有极密切的关系，故《玉台新咏》卷九所选录的，有七言诗，有杂言诗，而后世七言歌行中也往往夹有杂言句。因此，杂言诗中凡五字以上的隔句用韵诗句（包括七言句在内）均可认为第三式七言诗的萌芽形态。

汉乐府中已有此种隔句用韵的七言句或杂言句，例如：

《薤露曲》："露晞明朝更复落，人死一去何时归？"

《蒿里曲》："蒿里谁家地，聚敛魂魄无贤愚。鬼伯一何相催促，人命不得少踟蹰！"

《东门行》："盎中无斗米储，还视架上无悬衣。拔剑东门去，舍中儿母牵衣啼。他家但愿富贵，贱妾与君共餔糜。上用仓浪天故，下当用此黄口儿。"

《妇病行》："妇病连年累岁，传呼丈人前一言。……属累君两三孤子，莫我儿饥且寒。"

《孤儿行》："乱曰：里中一何譊譊，愿欲寄尺书。将与地下父母，兄嫂难与久居！"

曹魏文人所作的乐府歌诗中也有此种例子：

曹丕《大墙上蒿行》："适君身体所服，何不恣君口腹所尝。冬被貂鼲温暖，夏当服绮罗轻凉。"

曹丕《艳歌何尝行》："何尝快独无忧，但当饮醇酒炙肥牛。（一解）长兄为二千石，中兄被貂裘。（二解）小弟虽无官爵，鞍马馺馺往来王侯长者游。（三解）但当在王侯殿上快独，摴蒱六博，对坐弹棋。（四解）男儿居世，各当努力，蹙迫日暮，殊不久留。（五解）……"（《宋书》卷二一《乐志》）

曹植《桂之树行》："桂之树桂之树，桂生一何丽佳。扬朱华而翠叶，流芳布天涯。……高高上际于众外，下下乃穷极地天。"

曹植《苦思行》："郁郁西岳巅，石室青葱与天连。中有耆年一隐士，须发皆皓然。"（后两句）

曹植乐府歌词残句："所赍千金之宝剑，通犀文玉间碧玙。"（《北堂书钞》卷一二二引）

左延年《秦女休行》："平生为燕王妇，于今为诏狱囚。……明知杀人当死，兄言怏怏弟言无道忧。……丞卿罗列东向坐，女休凄凄曳梏前。"

这类诗句最初见于汉乐府民歌；其后见于曹魏文人的乐府歌诗，而这些乐府诗在形式上是受到民歌很大的影响的。这种现象说明隔句用韵的七言诗及杂言诗，正像其他许多文艺形式一样是发源于民间的。《宋书·乐志》于曹丕《艳歌何尝行》篇所注明的解数，颇值得注意。其第五解为四言四句；第一至四解为杂言，大体上为每解两句。这说明四、五言以上的杂言一句跟七言句相同，在节拍上都相当四言或五言的两句。

晋代的傅玄写了不少乐府歌诗，其句式是很多样化的，有四言、五言、六言、杂言等各种形式。他的杂言诗《白杨行》、《秦女休行》中也多隔句用韵的句子：

《白杨行》："踠足蹉跎长坂下，蹇驴慷慨敢与我争驰。踯躅盐车之中，流汗两耳尽下垂。虽怀千里之逸志，当时一得施。"

《秦女休行》："烈女直造县门，云父不幸遭祸殃。今仇身以分裂，虽死情益扬。……刑部垂头塞耳，令我吏举不能成。烈著希代之绩，义立无穷之名。夫家同受其祚，子子孙孙咸享其荣。今我作歌咏高风，激扬壮发悲且清。"

曹植的《当事君行》和傅玄的《鸿雁生塞北行》，句式都是六言与五言相间，隔句用韵，颇值得注意。

曹植《当事君行》："人生有所贵尚，出门各异情。朱紫更相夺色，雅郑异音声。好恶随所爱憎，追举逐声名。百心可事一君，巧诈宁拙诚。"

傅玄《鸿雁生塞北行》："凤凰远生海西，及时昆山冈。五德存羽仪（此句疑脱一字），和鸣定宫商。百鸟并侍左右，鼓翼腾华光。上熙游云日间，千岁时来翔。孰若彼龙与龟，曳尾泥中藏。非云雨则不升，冬伏春乃骧。退哀此秋兰草，根绝随化扬。灵气一何忧美，万里驰芬芳。常恐物微易歇，一朝见弃忘。”

这已不是一般的句法参差的杂言诗，而是有固定句法的杂言诗。六言句虽比五言句只多一字，但它在字数上相当于两个三字句，故在节拍上跟七言句一样，相当于三言、四言或五言的两句。所以早期的六言诗也都是每句押韵。这自孔融的《六言诗》，曹丕的《黎阳作》、《令诗》，曹植的《妾薄命行》，以至嵇康的《六言诗》，傅玄的《董逃行·历九秋篇》，陆机的《董逃行》，莫不如此。《当事君行》等两诗六言句不押韵，显示出一种新诗体在成长过程中[1]。

傅玄在杂言诗和七言诗（他有《拟四愁诗》四首）的写作方面地位是比较重要的。《玉台新咏》第九卷，专录七言歌行和杂言诗，卷中收傅玄杂诗七首、鲍照杂诗八首，在齐梁时代之前，两人的作品在数量上是被选最多的。鲍照在《松柏篇序》中说：“知旧先借傅玄集，以余病剧，遂见还。”可以推想鲍照在七言诗和杂言诗的写作方面，一定受到傅玄相当大的影响。

① 完整的隔句用韵的六言诗始见于刘宋，为谢庄《宋明堂歌》中的《黑帝歌辞》。

晋代的七言诗《白纻歌》还是每句用韵的。最早的隔句用韵的七言诗根据流传至今的诗作而论，当推刘宋鲍照的《拟行路难》、《夜听妓》以及鲍照的诗友汤惠休的《秋思引》。其中《拟行路难》是最特出的。《拟行路难》共十八首，其中多数是杂言体（但杂言体中也以七言句占多数），其通篇七言的共五首。今录通体七言及杂言各一首以示例：

奉君金卮之美酒，玳瑁玉匣之雕琴。七彩芙蓉之羽帐，九华蒲萄之锦衾。红颜零落岁将暮，寒光宛转时欲沉。愿君裁悲且减思，听我抵节行路吟。不见柏梁铜雀上，宁闻古时清吹音。

泻水置平地，各自东西南北流。人生亦有命，安能行叹复坐愁。酌酒以自宽，举杯断绝歌路难。心非木石岂无感，吞声踯躅不敢言。

《拟行路难》中的七言句，有时还有句句用韵的情况，如：

春禽喈喈旦暮鸣，最伤君子忧思情。我初辞家从军侨，荣志溢气干云霄。流浪渐冉经三龄，忽有白发素髭生。（底下隔句用韵，略）

《拟行路难》的多杂言句，有句句用韵的七言句以及句法散文化（如“奉君金卮之美酒”篇）等形式方面的特点，一方面固然是乐府歌行纵横多变化的表现，另一方面也说明了隔句用韵的七言诗这个时候还在创造阶段，所以形式不及后来的许多七言诗那样严格。

鲍照的《夜听妓》和汤惠休的《秋思引》都是七言四句的短诗，可以说是后世七绝的先驱作品，我们拟在下面再详细谈。鲍照和惠休在当时是非常富有见识的作家，他俩不像谢灵运、颜延年般注意字句的琢磨，而大胆学习民歌自然活泼的风格和多样化的表现形式。当时文人写作七言诗很少，民歌中七言体却较发达，乐府《燕歌行》、《白纻歌》原来都出自民间。《行路难》原来也是北方的民歌。《续晋阳秋》说：“袁山松善音乐。北人旧歌有《行路难》曲，辞颇疏质。山松好之，乃为文其章句，婉其节制，每因酒酣，从而歌之。听者莫不流涕。”（《世说新语·任诞篇》引）《陈武别传》说：“陈武字国本，休屠胡人。常骑驴牧羊，诸家牧竖十数人，或有知歌谣者，武遂学《太山梁父吟》、《幽州马客吟》及《行路难》之属。”（《艺文类聚》卷一九《人部·吟类》引）据此，《行路难》原是疏质的为牧羊儿所歌唱的北方民歌。袁山松所润色的《行路难歌》，现在没有流传下来。但按诸乐府歌辞体例，每种曲调的歌辞，往往有一定的体例。如《燕歌行》、《白纻歌》都是每句用韵的七言诗，拂舞曲《淮南王》是三、七句法相循环；因此我们很有理由推想鲍照《拟行路难》的隔句用韵的七言体，前此已经出现于民歌中。鲍照的功绩，就在于把民歌的这种新形式提升到诗坛，提升到作家作品之林。过去持有正统观念的作家和批评家，对于鲍照诗歌的通俗性常表不满。钟嵘《诗品》评他的诗为“险俗”，“颇伤清雅之调”。《南齐书·文学传论》评他的诗如“八音之有郑卫”。颜延之非常鄙薄鲍照诗友汤惠休的诗歌，“谓人曰：‘惠休制作，委巷中歌谣耳，方当误后事’”（《南史》卷三四《颜延年传》）；并立“休鲍之论”（见钟嵘《诗品》）。我们的看法刚刚相反，我们认为鲍照的所以卓越，所以凌驾于南朝一般诗人之上，其主要原因之一就在于能够大胆运用民间歌谣的新形式来表现生动丰富的内容，而《拟行路难》在这方面尤其是杰出的。

鲍照七言诗在文学史上的地位，更应当从它们的影响来估量。《拟行路难》不但把隔句用韵的七言诗提升到诗坛，为它奠定了坚固的基础，而且给予后代（特别是唐代）的七言歌行以巨大深刻的影响。胡应麟《诗薮》（内编卷三）说：“明远颇自振拔，《行路难》十八章欲汰去浮靡，返于浑朴。……后来长短句（按指七言歌行）实多出此，与玄晖五言，俱兆唐人轨辙矣。”这看法是正确的。唐人七言歌行，李白写得最好，纵横排奡，变化莫测，他受鲍照的影响也特别深。故杜甫《赠李白》诗有“俊逸鲍参军”之句；《朱子语类》也说：“鲍明远才健，其诗乃《选》之变体，李太白专学之。”（王琦注《李太白文集》卷三四引）当然，这种影响也包括着内容的方面，但形式方面的影响无疑是非常重要的。

萧齐一代作家，几乎没有什么七言诗流传下来。到得梁代，七言诗却大为发达，作家众多，七言作品不但数量丰富，而且形式多样化。七言古近各体，这时候可说都已经基本上形成，梁以后的作品，只比它们在协调声律方面进步罢了。梁代诸帝（武帝、简文帝、元帝），特别崇尚文学，他们自己也喜欢尝试作各种新体裁的诗歌。在这种在上者大力提倡的情况下，梁代的诗人和诗作，其数量都远远超过宋齐两代。在七言诗方面也是如此。这里首先值得注意的是这时代的作家，除掉也写句句用韵的七言诗（如《白纻歌》）外，更写了不少隔句用韵的七言诗。值得注意的是：他们不但用《行路难》题来写，而且扩大到用其他乐府歌行的旧题来写。例如《燕歌行》原来句句用韵，而元帝、萧子显、庾信的《燕歌行》却是隔句用韵的；简文帝的《上留田行》和《乌夜啼》，利用汉乐府相和歌和六朝乐府清商曲的旧题来写这种新体。这说明隔句用韵的七言诗在乐府歌行方面的运用范围是拓展了。

梁元帝《燕歌行》："燕赵佳人本自多，辽东少妇学春歌；黄龙戍北花如锦，玄菟城南月似蛾；如何此时别夫婿，金羁翠眊往交河。还闻去汉入燕营，怨妾愁心百恨生；漫漫悠悠天未晓，遥遥夜夜听寒更。自从异县同心别，偏恨同时成异节，横波满脸万行啼，翠眉暂敛千重结。并海连天合不开，那堪春日上春台，乍见远舟如落叶，复看遥舸似行杯。沙汀夜鹤啸羁雌，妾心无趣坐伤离，翻嗟汉使音尘断，空伤贱妾燕南垂。"

梁简文帝《上留田行》："正月土膏初欲发，天马照耀动农祥，田家斗酒群相劳，为歌长安金凤凰。"

梁元帝的《燕歌行》是梁代七言长篇中值得特别重视的一首。它的音节流利而特多变化：除开头六句外，下面每四句一转韵；除押平韵者外，更有押仄韵的；全篇平仄大体协调。可以说，它跟唐代的七言古诗是没有多大区别了。这里明显地显示出齐梁时代声律论的发展，给予七言诗在声调方面以巨大的影响。以后陈代徐陵、江总、傅縡的《杂曲》，张正见的《赋得佳期竟不归》等等作品，体制跟《燕歌行》大体相同，为唐代音节流畅的七言古诗打下深固的基础。

其次值得注意的是这时代的作家，不但运用此种七言新体写乐府歌行，而且运用它写一般的题目。如简文帝的《和萧侍中子显春别》、《夜望单飞雁》，梁元帝的《春别应令》、《别诗》、《送西归内人》，萧子显的《春别》，刘孝威的《褉饮嘉乐殿咏曲水中烛影》，朱超的《咏独栖鸟》，沈君攸的《薄暮动弦歌》、《羽觞飞上苑》、《桂楫泛河中》等都是。固然，过去鲍照曾用这种七言新体写过一般诗题《夜听妓》，但还是个别的现象，现在则是普遍的风气了。萧子显的《春别》共四首，除第三首（共四句）句句用韵外，其他三首都隔句用韵。第一、第四两首均为四句，第二首六句。简文的《和萧侍中子显春别》和元帝的《春别应令》是同时唱和之作，每人每题都作四首，各首的体制完全相同。由此可以窥见他们多么热心于七言新体的制作。由于他们的努力，隔句用韵的七言诗至此宣告完成。

四、七言近体的滥觞和绝句名称的探讨

上面我们探讨了隔句用韵的七言诗的形成过程。本节准备

谈谈七言近体的一些问题。七言绝句和七言律诗都是近体诗，它们在平仄方面的规定是很严格的。平仄完全协调的七绝和七律，当然要到唐代才确立，但论其滥觞，却应上溯到六朝时代。六朝的七言四句诗和七言八句诗，平仄虽不完全协调，但在形式方面却奠定了后世七绝和七律的基础。

先说七绝的滥觞。根据现存作品，最早称得上七绝滥觞的作品是鲍照的《夜听妓》和汤惠休的《秋思引》。

> 鲍照《夜听妓》："兰膏销耗夜转多，乱筵杂坐更弦歌，倾情逐节宁不苦，特为盛年惜容华。"
>
> 汤惠休《秋思引》："秋寒依依风过河，白露萧萧洞庭波，思君末光光已灭，眇眇悲望如思何！"

上面曾经指出鲍、汤两人是勇于创造新体诗歌的作家，七绝滥觞于他俩，也是很自然的。这种七言古绝句（我们假定给它这个名称）的形式不见于古代民歌，鲍、汤也只写了这两首。古代民歌中五言古绝句很多，七言古绝句却未见。梁鼓角横吹曲中有《捉搦歌》四首、《隔谷歌》一首，固然是七言四句的民歌，但都是句句用韵的，其产生时代也不能肯定，或许并不早。南朝清商西曲歌中有七言四句的《乌栖曲》，也是句句用韵，而且都是梁代作家的作品。所以，七绝的滥觞不能不归之鲍、汤两人。许学夷《诗源辩体》卷七说得对："明远七言四句有《夜听妓》一篇，语皆绮艳，而声调全乖，然实七言绝之始也。"这种七言古绝句，不一定直接渊源于民歌，而很可能是从隔句用韵的七言长篇中脱胎出来的。鲍照的《拟行路难》中有若干七言句和杂言句是四句一转韵的，例如上文所举的"泻水置平地"篇，又如：

……人生倏忽如绝电，华年盛德几时见？但令纵意存高尚，旨酒嘉肴相胥宴。持此从朝竟夕暮，差得亡忧消恐怖。胡为惆怅不能已，难尽此曲令君忤。

上文曾说明早期七言诗大都句句用韵，一般以两句为一最小单位（一解），相当于四言或五言的四句；现在七言也隔句用韵了，它的最小单位自不能不从两句伸展为四句。七言古绝句的产生，大约源于这种七言新体长篇中最小单位的独立。

到了梁代，随着整个七言诗的发达，七言古绝句的数量也大大增加，上节列举的一些梁代七言诗篇名，其中有不少是七言古绝句。梁以后唐以前，这种七言古绝句继续产生不少（而且在声律上愈来愈接近于唐代的七绝），它的发展是跟四句一转韵的七言长篇（例如梁元帝《燕歌行》、徐陵《杂曲》）的发展是互相平行的。

萧子显《春别》："衔悲揽涕别心知，桃花李色任风吹，本知人心不似树，何意人别似花离。"

江总《怨诗》："采桑归路河流深，忆昔相期柏树林，奈许新缣伤妾意，无由故剑动君心。"

同上："新梅嫩柳未障羞，情去恩移那可留，团扇箧中言不分，纤腰掌上讵胜愁。"

江总的《怨诗》，平仄协调，上下黏合，宛似唐人绝句了。这种现象当然是新体诗声律愈趋精密的表现。

七言律诗滥觞于七言诗较前大大发展的梁代，简文和庾信的《乌夜啼》，可以说是这方面的肇始之作。

梁简文帝《乌夜啼》："绿草庭中望明月，碧玉堂里对金铺。鸣弦拨捩发初异，挑琴欲吹众曲殊。不疑三足朝含影，直言九子夜相呼。羞言独眠枕下泪，托道单栖城上乌。"

庾信《乌夜啼》："促柱繁弦非《子夜》，歌声舞态异《前溪》。御史府中何处宿，洛阳城头那得栖。弹琴蜀郡卓家女，织锦秦川窦氏妻。讵不自惊长泪落，到头啼乌恒夜啼。”

二诗当是同时唱和之作，犹如上面提及的简文、元帝、萧子显的《春别》一样。在梁代，声律论和骈体文对诗歌的影响日益巨大，新体诗大大发展，作为新体之一的七言八句诗滥觞于这个时期，是不难理解的事情。这以后，陈江总的《芳树》，隋炀帝的《江都宫乐歌》，体制相同，平仄却还没有完全协调。到唐初稳顺声势，七律始告正式完成。七律这名称也是六朝以后才产生的①。

梁陈时代的一些作家，喜欢以骈句写作七言诗，他们除掉以骈句写了七言八句诗外，还写了不少不限于八句的七言诗。如梁代简文帝的《春别》诗第一首是四句、第二首是六句，元帝、萧子显的《春别》诗第一首、第二首也是四句六句，沈君攸的《薄暮动弦歌》是十二句、《羽觞飞上苑》是十六句、《桂楫泛河中》是十八句，陈代徐陵的《杂曲》是二十句，张正见的《赋得佳期竟不归》是十四句，江总的《秋日新宠美人应令》是十四句、《新入姬人应令》是十八句、《内殿赋新诗》是十二句。外此尚有，不备举。那些句数多于八句的

① 元稹《唐检校工部员外郎杜君墓系铭序》：“沈宋（案指沈佺期、宋之问）之流，研练精切，稳顺声势，谓之为律诗。”

诗，当然即是后世七言排律的先驱者。这种现象说明当时作家们以骈句写作七言诗，在句数方面的情况是很复杂而多变化的；七言八句只是其中的一种格式，而且不能算是普遍的格式。七言八句被确定为近体诗的一种固定格式，普遍创作，是唐代的现象。唐代七言排律虽仍有人写作，但其数量毕竟不多，不能与八句诗相提并论了。

最后，我们拟说明一下绝句这一名称的意义以及它跟七言诗的关系。七言古绝句虽然在六朝已经形成了，但那时候的人们并不把它唤作绝句；而同时他们对五言四句，却是唤作绝句的。《玉台新咏》卷一〇，专录五言小诗，其中即有《古绝句》四首、吴均《杂绝句》四首等。此外当时诗人集子及《南史》中都有绝句这名称，用以指五言四句小诗。如《庾子山集》有《和侃法师三绝》及《听歌一绝》；《南史》卷八《梁元帝本纪》，“在幽逼，求酒饮之，制诗四绝”，都是。另一方面，《玉台新咏》卷九对隔句用韵的七言四句诗，却没有叫作绝句的；当时诗人集子及《南史》、《北史》中也没有此种情况。这是什么原因呢？

我们在上文已经说明，五言诗很早就是隔句用韵，它在诗歌中常以四句为一单位，在乐府歌辞是四句为一解。这种习惯使当时人把五言四句认作一个整句，即句读之句。如《宋书·谢灵运传》说：

> 何长瑜为临川王义庆记室参军，尝于江陵寄书与宗人何勖，以韵语序义庆州府僚佐云：陆展染须发，欲以媚侧室，青青不解久，星星行复出。如此者五六句。而轻薄少年，遂演而广之，凡厥人士，并为题目，皆加剧言苦句。其文流行。

有时候又把它叫作短句，如钟嵘《诗品》说："齐朝请许瑶之，长于短句咏物。"《玉台新咏》卷一〇有许瑶（即许瑶之）五绝二首，其《咏楠榴枕》即是咏物的短句。当时人既把五言四句当作一个单位，唤作一句或一个短句，因此他们作起五言联句诗来，习惯上便是每人写一句（五言四句），大家联起来。罗根泽先生曾经统计两晋南北朝人所作的联句，共得三十八篇，其中三十四篇都是每人写五言四句[①]，可见当时风尚。五言四句既是五言联句中的一个单位，与联句这名称相对待，当这个单位独立自成一篇的时候，人们很自然地把它唤作绝句。《南史》卷七二《文学传》说："又有吴迈远者，好为篇章，宋明帝闻而召之，及见，曰：此人连绝之外，无所复

① 见《绝句三源》（载《中国古典文学论集》）。

有。”连绝并提，正是极好的证明。

以上是五言诗方面的情况，在七言诗却是另外一种情况。上文说明早期的七言诗都句句用韵，它常以两句为一个单位，在乐府歌辞中是两句为一解。刘宋的鲍照，虽然奠定了隔句用韵的七言诗的基础，并且开始了七言古绝句的写作，但毕竟只是少数人的创作现象。梁代这种现象虽然普遍了，但当时人写的七言诗句句用韵的还相当多，与隔句用韵的同时发展着。如梁武帝的《白纻词》，简文帝的《乌栖曲》四首、《东飞伯劳歌》，元帝的《乌栖曲》三首，萧子显的《乌栖曲》四首，沈约的《四时白纻歌》五首，刘孝威的《拟古应教》，张率的《白纻歌》九首等都是。在南朝乐府歌辞中，七言诗也恒以两句为一曲，如西曲歌中的《青骢白马》八曲、《共戏乐》四曲、《女儿子》二曲，杂舞曲辞的《齐济济辞》和王俭所造《齐白纻歌》五曲，都是如此。梁鼓角横吹曲中虽有七言四句为一曲的歌辞，为《捉搦歌》四曲、《隔谷歌》一曲，但也有七言两句为一曲的歌辞，为《巨鹿公主歌辞》三曲、《雀劳利歌辞》一曲、《地驱乐歌》一曲。在这种以七言两句为一单位的风气下，当时人对于七言诗，不是把四句作一个整句，而是把两句作一个整句，这也有证据。《乐府诗集》卷五六登录沈约的《四时白纻歌》，分为春、夏、秋、冬、夜五首。其第一首《春白纻歌》云：

> 兰叶参差桃半红，飞芳舞縠戏春风。如娇如怨状不同，含笑流眄满堂中。翡翠群飞飞不息，愿在云间长比翼。佩服瑶草驻容色，舜日尧年长无极。

底下四首，都是七言八句，句句用韵，而且后四句文字完全相同。这相同的四句非沈约所作，乃是梁武帝的手笔。《乐府诗集》引《古今乐录》说："沈约云：《白纻》五章，敕臣约造。武帝造后两句。"这里所谓"后两句"，是指两个整句，实际是七言四句。当时人的观念如此，当然不会把七言四句唤作绝句了。把七言四句唤作绝句，当是唐人比照五绝而给予它的名称。

当时人既常以七言两句为一单位，为什么不把它唤作绝句呢？那是因为一方面七言两句诗除在歌谣和乐府歌辞中出现外，一般文人并不把它当作一种小诗来写，如像对待五言四句诗那样；另一方面，两晋南北朝人写的七言联句很少，现存五篇，其中除北魏孝文帝与臣僚合写的《县瓠方丈竹堂飨侍臣联句》为每人两句外，其馀各篇都效《柏梁台联句》，每人一句。上面说过，五言四句诗所以获得绝句这一名称，是由于它与联句相对待独立地成为一种诗体；七言两句既然没有这种情况，自不会被唤作绝句了。

（原载《复旦学报》1956年第2期）

[附记]

此文写成后，读臧懋循编辑的《诗所》，发现卷五十所收宋谢灵运《法门颂》、齐王融《努力门诗》与《回向门诗》，都是两句用韵的七言诗，颇足注意。今录于下：

谢灵运《法门颂》："出不自户将何由？行不以法欲焉修？之燕入楚待骙（疑当作"骏"）足，凌河越海寄轻舟。通明洞烛焕曾景，深凝广润湛川流。翼善开贤敷教义，昭蒙启惑涤烦忧。功成弗有居无著，淡然无执与化游。"

王融《努力门诗》："豫北二山尚有移，河中一洲亦可为。精诚必至霜尘下，意气所感金石离。有子合掌修名立，时王握发美誉垂。昔来勤心少骞堕，何不努力出忧危？胜幡法鼓萦且击，智师道众纷以驰。有生无我俨既列，无明有我孰能宽？"

王融《回向门诗》：“悠悠九十各异形，扰扰众生非一情。驱车策马徇世业，市文鬻义炫虚名。三墨纷纠殊不会，七儒委郁曾未并。吉凶拘忌乃数术，取与离合实纵横。朝日夕月竟何取，投岩赴火空捐生。咄嗟失道尔回驾，沔彼流水趣东瀛。”

这三首诗都是阐扬佛法的。谢灵运的时代在刘宋初，略早于鲍照，可见两句用韵的七言诗在佛家韵语中出现得是相当早的。三诗文辞风格，跟《拟行路难》等乐府歌辞迥不相同，而与唐代变文俗曲比较接近。变文俗曲等七言歌词的体制，似当上溯到此类佛家韵语。这是值得文学史工作者注意的。《诗所》是比较少见的书，因全录三诗以供大家参考。

[又记]

据陈允吉同志《中古七言诗体的发展与佛偈翻译》一文考证，以上三诗实均为王融的《净住子颂》，收入严可均《全齐文》卷一三。陈文见《中华文史论丛》第五十二辑，上海古籍出版社1993年出版。

赏析篇

汉乐府《孔雀东南飞》

《孔雀东南飞》是汉乐府诗中的宏篇巨制，凡一千七百多字，原载于《玉台新咏》，原题为《古诗为焦仲卿妻作》，后人常取其首句称之为《孔雀东南飞》。诗前小序为我们勾勒了焦仲卿和刘兰芝爱情悲剧的轮廓。故事发生在东汉末叶的建安年间，庐江府小吏焦仲卿之妻刘兰芝因不能忍受焦母的虐待，被遣回娘家。她与仲卿的爱情异常深笃，互誓不再嫁娶，等待日后重圆。谁知兰芝的兄长利欲熏心，逼迫她再嫁给一位太守的郎君，以攀高枝。兰芝不愿顺从，“举身赴清池”，投水自尽，焦仲卿闻讯也“自挂东南枝”，自缢身亡，演出了一出殉情的悲剧。《孔雀东南飞》是一篇戏剧色彩颇为浓厚的叙事长诗，它塑造了以焦母、刘兄为代表的封建家长蛮横专断的形象，更以同情、赞美的笔触讴歌了仲卿、兰芝两人忠于爱情，追求幸福美好生活，反抗压迫，反抗封建礼教的崇高、勇敢的精神。在封建社会中，妇女的地位非常低下，他们被当作生产工具和生育机器，蒙受着巨大的心灵痛苦和肉体磨难。封建纲常赋予了焦母、刘兄在家庭内的绝对统治权，也决定了兰芝、仲卿成为屠刀下牺牲者的悲剧命运。

长诗以朴素生动流畅和谐的语言刻画了兰芝、仲卿、焦母和刘兄等几个人物的形象。

刘兰芝无疑是诗篇最着力赞美的正面人物。她是一个勤劳的女子，“鸡鸣入机织，夜夜不得息。三日断五匹……”；她是一个聪明的姑娘，“十三能织素，十四学裁衣，十五弹箜篌，十六诵诗书”；她是一个美丽的少妇，“足下蹑丝履，头上玳瑁光，腰若流纨素，耳著明月珰。指如削葱根，口如含朱丹。纤纤作细步，精妙世无双”。她是一个善良的女子，敬重婆婆，抚爱小姑，与丈夫相亲相爱。但是，更重要的是她具有坚强的性格，在凶暴的家长焦母和刘兄面前，一点也不唯唯诺诺，俯首贴耳，一点也不流露出可怜的奴才相，表现出人格的尊严和不可侮。所以焦母对仲卿这样评价兰芝：“此妇无礼节，举动自专由，吾意久怀忿，汝岂得自由！”一方面是焦母的颐指气使，一方面是兰芝的刚强独立，两者相值必然导致她们之间的龃龉矛盾。封建礼教规定了压迫妇女的“七出”条文：“妇有七去（即七出）：不顺父母去，无子去，淫去，妒去，有恶疾去，多言去，窃盗去。”（《大戴礼记·本命篇》）《礼记·内则》又说：“子甚宜其妻，父母不悦，出。”因此，虽然仲卿与兰芝情深谊笃，并且仲卿认为兰芝“女行无偏斜”，但是兰芝触犯了“不顺父母”这一条罪名，仲卿不得不让兰芝离去。兰芝回娘家家后，不幸又碰到了势利吝啬的阿兄，“我有亲父兄，性行暴如雷，恐不任我意，逆以煎我怀”。本来仲卿兰芝相誓：“君当作磐石，妾当作蒲苇。蒲苇纫如丝，磐石无转移”。“不久当归还，誓天不相负”，他们等待着破镜重圆。但是家长制又一次剥夺了兰芝、仲卿选择自己命运的权利。刘兄为了攀援高门，同时也为了减轻自身的经济负担，逼迫兰芝改嫁；而焦母也是忙于选媳，“东家有贤女，窈窕艳城郭。阿母为汝求，便复在旦夕”。在这种情况下，横在仲卿夫妇面前的道路只有两条：死亡或投降。他俩的自杀不是怯弱的行为，而是在当时的具体环境中所能有的非常勇敢的举动，是对于封建制度反抗到底的表现。

诗篇以饱含同情的笔触描绘了另一个正面形象焦仲卿。仲卿的性格不如兰芝坚强，在孝道观念的箝制下，他不敢彻底反抗自己的母亲，只得忍辱负重。但他跟兰芝一样，是始终忠于爱情的，对于封建压迫也是反抗到底的。一开始当焦母要遣回兰芝时，他就明确表示："今若遣此妇，终老不复取！"之后与兰芝暂别，又郑重声明"誓不相隔卿"，"誓天不相负"。最后终于不顾焦母的劝告，违背了"不孝有三、无后为大"的封建礼教，自缢于庭树。显而易见，这位始终忠于爱情、最终"为妇死"而"令母在后单"的人物，跟兰芝一样在骨髓中是充满着叛逆精神的。

焦母是一个极端蛮横暴戾的封建家长，对于兰芝的美德、仲卿夫妇的爱情，毫无认识和同情，一意专断孤行。为了达到自己的意愿，对于亲生儿子仲卿竟玩弄了卑劣的手段，一方面是威胁——"搥床便大怒：小子无所畏，何敢助妇语"；一方面是利诱——"东家有贤女……阿母为汝求……"。这里充分暴露了在可怕的封建专制主义面前，连最平常的母子天伦之爱都没有存在的馀地了。对于另一反面形象刘兄，诗篇虽然着墨不多，但也写得异常深刻。通过他强迫兰芝改嫁的一段谈话，我们可以清楚地看到压迫者利己主义的趋炎附势的丑恶灵魂。

长诗在艺术上有着巨大成就。如上所述，它塑造了若干鲜明的人物形象，给读者留下深刻的印象。在描绘人物方面，手法生动，避免了用作者的口吻作平板枯燥的叙述，或者发表一通不必要的议论和感想，而经常让人物通过自身的话语和动作来发展故事情节，这样就更具有戏剧性，形象也更生动，更富有感染力。这种客观性戏剧化的手法正是汉乐府民歌叙事诗所常用的，后来唐代诗人的一些新乐府，如杜甫的《石壕吏》、白居易的《卖炭翁》，也继承了这一优点。在语言方面，通俗、朴素和生动是其一个突出之处。诗中运用了许多口头语言，人物对话切合各自的身份和性格。长诗语言的一个特点是精炼，善于以少许笔墨生动有力地刻画人物的性格特征和生活形象。试看太守所遣媒人说婚的一段描写："媒人下床去，诺诺复尔尔。还部白府君：'下官奉使命，言谈大有缘'。"仅仅二十多字，把旧社会中媒人小心谨慎、善于逢迎的性格以及他当时由于说婚成功而踌躇满志的神情都活生生地表现出来了。

长诗描写繁简相间，各得其宜。有些场面铺陈描绘，不厌其繁，对表现人物起了很大作用。如兰芝离家时的装束和太守迎婚时的排场，都极尽描绘之能事。前者突出了兰芝的美丽，后者则有力地反衬出兰芝的"富贵不能淫"的美德。诗篇末尾以美丽的浪漫主义手法，通过连理枝、比翼鸟的幻化形象表现了广大人民对于争取婚姻自由的一种积极理想：尽管压迫重重，也不能阻止忠贞不渝的爱情的胜利，同时也给"感于哀乐，缘事而发"的现实主义诗歌增添了一丝瑰丽的神话色彩。

（原载《名作欣赏》1989年01期）

蔡琰与《胡笳十八拍》

读了郭沫若、刘大杰等同志谈蔡琰《胡笳十八拍》的文章后，很感兴趣，翻了些书籍，找得若干条材料，可以帮助说明一些问题，写下来供大家深入讨论时作参考。

《乐府诗集》卷五九蔡琰《胡笳十八拍》题解引《蔡琰别传》说：

> 汉末大乱，琰为胡骑所获，在右贤王部伍中。春月登胡殿，感笳之音，作诗言志曰："胡笳动兮边马鸣，孤雁归兮声嘤嘤。"

《北堂书钞》卷一一一、《艺文类聚》卷四四引《蔡琰别传》此段文字大致相同，惟《太平御览》卷五八一引《蔡琰别传》文字有一点显著不同，弥足注意：

春月登胡殿，感笳之音，作《十八拍》[①]。

“胡笳动兮边马鸣”两句是蔡琰骚体《悲愤诗》（这诗的真伪是另一问题，这里不论）中的句子，照《御览》的引文看来，骚体《悲愤诗》是可以叫作《十八拍》的了。

骚体《悲愤诗》是有理由可以叫作《十八拍》的。它不管是否蔡琰作品，至少是六朝人所作。汉魏六朝的七言诗（它渊源于骚体）在节拍上有一个特点，就是通常以两句为一个单位。我们看《宋书·乐志》著录的清商三调歌诗，其中五言诗、四言诗大多数是四句为一解（一解就是音乐上的一个小单位，相当于《诗经》的一章），七言诗有曹丕的《燕歌行》“秋风”篇（共七解）、《燕歌行》“别日”篇（共六解）两首，其中除两篇末解均为三句以及“别日”篇第五解为四句外，其馀各解都是每解两句。再看六朝乐府“清商曲辞”，其五言诗绝大多数是每曲四句，七言诗有《青骢白马》

① 惠栋《后汉书补注》卷一九引《蔡琰别传》云：“春月登胡殿，感笳之音，怀凯风之思，作诗言志，今所传《十八拍》是也。”说得更明显，但不知惠氏根据为何。《四部丛刊》三编影印日本静嘉堂藏本《太平御览》卷五八一引文至“感笳之音”句止，无“作《十八拍》”句，文意未完，疑有脱漏。

八曲、《共戏乐》四曲、《女儿子》二曲，每曲都是两句。六朝清商乐府的一曲，在音乐上相当于汉魏古乐府的一解[①]。骚体在句式上是七言诗的渊源，它在节解上应当和七言诗相同。骚体《悲愤诗》假如就是《十八拍》，应当是三十六句，现在有三十八句。细绎前后语意，其中有两拍当各为三句：

> 冥当寝兮不能安，饥当食兮不能餐，常流涕兮眦不干。
>
> 心吐思兮胸愤盈，欲舒气兮恐彼惊，含哀咽兮涕沾颈。

这两拍正像曹丕《燕歌行》两篇的末解一样，是少数的例外，全篇实为十八拍。按照《蔡琰别传》的记载，骚体《悲愤诗》是蔡琰在胡地感笳之音而作，诗中有“胡笳动兮边马鸣”之句，全篇可分十八拍，那末当然可以叫作《胡笳十八拍》了。李颀的《听董大弹胡笳声兼语弄寄房给事》诗开头说：“蔡女昔造胡笳声，一弹一十有八拍。”这里提到蔡琰所造的《十八拍》，我看即是指骚体《悲愤诗》。

现在一般所称为蔡琰作的《胡笳十八拍》，我同意刘大杰等同志的看法，认为不是蔡琰的作品。那末，它是什么人所作

① 参考拙作《七言诗形式的发展和完成》一文（收入《乐府诗述论》中编附录）。

呢？《乐府诗集》在《胡笳十八拍》题解中引刘商《胡笳曲序》说：

> 胡人思慕文姬，乃卷芦叶为吹笳，奏哀怨之音。后董生以琴写胡笳声为《十八拍》，今之《胡笳弄》是也。

又陈振孙《直斋书录解题》卷一四说：

> 《大胡笳十九拍》一卷，题陇西董庭兰撰，连刘商辞。又云祝家声、沈家谱，不可晓也。（按首句当作“《大胡笳十八拍》一卷”或“《小胡笳十九拍》一卷”。）

似乎《十八拍》是董庭兰所作，但董生是当时著名的琴师，不闻能诗，说《十八拍》是他所作证据尚嫌不足。下面的一些记载值得我们注意：

> 《崇文总目》：“《琴曲》有大、小《胡笳》。《大胡笳十八拍》，沈辽集，世名沈家声。《小胡笳》又有契声一拍，共十九拍，谓之祝家声。祝氏不详何人。”（《文献通考》卷一八六《经籍考》引）

《乐府诗集·胡笳十八拍》题解：“按蔡翼《琴曲》有大、小《胡笳十八拍》。沈辽集，世名流（当作沈）家声。《小胡笳》又有契声一拍，共十九拍。谓之祝家声。祝氏不详何代人。”（按“沈辽集”句上当脱“《大胡笳十八拍》”一句。）

陈旸《乐书》卷一三〇：“沈辽集《大胡笳十八拍》，世号为沈家声。《小胡笳十九拍》，末拍为契声，世号为祝家声。唐陈怀古、刘光绪尝勘停歇句度无谬，可谓备矣。”

朱长文《琴史》卷四《董庭兰传》：“董庭兰，陇西人也。开元、天宝间工于琴者也。天后时凤州参军陈怀古善沈、祝二家声调，以胡笳擅名。怀古传于庭兰，为之谱，有赞善大夫李翱序焉。”

这里四条材料，前面三条说明《胡笳曲》有大、小两种，《大胡笳十八拍》，系沈辽所集，名沈家声；《小胡笳十九拍》，十八拍外加契声一拍，名祝家声。第三、第四两条说明沈、祝二家声产生于董庭兰前，董庭兰善弹二家声。董庭兰的老师陈怀古曾经勘定大、小胡笳的停歇句度，可见《十八拍》的歌辞在董庭兰以前就产生了。我认为现在一般所称蔡琰《胡笳十八拍》，即指《大胡笳十八拍》，其歌辞可能即沈辽所作。沈辽大约是唐初或六朝人。《小胡笳十九拍》所异于《大胡笳》者，在于声调，末尾又加契声一拍，契声可能有声无辞，因此《小胡笳十九拍》的歌辞当跟《大胡笳十八拍》没有什么区别，因此《乐府诗集》只录《十八拍》歌辞。董庭兰的名声比沈、祝二氏要大，因此后来有些书籍就把创作权归之董氏，事实上他只是一个继承者。

《乐府诗集》对《胡笳十八拍》，署名蔡琰。题解中并引《琴集》说："《大胡笳十八拍》、《小胡笳十九拍》，并蔡琰作。"这也不足怪。乐府"琴曲歌辞"中多后代歌咏前人行事的歌曲，作者往往径题前人，其例颇多。如《乐府诗集》卷五七中有唐尧《神人畅》一首、虞舜《思亲操》一首和《南风歌》二首、夏禹《襄陵操》一首、箕子《箕子操》一首、周文王《拘幽操》二首等等，都是其例，不能因此说《神人畅》、《思亲操》等真是唐尧、虞舜等人的歌辞。对署名蔡琰的《胡笳十八拍》，我以为也应当这样理解。

《胡笳十八拍》既然产生于董庭兰前，刘商是应当看到过《胡笳十八拍》歌辞的。他的《胡笳曲序》把《十八拍》的创作权笼统归之于董庭兰，是不加细考的话。胡震亨《唐音癸签》卷一四引刘商《胡笳十八拍自序》说："拟董庭兰《胡笳弄》作。"我看这一句不一定是刘商的原文，而是胡震亨根据刘商的《胡笳曲序》压缩写成的。刘商本人叙述自己的创作缘起，不会这么简约。《郡斋读书志》后志别集类说：

> 汉蔡邕女琰为胡骑所掠，因胡人吹芦叶以为歌，遂翻为琴曲，其辞古淡。商因拟之，以叙琰事，盛行一时。

《胡笳十八拍》歌辞较骚体《悲愤诗》已经要有文采得多，但一般说来，文辞还比较质朴，故《郡斋读书志》称为古淡，刘商的拟作，语句大增华艳，所以能获得“盛行一时”的效果。

（原载1959年7月5日《光明日报》的

《文学遗产》副刊268期）

曹植《杂诗·南国有佳人》

南国有佳人，容华若桃李。
朝游江北岸，夕宿潇湘沚（一作“日夕宿湘沚”）。
时俗薄朱颜，谁为发皓齿？
俯仰岁将暮，荣耀难久恃。

萧统《文选》选录曹植《杂诗》六首，获得历代诗评家的赞赏和肯定，是曹植诗歌中的著名篇章。此诗是其中的第四首。

这首诗是曹植后期所作，采用比喻手法，表现了他怀才不遇的苦闷。曹植不但文才很高，而且具有政治抱负，希求建功立业，垂名青史。曹操一度想立曹植为太子，结果没有实现。曹操死后，他因此备受其兄曹丕（魏文帝）、侄子曹叡（魏明帝）的猜忌和压抑，屡徙封地，连生活都很不安定，根本谈不上实现政治抱负。这首诗以佳人自比：佳人的容貌艳若桃李之花，比喻自己才能的杰出；“时俗”二句，说佳人的美貌和歌唱才能都不为时人所赏识，比喻自己怀才不遇；“俯仰”二句，说时光流逝，佳人的容华难以久恃，寄寓了自己盛年时无法施展抱负的深沉慨叹。

在我国古典文学作品中，从屈原的辞赋开始，就形成了以美人香草比喻贤能之士的传统。曹植这首诗，在构思和写法上明显地学习屈赋。屈原《九歌》中的湘君、湘夫人二神，其游踪大致在沅、湘、长江一带，《湘夫人》篇中有“闻佳人兮召予”句，以佳人指湘夫人。曹植这首诗中的前四句，其构思用语，大约即从《湘君》、《湘夫人》篇生发而来。《离骚》云：“汩余若将不及兮，恐年岁之不吾与。”“惟草木之零落兮，恐美人之迟暮。”曹诗末二句又是从它们脱胎而出。这种继承发展关系，可以帮助说明这首诗的主题是抒发怀才不遇的苦闷。元代刘履《文选诗补注》（卷二）释此篇题旨说：“此亦自言才美足以有用，今但游息闲散之地，不见顾重于当世，将恐时移岁改，功业未建，遂湮没而无闻焉。故借佳人为喻以自伤也。”清代张玉穀《古诗赏析》（卷九）也说：“此诗伤己之徒抱奇才，仆仆移藩，无人调护君侧，而年将老也。通体以佳人作比，首二自矜，中四自惜，末二自慨，音促韵长。”

刘、张两人的解释都是颇为中肯的。曹植在《求自试表》一文中，强烈地表现了他要求在政治上建功立业的愿望，文中后面部分有云：“臣窃感先帝早崩，威王弃世，臣独何人，以堪长久！常恐先朝露填沟壑，坟土未干，而身名并灭。”这段话的意思与此篇“俯仰岁将暮，荣耀难久恃”二句的内容也是息息相通的。

有一种说法，认为这首诗的主题不是作者自伤，而是为曹彪鸣不平。“佳人”盖指彪，时为吴王也。《魏志》：彪于黄初三年，徙封吴王，五年改封寿春县，七年徙封白马。朝游、夕宿，喻迁徙无定也。”（见黄节《曹子建诗注》卷一）曹彪是曹植的异母弟，曹植与曹彪同受朝廷猜忌压抑，有同病相怜之感，黄节的看法可备一说，但证据毕竟不足。徐公持同志说：“按曹彪虽膺过吴王的封爵，其封域却并不真在吴地。当时自江以南，全在孙氏控制之下，曹彪无由得至江南。他这个吴王封在寿春附近，此点曹植不会不知。所以诗写‘南国’‘佳人’，‘朝游江北岸，日夕宿湘沚’等等，不可能是指曹彪，而是借用楚辞的意境和成语，来抒发自己对‘时俗薄朱颜’的感慨，其主旨是怀才不遇。”[①]这样讲比较合乎情理。

---

① 见《曹植诗歌的写作年代问题》，载《文史》第六辑。

这首诗与曹植的另一首名作《美女篇》主题相当，在艺术描写上却有丰腴与简约的区别，可进行一下比较。《美女篇》全诗较长，节录如下：

> 美女妖且闲，采桑歧路间。柔条纷冉冉，落叶何翩翩。攘袖见素手，皓腕约金环。……借问女何居，乃在城南端，青楼临大路，高门结重关。容华耀朝日，谁不希令颜？媒氏何所营，玉帛不时安？佳人慕高义，求贤良独难。众人徒嗷嗷，安知彼所观。盛年处房室，中夜独长叹。

《美女篇》的主题，过去不少评论者都指出它是曹植以美女自比，比喻他怀抱才能而不得施展。如清王尧衢《古唐诗合解》（卷三）说："子建求自试而不见用，如美女之不见售，故以为比。"《美女篇》与《杂诗》"南国篇"的主题相同，又同用比喻手法，城南美女与南国佳人，都是曹植自比。《美女篇》"佳人慕高义"以下四句，说城南美女不为众人所理解，意思与"南国篇"的"时俗"二句相通，点明了"怀才不遇"的主旨。"盛年处房室"二句，也与"南国篇"的"俯仰"二句一样，在结尾表现了深沉的慨叹。上面《美女篇》的引文，在"攘袖"二句下省略了十句，这十句连同"攘袖"二句都是写城南女的姿态和装束，从各个方面来刻画她的美丽，而“南国”篇写佳人之美，仅用了“容华若桃李”一句，非常简括。《美女篇》在其他方面的描写也较“南国”篇丰腴，但写美女姿态装束的一段尤为突出。这两首诗同用比喻法写同一个主题，但使用了详略不同的写法，“南国”篇简练爽朗，《美女篇》华赡生动，在艺术上各擅胜场，用词造句毫无雷同之感，这里表现了曹植高超的写作才能。

钟嵘《诗品》评曹植诗云：“骨气奇高，词采华茂，情兼雅怨，体被文质。”这是对曹植诗歌很深刻的评语。“情兼雅怨”是论思想内容，指出曹植诗具有“小雅怨诽而不乱”的特色，曹植后期的不少诗作，倾吐牢愁，的确多近似小雅的怨诽之词，《杂诗》“南国篇”、《美女篇》都是其例。骨气即气骨，也就是风骨。“骨气奇高”，是赞美曹植诗富有风骨，即富有爽朗刚健的风貌。“词采华茂”，是赞美曹植诗语言华美丰富。钟嵘主张诗歌应当“干之以风力（即风骨），润之以丹采”（《诗品序》），即以爽朗刚健的风骨为骨干，再用华美的辞采加以润饰，二者结合起来，达到优美的艺术境界。曹植的诗“骨气奇高，词采华茂”，符合于他的艺术标准，所以获得极高评价。明胡应麟在评曹植《五游》、《升天行》诸诗时云：“词藻宏富，而气骨苍然。”（《诗薮》内编卷一）也是承袭了钟嵘的批评标准。

曹植的诗，总的说来是风骨、词采二者兼备，但仔细分析，不同的诗篇在某一方面往往有所侧重，有的风骨更遒劲一些，有的词采更宏富一些。他的部分诗篇，像《箜篌引》、《美女篇》、《白马篇》、《名都篇》等，大抵篇幅稍长，对偶句与铺陈语较多，其词采华茂的特色就显得更为突出，但也仍然具有风骨。另外有一部分诗，像《野田黄雀行》、《泰山梁甫行》、《杂诗》六首等，大抵篇幅稍短，描写较简练，对偶句与铺陈语少，这类诗篇更鲜明地显示出骨气奇高的特色，但也仍然具有词采。王世贞评曹植诗说："子建天才流丽，虽誉冠千古，而实逊父兄。何以故？材太高，辞太华。"（《艺苑卮言》卷三）王世贞认为曹植诗成就低于曹操、曹丕，意见未必公允，但曹植诗在词采华茂这方面的确大大超过其父兄，特别如《箜篌引》、《美女篇》一类诗表现尤为突出。王世贞又说："子桓之《杂诗》二首，子建之《杂诗》六首，可入《十九首》，不能辨也。"（同上）又从风格的质朴刚健方面对曹植的《杂诗》六首给予很高评价，认为可与汉代无名氏的《古诗十九首》并驾齐驱。王世贞不喜华丽文风，所以对曹植作出这样的评价，但由此也可以看出，曹植的不同诗篇，在风骨和词采二者的某一方面的确有所侧重。

《杂诗》“南国”篇这首诗，其中“时俗薄朱颜”二句，也是文采斐然；但大体说来，其艺术上的主要特色是简练峭直，语短情长，含蕴丰富，意境深邃，它虽然不像《美女篇》铺陈细致，词藻华美，但也自具一种爽朗自然之美，经得起吟咏咀嚼。

（原载《汉魏六朝诗歌鉴赏集》，

人民文学出版社1985年出版）

王献之《桃叶歌》

桃叶映红花，无风自婀娜。
春花映何限，感郎独采我。

《桃叶歌》是东晋乐府“清商曲辞·吴声歌曲”中的一个曲调。据《乐府诗集》引《古今乐录》，该曲调系东晋中期王献之所作，有歌词三首，本篇是其中之一。王献之是大书法家王羲之的儿子，也擅长书法，后世并称“二王”。从《桃叶歌》看，王献之的文才也不差。桃叶是王献之的妾，献之非常爱她，因此写作此歌。

本篇以桃叶的口吻来抒写桃叶对王献之热爱她的感激之情，篇中的郎即指献之。本篇上两句说：桃树绿叶红花互相映带，它那轻盈娇艳的体态，虽然没有春风的吹拂，也仿佛在微微晃动，显得婀娜多姿。这两句表面上写桃树，实际是以桃花比喻桃叶妾的美丽。下两句说：春天百花盛开，在明媚的阳光下，焕发光采的花木品种，真是数也数不清；可是郎君唯独喜爱、采撷我（桃花），其情谊是多么令人感动啊！这两句以桃叶的口吻，写她受到王献之热爱的感激心情。全篇以桃花比桃叶妾，显示出她的娇艳美丽；以王献之于春日百花中独采桃花，表现出他对挑叶的深情和桃叶对他的感激。短短四句，通过生动的比喻，把桃叶的美丽、献之和桃叶两人间的情爱都表现出来了，语短情长，堪称古代爱情诗中的一篇佳作。诗的语言朴素明朗，比喻生动，可以看出深受当时吴地民歌的影响。

《桃叶歌》抒写对婢妾的情爱，除掉受民歌大胆表现爱情的影响外，还显示出魏晋时代文人思想比较解放的特色。在汉代，儒家思想的统治相当强大。儒家提倡诗教，要求诗歌“发乎情，止乎礼义”，表现男女情爱而无关政治教化的作品，往往受到轻视，甚至被目为淫辞，限制很多。因此在汉诗中，我们只能看到像秦嘉、徐淑夫妻赠答的诗篇（即使这样的诗为数也很少），而不能看到像《桃叶歌》那样的作品。到魏晋时期，儒家思想的统治大为削弱，道家的老庄思想抬头。当时不少文人要求摆脱森严的礼法束缚，崇尚自然，主张顺着人的自然感情行动。在处理男女关系上也是如此。《桃叶歌》敢于表现对社会地位低下的妾的情爱，可说正是这种时代新风气下的产物。与《桃叶歌》同时，乐府吴声歌曲中的《碧玉歌》、《团扇歌》与之声气相通。《碧玉歌》写晋汝南王司马义的爱妾碧玉对汝南王的感激之情，《团扇歌》写晋中书令王珉和嫂婢谢芳姿间的情爱，题材内容与《桃叶歌》非常接近，反映了一个时代贵族、文人在生活、创作方面的共同风尚。它们在表现魏晋人的任诞放荡、纵情享受方面，有其消极一面；但在反抗儒家礼法、大胆表现真情实意方面，又具有一定的进步意义。

（原载《汉魏六朝诗鉴赏辞典》，
上海辞书出版社2016年1月版）

柳恽的《江南曲》

汀洲采白蘋，日落江南春。

洞庭有归客，潇湘逢故人。

故人何不返，春花复应晚。

不道新知乐，只言行路远。

《江南》是乐府相和歌辞的一个曲调。汉乐府古辞即“江南可采莲，莲叶何田田”篇。南朝文人除柳恽外，汤惠休、萧纲都写了《江南思》，沈约也写了《江南曲》，但都不及柳恽写得好。唐代文人写《江南曲》的更多了。

柳恽《江南曲》是南朝文人乐府诗中的一篇杰作，为许多选本所选录。其内容是写一位江南妇女，当暮春之际，思念她远出不归的丈夫。那位在汀洲采集白蘋的妇女，究竟在江南什么地方，这是正确了解诗意必须弄明白的。古代所谓江南，区域颇为广阔，今长江以南一带，东部的江苏、浙江地区，西部的江西、湖南、湖北地区，都属江南范围。唐代陆龟蒙有《江南曲》五首，其四有云：“光摇越鸟巢，影乱吴娃楫。”提到越、吴，指今浙江、江苏地区。其五有云：“回看帝子渚，稍背鄂君船。”上句化用《九歌·湘夫人》“帝子降兮北渚”语，下句用《越人歌》中越人与鄂君子皙同舟的故事，则当指今湖北地区。

柳恽诗三、四句中提到洞庭湖、潇水、湘水，均在今湖南省；产生于洞庭湖一带地区的《九歌·湘夫人》中又有“登白薠兮骋望”句，“薠”与“蘋”形近。这些使人容易误会柳诗中那位妇女采摘白蘋的地点也在今湖南省。实际不然，这首诗是柳恽在吴兴（今浙江湖州市）写的。柳恽曾两度为吴兴太守，在吴兴多年（见《梁书·柳恽传》）。唐宋人作品中还留有关于白蘋洲的记载。说得最具体的要算白居易的《白蘋洲五亭记》一文。文章颇长，节录有关片段如下：

> 湖州城东南二百步，抵霅溪。溪连汀洲，洲一名白蘋。梁吴兴守柳恽于此赋诗云：“汀洲采白蘋。”因以为名也。……至大历（唐代宗年号）十一年，颜鲁公真卿为刺史，始剪榛导流，作八角亭以游息焉。（《白居易集》卷七一）

可见因为柳恽的“汀洲采白蘋”诗句很出名，后人就把湖洲霅溪附近的汀洲唤作白蘋洲，成为一处古迹。后来颜真卿做湖州刺史时，又在白蘋洲上筑亭。白居易该文后面，还讲到开成（唐文宗年号）三年，白居易友人杨汉公为湖州刺史，在白蘋洲一带“疏四渠，浚二池，树三园，构五亭”，使那里的风景、建筑进一步美化。按《颜鲁公文集》卷一三有《吴兴地记》一文，其“山川”门中，记有太湖、霅溪、白蘋洲等名目，可见他对白蘋洲确是相当重视的。北宋乐史的《太平寰宇记》，是一部保存了许多文化史料的大型地理志，其卷九四湖州部分也有关于白蘋洲的记载：

> 白蘋洲，在霅溪之东南，去州（指湖州府治）一里。洲上有鲁公颜真卿芳亭，内有梁太守柳恽诗云：“汀洲采白蘋，日晚江南春。”因以为名。洲内有池，池中旧有千叶莲；今惟地名故址存焉。

从上述材料看来，柳恽此诗作于吴兴，应当是明白无疑的了。

这首诗写吴兴一位妇女忆念她远出不归的丈夫。当江南春意融融的时候，她在汀洲上采摘白蘋草，凑巧在路上遇见一位从洞庭湖一带归来的同乡人（“归客”），说起在潇、湘（两条流入洞庭湖的河水）一带碰到她的丈夫（“故人”）。那妇女问归客道：“烂熳的春花又将凋谢，我丈夫为什么还不回来？”诗篇转述归客回答的意思说道：“我碰到你夫丈时，他没有讲起找到新的配偶（“新知”）很快乐，只说路程遥远，一时回不来。”余冠英先生《汉魏六朝诗选》注释此诗说：“（“洞庭”）两句是说有客从洞庭回到诗中主人公所在之地。这个归客对她提起曾在潇湘遇见她的故人。‘故人’二句是问归客之辞。末二句是述归客的答辞。”这样理解是正确的。

那位故人到洞庭潇湘一带干什么，诗中没有明言，估计是经商。南朝时，许多商人经常来往出入于长江下游的江浙地区和长江中游的荆湘地区做生意。南朝乐府清商曲辞西曲歌中，有不少篇章描述商估情妇的哀怨之情。西曲歌中的《估客乐》，是专门写商估的。还有《三洲歌》也是商人歌。据《古今乐录》记载：“《三洲歌》者，商客数游巴陵，三江口往还，因共作此歌。”（《乐府诗集》卷四八引）巴陵，今湖南岳阳市，即在洞庭湖畔。西曲歌流行于南朝宋、齐、梁时，正是柳恽写诗的年代。这样看来，推测柳恽诗中的故人是一位商估，是很可能的。商估远出经商，经年不归家，在外埠另找新人同居，都是较常见的。

这首诗虽只有短短八句，但语言精炼，表情委婉曲折，含蕴丰富，耐人寻味，在艺术上达到很高境界。首二句写当春光明媚时，那妇女在汀洲采摘白蘋，寓有将以投赠远行人的意思，表现了那妇女深切的愁思。三、四两句，用极简括的十个字点明了归客的情况以及女主人公和他的关系。后半篇是女主人公、归客一问一答。五、六句说春花将凋谢，寓有大好春光即将逝去、空闺寂寞的意思，不但委婉地表现了女主人公内心的深沉哀怨，而且和首二句的情景互相呼应。归客了解女主人公的疑虑情绪，回答说没有听故人说起有新的伴侣，只因路远不能回来，在说明情况中带有慰藉，在表达上也富有含蕴不露之妙。

这首诗善于学习、吸取前代诗歌的优点和长处。《九歌·湘夫人》云：“搴汀洲兮杜若，将以遗兮远者。”后代诗中常有采摘芳草香花以赠远之辞，实滥觞于此。汉代《古诗十九首》之一“涉江采芙蓉”篇云：

涉江采芙蓉，兰泽多芳草。采之欲遗谁，所思在远道。还顾望旧乡，长路漫浩浩。同心而离居，忧伤以终老。

它把采花赠远的题材具体化了。全篇情辞婉转，凄楚动人。柳恽诗的情调和气味，和此篇相当接近，当是受其影响。另一方面，柳恽诗下半篇采用问答体，又是学习汉魏乐府诗的手法。汉魏乐府诗多用问答体，如汉代乐府无名氏古辞《陌上桑》、《东门行》、《上山采蘼芜》、《十五从军征》等，都运用问答体，长诗《孔雀东南飞》运用尤多。另外，文人作品宋子侯的《董娇饶》、陈琳的《饮马长城窟行》，也运用了问答手法。这些诗篇通过问答手法，更真切生动地展示了人物的思想感情和性格，增强了作品的艺术感染力。如《上山采蘼芜》：

上山采蘼芜，下山逢故夫。长跪问故夫："新人复何如？""新人虽言好,未若故人姝。颜色类相似,手爪不相如。"

两相比较，不难看出柳恽《江南曲》从这类描写中获得了启发和滋润。只是汉魏乐府长于叙事，描写比较具体；柳恽诗则重在抒情，叙事简练含蓄，留下较多的空间让读者自己去思索玩味。他学习吸取了汉魏乐府问答体的生动性，但又含蕴不尽，显示出自己的艺术特色。

（原载《古典文学知识》1991年第5期）

六朝乐府《前溪歌》

忧思出门倚，逢郎前溪度。
莫作流水心，引新都舍故。

在武康县（今并入浙江德清县）境有一条名叫前溪的河流，那里溪水清澈，树木葱茏，风景幽美。六朝时代乐府诗中著名的《前溪歌》，即产生在那里。

现存无名氏的《前溪歌》共七首，这是其中的第一首。诗歌以青年女子的口吻，诉说她失恋后的痛苦和愿望。和她一度相爱过的欢郎，如今抛弃了她，不再来了。她满怀忧思，倚门而望。她远远看到欢郎仍然在前溪旁边经过，可是不再来找寻她了。两人从前在前溪附近经历过的一段情爱缠绵、卿卿我我的热恋生活，已经变成痛苦的记忆。她呆呆地望着前溪，只见溪中后浪逐前浪，水流一去不返，多么像她和欢郎的爱情啊！

可是她还是痴心地盼望欢郎不要像流水那样引新舍故，而是能够继续从前的爱情。

出于自愿的相爱和分手，本是男女双方平等的权利。可是，在我国过去的封建社会中，由于社会制度、风俗习惯等原因，妇女在经济、社会地位等方面一直处在被奴役、被歧视的境地。在爱情和婚姻生活中，她们经常没有选择的自由，经常遭受着被蹂躏、被遗弃的痛苦。上起《诗经·国风》，下至明清民歌，表现这方面题材的歌谣是非常多的。在六朝乐府吴声歌曲和西曲歌中，这种题材也是相当多的。这首诗也表现了女子在爱情生活中被抛弃的悲哀。《前溪歌》另一首有云："花落逐水去，何当顺流还，还亦不复鲜。"似乎表达了与本篇相类似的情绪。

本篇第三四两句写女子面对前溪，即景生情，希望欢郎不要像流水那样引新舍故，显得亲切生动。民歌常常运用比喻手法，以眼前景、寻常事作比来表达情意，取得形象鲜明、感染读者的艺术效果。本篇的比喻，使人想起六朝乐府《估客乐》中的诗句："莫作瓶落井，一去无消息。"均以"莫作"领起，本篇用眼前景、《估客乐》用寻常事，都以巧妙的比喻来表现女子希望情郎不要抛弃自己的愿望。

《前溪歌》是六朝乐府"清商曲辞·吴声歌曲"中的一个

曲调。它原来大约是当地流行的民歌，后来被贵族、文人采入乐府。乐府中的《前溪歌》，相传为东晋初年的沈充所制作。沈家是当地豪族。沈充官至车骑将军，官位颇高，后因参与王敦叛乱被杀。《晋书》中有他的传记。沈充活着时有钱有势，家中拥有不少伎乐人员。他采撷当地的歌谣，改制成《前溪》乐曲，由家中女伎边唱边舞，成为很动人的歌舞乐曲。它在东晋即被中央的乐府机关所采择，在东晋和南朝时代一直很流行。直至唐代，诗人崔颢还有“舞爱《前溪》妙，歌怜《子夜》长”的诗句，把它和著名的《子夜歌》相提并论。不过，据《太平寰宇记》等书籍记载，沈充所作的《前溪歌》歌词，后世仅存“当曙与未曙，百鸟啼忽忽”两句。现存的《前溪歌》七首，则是南朝宋少帝（刘义符）所制。宋少帝爱好通俗歌曲，这七首歌词，大约是他要手下的文人、乐工们根据民歌改作或仿作而成。

（原载《汉魏六朝诗鉴赏辞典》，
上海辞书出版社2016年1月版）

六朝乐府《碧玉歌》

碧玉小家女，不敢攀贵德。
感郎千金意，惭无倾城色。

碧玉破瓜时，相为情颠倒。
感郎不羞郎，回身就郎抱。

小家碧玉在旧社会中是广泛流行的一个成语，它与大家闺秀不同，指出身门第不高、但颇可爱的女子。这成语的来历即源于《碧玉歌》。《乐府诗集》收录无名氏《碧玉歌》共五首，上面所引是其中的两首。

《碧玉歌》歌咏的是真人真事。据《通典·乐典》记载，碧玉是晋朝宗室汝南王的姬妾，汝南王非常宠爱她，因此制作了《碧玉歌》。结合《晋书·汝南王亮传》、戴祚《甄异记》等古籍记载，可知汝南王是东晋的司马义（“义”一作“羲”），官至散骑常侍。司马义是东晋皇帝本家，又任高官，故诗中称为“贵德”。碧玉姓刘，出身不高，故诗中称为“小家女”。碧玉擅长唱歌，但容貌并不美，故诗中说“惭无倾城色”。破瓜时，指碧玉年方二八（十六岁）。篆书“瓜”字好像两个“八”字叠成，因此古人用“破瓜”形容女子二八年华。

《碧玉歌》虽然写的是贵族生活，但运用了当时民间的吴歌体，语言通俗生动，感情热烈大胆，富有民歌风味。“感郎不羞郎”两句，更具有民间情歌真率大胆、毫不遮遮掩掩的特色。东晋时代，吴越地区的民间情歌，深受贵族文人喜爱，不但有不少被采录加工，配乐演唱；而且还加以模仿，用来表现上层阶级的风流生活。后者除《碧玉歌》外，还有像王献之《桃叶歌》、无名氏《团扇歌》均是。从此可以充分看到古代民间文学对文人文学的影响。

《甄异记》更载有一则关于碧玉的离奇故事，内容说：司马义临终时，叮嘱碧玉不要再嫁，碧玉允诺。司马义葬后，碧玉准备嫁给邻家。忽见司马义乘马入门，引弓射中其喉，碧玉痛极昏死。隔十多日才苏醒复活，周岁后才能说话。从此她丧失了美妙的歌喉，不再改嫁。这故事荒诞不足信，但反映了古代贵族阶级人士对待姬妾的残忍：不但活着时要占有，连死后也不让对方获得自由。

这两首诗，《玉台新咏》署为孙绰作。孙绰是东晋中期著名文人，擅长写作，与司马义同时。他经常出入于王公贵族之门，为他们写文章。这两首诗，很可能是孙绰应司马义的请求而写的。

（原载《汉魏六朝诗鉴赏辞典》，
上海辞书出版社2016年1月版）

六朝乐府《团扇歌》

青青林中竹，可作白团扇。
动摇郎玉手，因风托方便。

团扇复团扇，持许自遮面。
憔悴无复理，羞与郎相见。

《团扇歌》一名《团扇郎歌》，郭茂倩《乐府诗集》共著录无名氏作七首，上面是其中的两首。

关于《团扇歌》的起源，有一个很动人的故事。东晋做中书令大官的王珉，喜欢使用白团扇却暑。王珉和嫂子的婢女谢芳姿发生爱情，经常欢聚。嫂子闻讯后生了气，重重鞭挞芳姿。王珣（王珉之兄）加以劝阻。芳姿平时善唱歌，嫂子要她唱歌一曲，再加赦免。她即时唱道："白团扇，辛苦五（当是“互”的误字）流连，是郎眼所见。”王珉明明知道歌中的郎指自己，故意问芳姿：“你唱的歌送给谁？”她又唱了另一首歌作答：“白团扇，憔悴非昔容，羞与郎相见。”后人据此写了若干《团扇歌》。

这个故事表现了南朝贵族文人的风流韵事，在当时颇为闻名。据史籍记载，六朝士人喜欢使用白团扇。《团扇歌》中的郎，原来是指王珉，但后人所作的《团扇歌》，则可以指别的情人。

这里第一首歌即景生情，说看到竹林中青翠的竹子，想到它们可以砍下来制成白团扇，为欢郎玉手所执握摇动，扇起阵阵清风。因此产生遐想：清风呵，能否给予方便，把我思念郎君的情意，传递给他呢？歌词语言朴素真率，表达了女子诚挚的感情。后两句富有含蕴和想象，使我们想起李白赠其好友王昌龄的佳句：“我寄愁心与明月，随风直到夜郎西。”（《闻王昌龄左迁龙标遥有此寄》）第二首歌显然是根据谢芳姿原作加工而成。许，语助词。全歌意思说：我思念你郎君，忧心忡忡，又受鞭挞，备受折磨，变得容颜憔悴，又无心整理修饰，实在害怕你见到这副模样。我得用团扇来遮住自己的面容呢！本来是热恋郎君，渴望与郎君相会，现在却因容颜憔悴而害怕会面，即使会面也得用团扇遮面，细致地表现了女子复杂矛盾的心情。此歌后两句袭用谢芳姿原词，第一句改成“团扇复团扇”五言句，叠用“团扇”一词，增加第二句“持许自遮面”，不但使全诗成为整齐的五言古绝句，而且在表现女子沉重复杂的心情方面，显得更为生动细致了。

这两首歌，有的古书（《玉台新咏》、《艺文类聚》）作桃叶《答王团扇歌》。王团扇指王献之，是东晋著名的文人、书法家。桃叶是王献之的婢妾，两人情爱很深，王献之曾作《情人桃叶歌》赠予桃叶。王献之与王珉是同时人，又同是王氏大家族中的著名人物。王献之在王珉之前曾担任中书令要职，他和婢妾桃叶相爱之事，与王珉与嫂婢谢芳姿相爱事相像，所以传说在流传过程中容易混淆起来。

（原载《汉魏六朝诗鉴赏辞典》，
上海辞书出版社2016年1月版）

谢惠连体和《西洲曲》

《玉台新咏》卷七有梁简文帝萧纲所作《戏作谢惠连体十三韵》诗，颇值得注意：

> 杂蕊映南庭，庭中光景媚。可怜枝上花，早得春风意。春风复有情，拂幔且开楹。开楹开碧烟，拂幔拂垂莲。偏使红花散，飘扬落眼前。眼前多无况，参差郁可望。珠绳翡翠帷，绮幕芙蓉帐。香烟出窗里，落日斜阶上。日影去迟迟，节华咸在兹。桃花红若点，柳叶乱如丝。丝条转暮光，影落暮阴长。春燕双双舞，春心处处扬。酒满心聊足，萱枝愁不忘。

此诗的特点是有不少地方，上句尾部（个别例外）和下句开头处词语重复，互相勾联，读起来铿锵悦耳，加强了音节美。这种修辞手段，陈望道先生《修辞学发凡》称为顶真格。按江淹《杂体诗三十首》中的《谢法曹赠别》，仿谢惠连诗，也有此种特色：

停舻望极浦，弭棹阻风雪。风雪既经时，夜永起怀思。……摘芳爱气馥，拾蕊怜色滋。色滋畏沃若，人事亦销铄。……灵芝望三秀，孤筠情所托。所托已殷勤，只足搅怀人。……杂佩虽可赠，疏华竟无陈。无陈心悁劳，旅人岂游遨？……

这样看来，所谓谢惠连体的特色，当即指运用顶真修辞格而言。

诗篇中运用顶真修辞格，早见于汉乐府《平陵东》和《饮马长城窟行》，原辞如下：

平陵东，松柏桐，不知何人劫义公。劫义公，在高堂下，交钱百万两走马。两走马，亦诚难，顾见追吏心中恻。心中恻，血出漉，归告我家卖黄犊。

青青河畔草，绵绵思远道。远道不可思，宿昔梦见之。梦见在我傍，忽觉在他乡。他乡各异县，展转不相见。……

长跪读素书，书中竟何如？上言加餐饭，下言长相忆。

两篇均为汉古辞，属汉乐府民歌。《饮马长城窟行》，《文选》、《乐府诗集》均作无名氏“古辞”，《玉台新咏》署作者为蔡邕。按此篇民歌风味很浓，即使果为蔡邕作，也是文人刻意模仿民歌的篇章。后来曹植作《赠白马王彪》诗七章，除第一章外，各章末句尾部和下章首句开头，词语也都互相勾联，如第二章末句为“我马玄以黄”，第三章为“玄黄犹能进”。词语的重复勾联，不用在一篇的上下句间而用在章与章间的衔接处，可说是这种修辞格运用的一种发展。以上两种顶真修辞格，在《诗经》中已有萌芽，但不及后代作品运用得更为完整。

可惜谢惠连现存诗篇，运用此种修辞格的已很难得，仅《西陵遇风献康乐》五章中的第三章，还能略见端倪：

靡靡即长路，戚戚抱遥悲。悲遥但自弭，路长当语谁？
行行道转远，去去情弥迟。昨发浦阳汭，今宿浙江湄。

此诗仅第二、三句衔接处，运用了相同词语。江淹的《谢法曹赠别》诗开头云：“昨发赤亭渚，今宿浦阳汭。”也提到浦阳地名，可见江诗一定受到此篇的启发。又此篇中运用了“靡靡”、“戚戚”、“行行”、“去去”四个叠词，而萧纲的《戏作谢惠连体》诗“春燕双双舞，春心处处扬”句中也用了两个叠词。或许运用叠词也是谢惠连体的一个特点。

从上引诗例看，顶真修辞格当是先在民间歌谣中较多出现，以后文人受到民歌启发，跟着学习运用。谢惠连在这方面是一位比较突出的诗人。民间歌谣在语言方面喜欢重复一部分词语，回环复沓，上下呼应，以加强音节的和谐流美。运用顶真修辞格，多用叠词，都可说是这方面的例子。按钟嵘《诗品》评谢惠连诗有云：“又工为绮丽歌谣，风人第一。”风人指《诗经·国风》作者，这里借指写民歌体诗篇的诗人。可惜这种绮丽风谣没有传下来。但从谢惠连喜欢运用顶真辞格，也可看出他的一部分诗篇与民间歌谣存在着密切的关系。谢惠连和族兄谢灵运是亲密的作诗同道，互相酬赠启发。谢灵运也写有民歌体诗，《玉台新咏》卷一〇存有《东阳溪中赠答》二首，风格酷似《子夜》、《读曲》等一类吴声歌曲。

《西洲曲》是乐府杂曲歌辞中的名篇。《西洲曲》的艺术成就很高，其特点之一便是运用了不少上下勾联的词语，与谢惠连体颇为相似。今录有关诗句如下：

日暮伯劳飞，风吹乌臼树。树下即门前，门中露翠钿。开门郎不至，出门采红莲。采莲南塘秋，莲花过人头。低头弄莲子，莲子青如水。置莲怀袖中，莲心彻底红。忆郎郎不至，仰首望飞鸿。鸿飞满西洲，望郎上青楼。楼高望不见，尽日栏干头。栏干十二曲，垂手明如玉。卷帘天自高，海水摇空绿。海水梦悠悠，君愁我亦愁。

《西洲曲》的出现，标志着南朝文人学习民间歌谣（主要是乐府清商曲辞中的吴声歌曲和西曲歌）又加以提高，在艺术上达到了高峰，在顶真格的运用上亦复如此。陈祚明《采菽堂古诗选》评此诗有曰："语语相承，段段相绾，应心而出，触绪而歌，并极缠绵，俱成哀怨。"《古诗源》则评日："续续相生，连跗接萼，摇曳无穷，情味愈出。"都相当中肯，也都指出了它运用顶真格的艺术特色。

关于《西洲曲》的产生年代和作者，过去有不同的说法。阐明了谢惠连体，有助于说明《西洲曲》的产生年代。我以为从《西洲曲》通篇情思缠绵、文辞婉约、音节和谐等方面看，它的产生时代，当以在六朝后期的齐梁时代比较合理。《西洲曲》大量使用顶真格，又十分娴熟流美，推想起来，应是受到谢惠连体的影响。可以这样推论：当谢惠连体形成显著特色，在文坛流行之后，文人写作此体者颇多，从而出现在艺术上如此成熟的作品。《西洲曲》的作者，《乐府诗集》作无名氏古辞，《玉台新咏》新本署为江淹（宋本《玉台》不收此诗），《江文通集》亦收之。目下没有过硬的材料可以确证此篇为江淹所作，但江淹生当齐梁之际，其《杂体诗》三十首善于模仿各家文体，其艺术水平又相当高，因此说《西洲曲》出于江淹之手，也是有可能的。至于冯惟讷《古诗纪》、王士禛《古诗选》以至今人逯钦立《先秦汉魏晋南北朝诗》把它列入晋诗，恐失之时代太早。《古诗源》署梁武帝作，当别有所本，但也无确证。总之，《西洲曲》的作者，根据现有材料，尚不能论定，其产生时代，则以属齐梁之际较为恰当。

（原载《江海学刊》1991年第1期）

北朝乐府《木兰诗》

北方民歌和六朝乐府民歌一样体制大都短小，但这首《木兰诗》却是长篇叙事诗。在中国诗歌发展史上它有着重要的地位。诗歌描述了女英雄木兰替父从军的故事，刻画了木兰这一巾帼英雄的生动形象和高贵品质。全诗风格明朗生动，质朴刚健，堪称北方民歌中的杰出作品。

《木兰诗》采用的是顺叙手法。作品大致可分为三个部分。第一部分是出征前。第二部分是从军生活。第三部分是立功归来。作者在这三个部分中没有平均使用力量，而是有详有略，重点在第一和第三部分。

诗一开始即写木兰在织布，但“不闻机杼声，唯闻女叹息”，这就使读者产生了疑问，不知木兰为何叹息。“问女何所思，问女何所忆？”作者自己发问，然后答曰“女亦无所思，女亦无所忆”。诗既是用顺叙手法，开始的几句该是交代木兰从军的原因，但作者却没有平铺直叙，而是以木兰没有心思织布起头显示出她内心的不平静。接下来本该说明为什么内心不平静，但作者不立刻写出，而是用了两个意思相同的问句，随后又是两个意思相同的答句，可还是没有从正面解答问题。但这四句并非多馀，除了具有民歌的风味外，这四句诗对后面说出的原因起到了突出强调的作用。这样一问一答，作者才折入正题："昨夜见军帖，可汗大点兵，军书十二卷，卷卷有爷名。"军帖是征兵的文书，可汗是西北地区民族对君主的称呼，十二卷言卷数之多，"卷卷有爷名"显属夸张。至此读者才明白，木兰没有心思织布是因为可汗大征兵，木兰的父亲也在被征之列。父亲显然年老无法应征，但"阿爷无大儿，木兰无长兄"，这就不能不使木兰犯愁了。诗一开始就把木兰放在这样一个矛盾面前来表现。面对困难，木兰打算怎么办呢？"愿为市鞍马，从此替爷征。"木兰到底是个不平凡的女子，她下了决心要替父从军。

这一段写木兰从军的原因，没有平铺直叙地述说，而是从木兰的心理活动入手写，在叙事的同时注重人物的性格刻画，使读者看到了一个敢于挑重担、富有责任感的果断勇敢的妇女形象。

接下来写木兰准备出征，用了四个重复的句式，内容无非是买战马及乘马用具。骏马、鞍鞯（马鞍下的垫子）、辔头（驾驭马的嚼子、笼头、缰绳）和长鞭要分别从东市、西市、南市、北市几个地方买齐，看似不合情理，但却渲染了战争气氛和离家出征前准备工作的紧张，同时这四句诗和上面“问女何所思”以下四句一样正是民歌的特点。正如明代谢榛所说：“此乃信口道出，似不经意者。其古朴自然，繁而不乱，若一言了问答，一市买鞍马，则简而无味，殆非乐府家数。”

诗歌第二部分写木兰踏上了征途。“旦辞爷娘去”以下八句是写木兰离别了父母奔赴战场。这里用了重复句式，将木兰从军的征途分作两段来写，句式虽同，但其中地名却在变换，显出战事紧迫、木兰马不停蹄地赶去参战。但作者并没有忘记他所着力刻画的英雄人物是个女扮男装、初次远离父母的女子，“不闻爷娘唤女声”正符合木兰当时的处境和她的身份。明代谭元春评论这句说：“尤妙在语带香奁，无男子征戍气。”“无男子征戍气”也正是作者的高明之处，也只有这样，才能使木兰的形象更鲜明，更富有个性。木兰能毅然替父从军，去经受严酷战争的考验，说明她不同于一般的女子，但她毕竟还是个女子，对家乡、对父母毕竟是有依恋之情的。这样突出她的女子身份，非但没有削弱她的英雄形象，相反使她的从军举动更富有传奇性，更引人入胜。

随后写木兰在军中的征战生活，但这部分内容写得极概括，从南征北战一直到立功归来，仅用了“关山度若飞”以下六句，可谓简而又简。这里“戎机”指战争，“朔气”是北方的寒气，“金柝”是军中用来做饭和打更的铜器。这几句诗句用律工整。因此后人常常据此怀疑此诗是唐人所作，也有的研究者推测此诗可能在流传过程中经过唐人的加工修改。但这些说法并无足够的证据。南北朝时期有不少作品在体制声律方面已接近唐人的近体诗，当时有些诗已经有了很严整的律句。可见这首诗中出现几句声调谐和、对偶工致的律句并不能证明它们出自唐人之手。陈胤倩就说：“‘朔气传金柝’数语固类唐人，然齐梁人每为唐语，惟唐人必不能为汉魏语。以此知其真古词也。”即

这一段写木兰的从军作战生活，本来是可以有许多东西写的，但作者寥寥数语就将这段经历概括了出来，可见作者的兴趣不在于表现战争，而在于木兰女扮男装替父从军这一戏剧性事件上。

第三部分是写木兰立功归来后的情景。作者又用了不小的篇幅来竭力铺写。先写木兰立功回来后见天子，天子坐在厅堂上接见了她。策勋是记功劳，转是勋位的等级，十二转也是说多，并非实指。这里的十二转和唐代官制的一致也是巧合。并不能证明此诗出于唐人之手或经过唐人修改。“百千强”即

百千有馀，是形容赏赐之多。可是木兰并不在乎官位和赏赐，她只是想尽快回到故乡和亲人团聚。明驼指能行千里的骆驼。木兰不要做官，不要巨额赏赐，只要借一匹千里马赶回家去，可见其归心似箭，同时也显示了这位平民出身的女英雄不爱功名富贵的优良品德。

经过长期艰苦的战争，木兰终于回到了故乡。诗歌细致刻画了木兰全家闻讯后的喜悦。这里依旧用了重复排比的句式，不厌其详地写了爷娘、阿姊和小弟的举动，这种重复排比的句式烘托了欢快喜庆的气氛。随后写了木兰到家后的举动，同样也是不厌其详地描写具体的细节，开东阁门，坐西阁床，充分表现出回家之后的喜悦心情，换装、打扮后恢复了女子的本来面目，然后出门看伙伴，伙伴大吃一惊，“同行十二年，不知木兰是女郎！”这一情节颇富喜剧意味。用伙伴的吃惊反衬出木兰的无比自豪与得意，整个故事的情节也就在充满喜剧色彩的高潮中结束了，但作者似乎意犹未尽，结尾又写了四句：“雄兔脚扑朔，雌兔眼迷离。双兔傍地走，安能辨我是雄雌！”比喻奇特，作为全诗的结尾，显得别具一格，豪迈有力，语气中充满了对木兰这位女英雄的赞美和歌颂。谢榛说：“此结最着题，又出奇语，若缺此四句，使六朝诸公补之，未必能道此。”确实如此。

此诗艺术形式上值得注意的有这么几个方面：首先是叙述情节详略得当，如写军中的征战生活就很简括，而写出征前及立功归来则很繁复。这是由作者写这首诗的用意所决定的。作者感兴趣的只是木兰女扮男装替父从军这一罕见的事情本身。第一部分写她的焦灼不安与思虑无非是为了说明她是个女子，因为男子出征理所当然，不足为怪，女子出征则不同寻常了。第二部分提到“不闻爷娘唤女声”也同样是为了突出她的女子身份。第三部分写她不想做官、急于回家和回家以后的种种举动，更是强调了她是个女子。整首诗的详略安排都是围绕这一用意的。其次是作者重视人物性格的刻画，并善于在矛盾的产生与解决过程中表现人物，因而使人物具有鲜明的个性色彩。第三是全诗用了不少重复排比的句式，既渲染了气氛，强调了所叙述的情节，又使语言流畅富有韵味，体现了民歌中常用的手法，最后是全诗的风格明朗刚健，质朴生动，正如明人胡应麟所说：“此歌中，古质有逼汉魏处。”

总之，《木兰诗》是北方民歌的杰作，也是中国诗歌史上的一朵奇葩。它对后人产生过不小的影响。

（选自《语文七年级下册教师教学用书》，

人民教育出版社2017年1月版）

国家新闻出版广电总局
首届向全国推荐中华优秀传统文化普及图书

‖大家小书书目

经典常谈	朱自清　著
语言与文化	罗常培　著
习坎庸言校正	罗　庸　著　杜志勇　校注
鸭池十讲（增订本）	罗　庸　著　杜志勇　编订
古代汉语常识	王　力　著
国学概论新编	谭正璧　编著
文言尺牍入门	谭正璧　著
日用交谊尺牍	谭正璧　著
敦煌学概论	姜亮夫　著
训诂简论	陆宗达　著
金石丛话	施蛰存　著
常识	周有光　著　叶　芳　编
文言津逮	张中行　著
中国字典史略	刘叶秋　著

古典目录学浅说	来新夏　著
闲谈写对联	白化文　著
怎样使用标点符号（增订本）	苏培成　著
诗境浅说	俞陛云　著
唐五代词境浅说	俞陛云　著
北宋词境浅说	俞陛云　著
南宋词境浅说	俞陛云　著
人间词话新注	王国维　著　滕咸惠　校注
苏辛词说	顾　随　著　陈　均　校
诗论	朱光潜　著
唐诗杂论	闻一多　著
诗词格律概要	王　力　著
唐宋词欣赏	夏承焘　著
槐屋古诗说	俞平伯　著
词学十讲	龙榆生　著
词曲概论	龙榆生　著
中国古典诗歌讲稿	浦江清　著 浦汉明　彭书麟　整理

唐人绝句启蒙	李霁野 著
唐宋词启蒙	李霁野 著
古典文学略述	王季思 著 王兆凯 编
古典戏曲略说	王季思 著 王兆凯 编
唐宋词概说	吴世昌 著
宋词赏析	沈祖棻 著
道教徒的诗人李白及其痛苦	李长之 著
闲坐说诗经	金性尧 著
陶渊明批评	萧望卿 著
舒芜说诗	舒 芜 著
名篇词例选说	叶嘉莹 著
唐诗纵横谈	周勋初 著
楚辞讲座	汤炳正 著 汤序波 汤文瑞 整理
好诗不厌百回读	袁行霈 著
山水有清音 ——古代山水田园诗鉴要	葛晓音 著

门外文谈	鲁　迅　著
我的杂学	周作人　著　张丽华　编
论雅俗共赏	朱自清　著
文学概论讲义	老　舍　著
中国文学史导论	罗　庸　著　杜志勇　辑校
给少男少女	李霁野　著
鲁迅批判	李长之　著
英美现代诗谈	王佐良　著　董伯韬　编
三国谈心录	金性尧　著
夜阑话韩柳	金性尧　著
英语学习	李赋宁　著
漫谈西方文学	李赋宁　著
历代笔记概述	刘叶秋　著
笔祸史谈丛	黄　裳　著
古典诗文述略	吴小如　著
有琴一张	资中筠　著
鲁迅作品细读	钱理群　著
唐宋八大家 ——古代散文的典范	葛晓音　选译

红楼梦考证	胡　适　著
《水浒传》与中国社会	萨孟武　著
《西游记》与中国古代政治	萨孟武　著
《红楼梦》与中国旧家庭	萨孟武　著
《金瓶梅》人物	孟　超　著　张光宇　绘
水泊梁山英雄谱	孟　超　著　张光宇　绘
《红楼梦》探源	吴世昌　著
《西游记》漫话	林　庚　著
细说红楼	周绍良　著
红楼小讲	周汝昌　著　周伦玲　整理
曹雪芹的故事	周汝昌　著　周伦玲　整理
古典小说漫稿	吴小如　著
三生石上旧精魂——中国古代小说与宗教	白化文　著
《金瓶梅》十二讲	宁宗一　著
古体小说论要	程毅中　著
近体小说论要	程毅中　著
文学的阅读	洪子诚　著
中国戏曲	么书仪　著

中国史学入门	顾颉刚 著 何启君 整理
秦汉的方士与儒生	顾颉刚 著
三国史话	吕思勉 著
史学要论	李大钊 著
中国近代史	蒋廷黻 著
民族与古代中国史	傅斯年 著
五谷史话	万国鼎 著 徐定懿 编
民族文话	郑振铎 著
史料与史学	翦伯赞 著
唐代社会概略	黄现璠 著
清史简述	郑天挺 著
两汉社会生活概述	谢国桢 著
中国文化与中国的兵	雷海宗 著
两宋史纲	张荫麟 著
明史简述	吴 晗 著
北宋政治改革家王安石	邓广铭 著
从紫禁城到故宫 ——营建、艺术、史事	单士元 著
史学遗产六讲	白寿彝 著

司马迁之人格与风格	李长之　著
司马迁	季镇淮　著
唐王朝的崛起与兴盛	汪　篯　著
二千年间	胡　绳　著
论三国人物	方诗铭　著
考古发现与中西文化交流	宿　白　著
中国古代国家的历史特征	张传玺　著
艺术、神话与祭祀	张光直　著 刘　静　乌鲁木加甫　译
中国古代衣食住行	许嘉璐　著
中国古代史学十讲	瞿林东　著

黄宾虹论画	黄宾虹　著
中国绘画史	陈师曾　著
和青年朋友谈书法	沈尹默　著
中国画法研究	吕凤子　著
桥梁史话	茅以升　著
中国戏剧史讲座	周贻白　著
俞平伯说昆曲	俞平伯　著　陈　均　编

新建筑与流派	童　寯　著	
论园	童　寯　著	
拙匠随笔	梁思成　著	林　洙　编
中国建筑艺术	梁思成　著	林　洙　编
沈从文讲文物	沈从文　著	王　风　编
中国画的艺术	徐悲鸿　著	马小起　编
中国绘画史纲	傅抱石　著	
中国舞蹈史话	常任侠　著	
海上丝路与文化交流	常任侠　著	
世界美术名作二十讲	傅　雷　著	
中国画论体系及其批评	李长之　著	
金石书画漫谈	启　功　著	赵仁珪　编
吞山怀谷 ——中国山水园林的艺术	汪菊渊　著	
中国古代音乐与舞蹈	阴法鲁　著	刘玉才　编
梓翁说园	陈从周　著	
旧戏新谈	黄　裳　著	
民间年画十五讲	王树村　著	姜彦文　编
民间美术与民俗	王树村　著	姜彦文　编

长城史话	罗哲文　著
中国古园林概说	罗哲文　著
现代建筑奠基人	罗小未　著
世界桥梁趣谈	唐寰澄　著
如何欣赏一座桥	唐寰澄　著
桥梁的故事	唐寰澄　著
园林的意境	周维权　著
万方安和 ——皇家园林的故事	周维权　著
现代建筑的故事	吴焕加　著
中国古代建筑概说	傅熹年　著

国学救亡讲演录	章太炎　著　蒙　木　编
简易哲学纲要	蔡元培　著
大学教育	蔡元培　著 北大元培学院　编
老子、孔子、墨子及其学派	梁启超　著
中国政治思想史	吕思勉　著
天道与人文	竺可桢　著　施爱东　编

春秋战国思想史话	嵇文甫　著	
晚明思想史论	嵇文甫　著	
新人生论	冯友兰　著	
中国哲学与未来世界哲学	冯友兰　著	
谈美书简	朱光潜　著	
中国古代心理学思想	潘　菽　著	
民俗与迷信	江绍原　著	陈泳超　整理
佛教基本知识	周叔迦　著	
儒学述要	罗　庸　著	杜志勇　整理
希腊漫话	罗念生　著	
佛教常识答问	赵朴初　著	
大一统与儒家思想	杨向奎　著	
孔子的故事	李长之　著	
西洋哲学史	李长之　著	
乡土中国	费孝通　著	
社会调查自白	费孝通　著	
经学常谈	屈守元　著	
墨子与墨家	任继愈　著	
汉化佛教与佛寺	白化文　著	
中西之交	陈乐民　著	

出版说明

“大家小书”多是一代大家的经典著作，在还属于手抄的著述年代里，每个字都是经过作者精琢细磨之后所拣选的。为尊重作者写作习惯和遣词风格、尊重语言文字自身发展流变的规律，为读者提供一个可靠的版本，“大家小书”对于已经经典化的作品不进行现代汉语的规范化处理。

提请读者特别注意。

北京出版社